Un énorme MERCI
à quelques admiratrices géniales :

Kim Baccelia
Michelle Gottier
Amelia Percival
Jennifer Rummel
Amanda M. Smith
Cynthia Leitich Smith
Rose Thomason

LA MORTE
QUI DANSAIT

Linda Joy Singleton

Traduit de l'anglais par
Renée Thivierge

éditions

Éditeur : François Doucet
Traduction : Renée Thivierge
Révision linguistique : Isabelle Veillette
Correction d'épreuves : Carine Paradis, Nancy Coulombe
Design de la couverture : Matthieu Fortin
Graphisme et mise en pages : Sébastien Michaud
Image de la couverture : © iStockphoto
ISBN 978-2-89565-991-4
Première impression : 2009
Dépôt légal : 2009
Bibliothèque et Archives nationales du Québec
Bibliothèque Nationale du Canada

Éditions AdA Inc.
1385, boul. Lionel-Boulet
Varennes, Québec, Canada, J3X 1P7
Téléphone : 450-929-0296
Télécopieur : 450-929-0220
www.ada-inc.com
info@ada-inc.com

Diffusion
Canada :   Éditions AdA Inc.
France :   D.G. Diffusion
             Z.I. des Bogues
             31750 Escalquens — France
             Téléphone : 05-61-00-09-99
Suisse :   Transat — 23.42.77.40
Belgique :   D.G. Diffusion — 05-61-00-09-99

Imprimé au Canada

Participation de la SODEC.
Nous reconnaissons l'aide financière du gouvernement du Canada par l'entremise du
Programme d'aide au développement de l'industrie de l'édition (PADIÉ) pour nos activités
d'édition.
Gouvernement du Québec — Programme de crédit d'impôt pour l'édition de livres —
Gestion SODEC.

**Catalogage avant publication de Bibliothèque et Archives nationales du Québec
et Bibliothèque et Archives Canada**

Singleton, Linda Joy

La morte qui dansait

Traduction de : Dead girl dancing.
Suite de : La morte qui marchait.
Pour les jeunes de 12 ans et plus.

ISBN 978-2-89565-991-4

I. Thivierge, Renée, 1942-   . II. Titre.

PZ23.S555Moa 2009   j813'.54   C2009-941897-5

1

JE NE POUVAIS CROIRE que j'étais dans le mauvais corps — encore une fois!

Il me faut me souvenir de ne jamais faire de promesse à une grand-mère morte.

La dernière chose dont je me souvenais, c'était qu'en faisant une expérience de sortie hors du corps, j'étais en train de parler avec Mamie Greta. Elle disait que j'avais du talent pour aider les gens et que je ferais une bonne donneuse de vie temporaire. De l'Autre côté, ma grand-mère jouait un rôle important comme conseillère des Attachés à la Terre — elle permettait aux humains en crise de se reposer pendant un certain temps en leur envoyant des remplaçants temporaires. Ses louanges m'avaient tellement flattée que je lui avais promis de l'aider à n'importe quel moment. Mais je ne m'attendais pas à ce qu'elle me transfère immédiatement dans le corps de quelqu'un d'autre — surtout pas dans celui de Sharayah, la sœur de mon petit ami.

Debout devant un miroir pleine grandeur, je regardai fixement les cheveux foncés qui m'arrivaient aux épaules, les pommettes arrondies, un anneau de sourcil et des yeux consternés. En théorie, en tant qu'élève d'école secondaire, ce n'était pas si mal de me transformer en étudiante d'université ; être mature et avoir l'âge légal pendant quelques jours pouvait être une expérience géniale. Mais être la sœur de mon petit ami allait *teeeellement* ruiner ma vie amoureuse. Eli et moi, nous ne nous étions pas encore sérieusement embrassés — et maintenant, la seule idée de l'embrasser devenait illégale et immorale.

Je veux dire, comment pourrais-je embrasser mon petit ami passionnément si j'étais sa sœur ?

Mais où *était* la sœur d'Eli ? me demandai-je en fronçant les sourcils et regardant dans le miroir le sourcil percé et les yeux bleus — pas bruns — qui me fixaient à leur tour. Si j'étais ici, cela voulait-il dire que Sharayah était dans mon corps ? Était-elle toujours dans le coma, ou plutôt en train de s'éveiller pour connaître le plus grand choc de sa vie ? D'après Mamie, les donneurs de vie temporaires ne remplaçaient que les personnes incapables de régler leurs problèmes alors qu'ils étaient en mode de crise. Quelle crise vivait Sharayah ? Et comment étais-je censée l'aider alors que j'ignorais comment m'aider moi-même ?

Le fait de tout voir à travers les yeux d'une étrangère suscitait chez moi un déséquilibre qui déformait mes perceptions. Les odeurs étaient différentes, et ma peau me semblait inconfortable, comme trop collée sur mes os sans le coussin des kilos en trop. Faisant pivoter mes hanches pour m'éloigner du miroir, je me suis sentie comme une poupée de guenilles tirée brusquement par les cordes d'un marionnettiste. Je me stabilisai sur une commode, mon coude touchant une horloge numérique qui indiquait 4 h 57. Presque le matin ? Mais il semblait que je n'avais dormi que quelques minutes. Si l'heure de cette horloge était juste, alors non seulement avais-je perdu mon corps, mais j'avais aussi perdu presque douze heures.

Au moins, il était facile de deviner où je me trouvais — dans la chambre de Sharayah à la résidence universitaire. Si le reflet dans le miroir ne m'avait pas donné d'indice, il y avait toujours la photographie encadrée de la famille Rockingham : Sharayah, ses parents et ses frères, Chad et Eli. La chambre, à peine plus grande qu'un placard, était distinctement divisée en deux personnalités. Un côté de la pièce était tout à fait féminin, décoré dans les tons de rose et bien organisé avec des oreillers de satin assortis et une douillette de courtepointe rose sur un petit lit bien fait. Un grand contraste avec l'autre côté de la pièce — la moitié réservée à Sharayah, supposai-je, puisque c'était à cet endroit que je m'étais réveillée. Son petit lit était enchevêtré de couvertures, avec des piles de vêtements et des trucs abandonnés au hasard sur le plancher. Il y avait aussi une odeur bizarre; un mélange de sueur, de parfum et d'alcool. Quand je respirai, mon estomac se retourna, et je sentis une sécheresse amère et douloureuse dans ma gorge. De plus, j'avais mal partout, comme si j'avais fait du jogging toute la journée (et je déteste l'exercice). Quand je baissai les yeux, je me rendis compte que la chemise ample que je portais sur un string de dentelle rouge était une chemise de *gars*.

Qui était le gars en question et comment avais-je fini par porter sa chemise?

Ceci n'était *pas* de bon augure.

Que m'avait raconté Eli au sujet de sa sœur? Je me souvenais de son expression blessée quand il avait parlé d'un brusque changement de personnalité qui l'avait poussée à laisser tomber ses amis, à exclure sa famille, et à agir de façon bizarre.

Bizarre comment, exactement? m'inquiétai-je.

Je remarquai un sac à main de cuir noir sur la table de nuit près du lit de Sharayah et je m'avançai pour le prendre. Mais je poussai un cri en me cognant le pied sur une bouteille de vin vide qui roula sous le lit, cliquetant comme si elle avait frappé une autre bouteille. Quelqu'un avait sérieusement fêté... et j'avais un mauvais pressentiment qu'il s'agissait de moi.

La crise de Sharayah avait-elle quelque chose à voir avec une tendance à trop fêter? Ou avait-elle des problèmes amoureux avec son petit ami (sans chemise)? Il m'était impossible de deviner de quoi il s'agissait à moins d'en découvrir plus à son sujet. J'ai donc ouvert le sac à main de cuir, et j'y ai trouvé une brosse à cheveux, une boucle d'oreille en forme de crâne, du rouge à lèvres cerise, un iPod, des clés, un cellulaire et un porte-monnaie avec le permis de conduire de Sharayah indiquant qu'elle avait récemment eu vingt et un ans. Il y avait aussi deux cartes de crédit, une carte d'identité de l'université, des timbres-poste, un reçu de restaurant — et mille deux cents dollars en argent comptant.

— Wow! m'exclamai-je, feuilletant les billets de cent dollars tout neufs.

Normalement, une telle somme d'argent aurait dû me faire crier de joie — mais mes inquiétudes se multiplièrent. Pourquoi une étudiante universitaire posséderait-elle autant d'argent? Je doutais que ce soit pour quelque objet digne d'intérêt comme des manuels ou des frais de scolarité. Mes pensées s'assombrirent. Je détestais soupçonner Sharayah de quelque chose d'illégal — après tout, elle était la sœur d'Eli, et si elle avait de sérieux ennuis, il serait dévasté. Il me sembla que les billets verts tout neufs me brûlaient les doigts. Je les remis en place, les laissant tomber dans le sac.

Utilisant le cellulaire de Sharayah, je composai le numéro d'Eli. Je l'imaginais en train de dormir paisiblement. J'avais tellement mal à la tête que je ne ressentais aucune culpabilité à le réveiller. Il y avait urgence, et j'avais besoin de lui; c'était tout ce qui comptait. Vite, réponds! ai-je souhaité vivement, écoutant la sonnerie alors que je me dirigeais vers le portrait de famille de Sharayah. Je laissai courir mes doigts sur les boucles de cheveux indisciplinées qui tombaient sur le front d'Eli. Dans une autre vie (en fait, il y avait quelques jours à peine), j'avais remarqué un exemplaire de cette photographie dans la chambre d'Eli. Contrairement à son frère, Chad, il n'avait pas une allure athlétique ni n'était beau comme un mannequin de page couverture, mais quand je regardais ses yeux, j'y voyais la loyauté, l'humour, l'intelligence... et il me manquait.

— Euh? dit Eli d'un ton hébété, après environ huit sonneries.

— Eli!

Mon cœur fit un bond en entendant sa voix.

— Je suis tellement contente que tu sois là!

— Qui est-ce... Oh mon Dieu! Sharayah! C'est vraiment toi?

— Euh... désolée, mais non, répondis-je d'une voix basse et mélodieuse que je n'avais jamais entendue. Je ne suis pas elle.

— De quoi parles-tu? Veux-tu parler à papa ou à maman?

— Non! C'est à toi que je veux parler?

— Qu'y a-t-il? Tu as des ennuis?

— Pas exactement — mais je crains que Sharayah en ait.

— Hein? Qu'est-ce que tu veux dire?

— Eli, je ne suis pas...

J'avalai ma salive en tremblant.

— Je ne suis pas ta sœur.

— Peu importe ce que tu as fait, Shari, tu seras toujours ma sœur. Rien ne peut être si terrible, tu sais que nous sommes toujours là pour toi. Est-ce que tu vas bien? Maman et papa sont malades d'inquiétude. Je veux dire, tu n'es pas venue à Noël! Que devions-nous penser?

— Eli... je sais que ma voix est celle de ta sœur... mais c'est Amber.

Je me préparai à entendre sa réponse, sachant qu'il était incroyable que je sois dans le mauvais corps — mais ce n'était pas comme si c'était la première fois. Seulement hier, j'étais une fille riche, superbe et perturbée qui fréquente notre école et qui se nomme Leah Montgomery. Eli savait s'attendre à l'inattendu avec moi. C'était l'une des nombreuses choses que j'aimais (que j'adorais peut-être) chez lui.

— Amber? répéta-t-il. Amber Borden?

— Combien d'Amber connais-tu? soupirai-je. C'est arrivé à nouveau.

— Ce n'est pas possible. Tu ne peux être Amber — elle est encore à l'hôpital. J'étais avec elle hier jusqu'à la fin des heures de visites espérant qu'elle se réveille, mais elle ne l'a jamais fait.

— C'est que je ne suis plus là. Je crois que Sharayah a pris ma place. J'étais abasourdie quand je me suis réveillée dans la chambre de résidence universitaire de ta sœur — et dans son corps.

— Tu te moques de moi!

— Non, je t'assure. J'ai de la difficulté à le croire moi-même.

— Mais tu ne peux être ma sœur!

— Seulement à l'extérieur, lui dis-je. À l'intérieur, je suis la même mordue des mathématiques qui a des problèmes d'orientation et qui est obsédée par le chocolat. La dernière fois que je t'ai vu — hier, je suppose —, nous étions à l'hôpital attendant que se produise le transfert magique du corps de Leah dans le mien. Après que nous nous soyons embrassés, j'ai vu une lumière éblouissante et j'ai parlé à Mamie. Je pensais que tout allait bien fonctionner — jusqu'à il y a quelques minutes.

— Qu'est-ce qui n'a pas fonctionné? demanda-t-il. Leah agissait comme si elle était de nouveau elle-même, mais tu as tout simplement continué à dormir et personne ne pouvait te réveiller — les médecins eux-mêmes n'y comprenaient rien.

Je pris une profonde respiration.

— Je suis une donneuse de vie temporaire.

— Hein? Une quoi?

— Les donneurs de vie temporaire sont comme des doubles du corps — ils font leur entrée dans les scènes difficiles, quand quelqu'un est incapable de jouer son rôle dans la vie. Seulement, au lieu de travailler à Hollywood, les donneurs de vie temporaires agissent pour l'Autre côté, expliquai-je — même s'il m'était difficile de décrire quelque chose que je ne comprenais pas vraiment.

Ma grand-mère m'avait expliqué qu'habituellement, les donneurs de vie temporaire étaient des âmes décédées; tout de même, elle m'avait aussi expliqué que dans de rares cas, une personne vivante (comme moi) pouvait jouer ce rôle d'aide. Mais comme pour toutes bonnes choses, il y a aussi un mauvais côté: les Condamnés des ténèbres. Ces Condamnés rebelles s'approprient de corps humains pour éviter de retourner à la lumière. J'avais fait une rencontre sinistre avec l'un d'eux et je souhaitais ne jamais refaire cette expérience.

— Si je comprends bien, dit Eli, comme s'il essayait de rester calme — mais je pouvais m'apercevoir qu'il était frustré —, au lieu de retourner dans ton propre corps, tu as changé pour celui de ma sœur.

— Oui.

— Donc pendant que j'attendais que tu te réveilles, et que j'étais en train de te tenir la main et de te dire… bien, des choses que je n'aurais jamais dites à ma sœur… c'était elle et pas toi?

— Hum… ouais.

Je me mordis la lèvre.

— Mais je doute qu'elle t'ait entendu. Il est aussi possible qu'elle n'y ait pas été. J'ignore vraiment comment tout ceci fonctionne. Je jure que je ne savais pas que cela se produirait quand j'ai offert d'aider ma grand-mère. Je ne croyais pas qu'elle allait vraiment me transférer.

— Tu n'as pas réfléchi du tout, répondit-il d'un ton amer. Nous recevons enfin des nouvelles de ma sœur, et tu n'es même pas elle.

— Ce n'est pas très amusant pour moi non plus. Je suis seule dans un endroit bizarre au lieu d'être avec ma vraie famille. J'espérais être de retour avec eux maintenant… et avec toi aussi. Tu me manques vraiment, Eli. J'avais hâte de reprendre mon propre corps et de passer beaucoup de temps avec toi.

— Je voulais la même chose. Seulement, maintenant nous ne pouvons… bien… rien.

— Ouais. J'ai flippé quand j'ai regardé dans le miroir et que j'ai vu ta sœur. Quand même! TA SŒUR! Comment Mamie a-t-elle pu me faire ça?

Mes yeux se remplirent de larmes.

— Tout est fichu en l'air. Je veux juste redevenir moi-même.

— Demande à ta grand-mère de refaire l'échange.

— Ne penses-tu pas que je le ferais si je savais comment?

J'essuyai mes yeux, et l'or de l'élégant bracelet sur mon poignet brilla devant mon regard. Il paraissait dispendieux, la sorte de bijou clinquant que je rêvais de me payer un jour quand je deviendrais une célèbre agente de spectacle. Mais maintenant, j'aurais tout donné pour porter mon bracelet arc-en-ciel bon marché qui me servait de porte-bonheur. Mamie avait dit que si jamais j'avais des ennuis, je n'avais qu'à formuler un chant «magique» et à tourner le bracelet pour prendre contact avec elle, mais je ne savais pas du tout où était le bracelet. Sans lui, j'étais perdue — littéralement.

— N'y a-t-il rien que tu puisses faire? me demanda Eli.

— Attendre d'avoir des nouvelles de Mamie, je suppose. Elle m'a dit qu'elle n'était jamais loin. Au moins, ce n'est qu'un travail temporaire, et une fois que Sharayah se sera reposée quelques jours et qu'elle sera assez forte pour régler ses problèmes, je devrais pouvoir retourner dans mon corps.

Du moins, je l'espérais.

— Seulement quelques jours, dit Eli, d'un air soulagé. Ce n'est pas si mal. Ça pourrait même finir par être une bonne chose.

— Bonne? demandai-je d'un ton sceptique.

— Bonne pour ma famille. Mes parents sont vraiment blessés parce que Sharayah ne nous rend plus visite et ne nous parle même plus.

— Tu as dit qu'elle n'était pas venue à Noël, ses problèmes ont donc commencé il y a plus de trois mois?

— Au moins, répondit-il d'un ton fâché. Quelques semaines après l'Action de grâces. Nous pensons que c'est à cause de son petit ami — un gars plus âgé nommé Gabe. Elle n'a rien voulu nous dire à son sujet, mais tout s'est transformé quand ils ont commencé à sortir ensemble. Elle a changé de compagne de chambre — laissant tomber Hannah, qui était son amie la plus proche depuis la maternelle. D'autres parmi ses amis nous ont contactés, cherchant à savoir pourquoi elle ne retournait pas leurs appels. La seule fois qu'elle nous a contactés, c'était quand elle avait besoin d'argent.

— À propos d'argent, dis-je avec un coup d'œil embarrassé sur le sac à main de Sharayah. A-t-elle... euh... un emploi?

— J'en doute. Elle poursuit une majeure en propédeutique médicale, et sa charge d'études est trop lourde pour qu'elle puisse faire autre chose que du bénévolat dans des établissements de soins de santé. Mais elle a tellement changé que je n'ai aucune idée de ce qu'elle fait. Si tu découvres quelque chose, n'hésite pas à m'en faire part. Maintenant que j'y réfléchis, je suis heureux que tu sois là. Si ma sœur est tellement stressée qu'elle a besoin de se faire remplacer temporairement, qui pourrait s'occuper de ce travail mieux que toi ?

— Hourra pour moi ! répondis-je avec zéro enthousiasme.

— Tu ne seras pas seule. Dès que j'aurai réglé certains détails — comme emprunter une voiture de mes parents —, je viendrai te rejoindre.

— Vraiment ? Tu vas faire toute cette distance jusqu'à…

Je fis une pause me rendant compte que je ne savais même pas dans quelle ville je me trouvais.

— Tu es à San José, dit-il avec un petit rire.

Ce n'était pas trop loin — un simple trajet de quelques heures. Je me sentis soudainement beaucoup mieux.

— Je t'attendrai ici. Ce n'est pas comme si je pouvais aller où que ce soit. Je doute même d'avoir une voiture.

— En fait, tu en as une — si tu peux donner le nom de voiture à cette minuscule Geo. Papa a presque fait une crise cardiaque quand Shari l'a achetée au lieu de se trouver quelque chose chez son concessionnaire. C'était seulement le début de ses problèmes.

— Elle ira bien, l'assurai-je.

— Mais toi, le seras-tu ? demanda-t-il avec tellement de sympathie que j'eus envie de pleurer et je dus avaler ma salive pour demeurer calme.

Je ne savais que répondre ; j'avais peu d'enthousiasme à admettre que je me sentais effrayée et inquiète à l'idée de bousiller la vie de Sharayah, tout comme je bousillais la mienne. Je voulais le respect d'Eli, pas sa pitié. Et les livres d'aide personnelle que j'étudiais suggéraient des trucs comme «rien n'est plus séduisant que la confiance» et «ne jamais laisser voir que l'on a peur». Je le rassurai donc, lui disant que tout irait bien, que je pourrais faire un travail extraordinaire comme donneuse de vie temporaire et que je réussirais à résoudre les problèmes de Sharayah.

Pendant un moment, je crus réellement en être capable — comme si j'étais Super Amber et que je pouvais réussir tout ce que j'entreprenais. Mais je suppose que mes facultés extraordinaires n'incluaient pas le fait de parler avec des garçons, parce qu'un maladroit silence s'installa entre nous, comme si nous attendions tous les deux que l'autre dise quelque chose de romantique. Mais qui pouvait dire s'il existait même un «nous». Nous n'avions jamais eu de vrai rendez-vous, étant donné que j'avais passé une bonne partie de notre temps ensemble dans le corps de quelqu'un d'autre.

— Bien hum… dis-je finalement, oh-pas-tellement-brillamment.

— Je ferais mieux… tu sais… d'y aller, dit-il, tout aussi brillamment.

— Tu devrais… je suppose.

— Je suppose… mais Amber?

— Oui? Oui?

Mon cœur battait.

— Je veux juste dire…

— Quoi?

— Que je… je…

Mon téléphone cellulaire fit bip, m'avertissant de l'arrivée d'un message texte. Je jurai devant le stupide synchronisme de cette stupide interruption, puis je me rendis compte qu'Eli pourrait penser que je jurais contre lui ! Je commençai donc à m'excuser en même temps que j'appuyai sur le bouton « arrêt » pour empêcher un autre stupide bip d'interrompre notre conversation. Mais ce téléphone était un modèle récent dont je ne m'étais jamais servi et au lieu d'interrompre le bip, je raccrochai la ligne.

Bon sang ! Je ne voulais pas terminer notre conversation de façon si peu romanesque. Je songeai à le rappeler, mais je ne voulais pas recommencer toute cette histoire d'au revoir maladroits. De plus, il serait ici dans quelques heures, et nous pourrions alors parler — vraiment parler.

L'indicateur de message texte continuait à clignoter, je pressai donc quelques boutons jusqu'à ce que l'un d'eux semble fonctionner. Il n'y avait pas de nom d'expéditeur, seulement un numéro de téléphone inconnu et un court message :

JE TE SURVEILLE.

2

JE LANÇAI LE TÉLÉPHONE à travers la pièce comme s'il était en flammes. Avec un fort sentiment de paranoïa, je courus vers la fenêtre. Les stores étaient descendus, mais pas complètement fermés, je jetai donc un coup d'œil à travers l'ouverture, mais je ne vis que la nuit noire comme l'encre et la faible lueur des lampadaires. À part le bruit lointain de la circulation, l'univers de la nuit était immobile et silencieux. Mais n'importe qui pouvait se tapir dans le noir sans y être invité, invisible… et inamical.

Quelqu'un était-il dehors en train de me regarder fixement?

Saisissant le cordon des stores, je les fermai pour empêcher la nuit d'entrer. Je tirai si fort que le cordon s'enfonça dans ma paume. Mais tandis que je m'affaissais sur un bureau, mon pouls battant à toute vitesse, je ne songeais pas vraiment à la douleur. Personne ne pouvait voir à l'intérieur maintenant, j'étais donc en sécurité... mais je ne me sentais pas du tout en sécurité.

Ce n'était qu'un message de désaxé, me rassurai-je. Mais j'avais des fourmillements à l'arrière du cou — pourquoi me menacer? À quoi pensais-je? Ce n'était pas moi qu'on menaçait. Ce téléphone appartenait à Sharayah. Le message lui était adressé. Probablement un ami qui faisait l'imbécile, ou encore, le petit ami sans chemise qui inventait une manière pervertie de flirter.

Pourtant, les mots «je te surveille» semblaient être l'œuvre d'un harceleur. Cette idée me faisait aussi peur que lorsque j'avais été menacée par un Condamné des ténèbres. Je ne m'attendais pas vraiment à ce qu'un Condamné des ténèbres apparaisse dans la chambre de résidence, mais la peur créait chez moi un sentiment de paranoïa. Qu'arriverait-il si c'en était un? Leurs âmes ténébreuses étaient attirées par la lueur radiante qui émanait de quiconque avait récemment visité l'Autre côté (comme c'était mon cas). Ma grand-mère m'avait avertie que tant que ma lueur ne disparaissait pas, les Condamnés des ténèbres, attirés par la luminescence — comme des vampires par du sang —, essaieraient de se nourrir de cette énergie en me touchant.

Des frissons se répandirent sur ma peau alors que j'examinais attentivement chaque coin sombre de la chambre. La sinistre impression de me «sentir surveillée» persistait. Je ne pourrais me détendre avant d'avoir la certitude que la menace s'adressait à une autre personne ou qu'il s'agissait d'une mauvaise blague. Assez facile à vérifier — je n'avais qu'à rappeler le numéro d'où provenait le message texte.

Je m'agenouillai pour aller chercher le téléphone sous une chaise… puis je grognai ; brisé.

Maintenant, je ne pourrais plus appeler personne — incluant Eli.

Repoussant le téléphone inutile, je m'affaissai sur le lit, enfonçant mon visage dans mes mains. Qu'allais-je faire ?

Rien — sauf attendre Eli. Et je détestais attendre. Je veux dire, je détestais *vraiment* attendre. Pour venir à bout de cet embarrassant défaut de caractère, j'avais lu un livre d'aide personnelle intitulé *La patience, ouvrir la voie du succès*. Mais il y avait des notes de bas de page, et les conseils étaient tellement ennuyeux que j'avais fini par lire les chapitres en diagonale, seulement pour conclure que je n'avais absolument aucun talent pour la patience.

Évidemment, comme donneuse de vie temporaire, j'étais aussi vraiment nulle. Mon premier geste dans cet emploi avait été de briser le téléphone cellulaire de Sharayah — pouvait-on trouver plus lamentable ? Et au lieu de proposer un plan d'action, j'attendais que son frère vienne me sauver. Mais que pouvais-je faire d'autre ? Habiter le corps d'une autre personne sans vraiment la connaître, c'était comme rouler vers une destination inconnue les yeux bandés. Où pourrais-je en apprendre plus sur Sharayah ?

En claquant des doigts, je me retournai vers les deux ordinateurs de la pièce. Le premier était un mince portable argenté, posé sur un bureau blanc sur lequel on avait peint des vignes de roses élégantes; le bureau était propre et organisé avec des supports de métal pour les papiers, les stylos, les chemises et les livres. Les seuls articles personnels étaient un presse-papiers de quartz rose et un cadre décoré de cristal de roche avec une photographie de remise des diplômes montrant une fille aux cheveux roses dont la lèvre était percée. La compagne de chambre, supposai-je. L'autre ordinateur, un portable noir, était installé sur un bureau de bois foncé tellement encombré que l'appareil était presque caché en dessous de papiers, de boîtes, de livres et de CD dispersés au hasard.

Écartant une chemise et deux manuels, je m'affalai sur la chaise pivotante et je démarrai le portable de Sharayah en tapotant d'impatience. Une boîte s'afficha demandant que j'inscrive mon mot de passe. J'essayai des combinaisons des premiers et derniers noms de Sharayah. J'essayai aussi sa date de naissance (que j'avais trouvée dans son portefeuille), mais rien ne fonctionna. J'étais prête à abandonner quand je remarquai un lecteur d'empreinte digitale. Son empreinte digitale lui servait-elle de mot de passe? Même si c'était génial, c'était aussi décourageant; comment pourrais-je simuler son empreinte digitale?

Puis je me frappai. Que je suis bête! Je *suis* Sharayah.

Fermant les doigts de ma main droite et sortant mon pouce, je m'apprêtais à glisser mon pouce sur le lecteur d'empreinte — quand on frappa à la porte.

Je m'arrachai de l'ordinateur, paralysée de panique. De qui pouvait-il s'agir, si tôt le matin? Ce ne pouvait être la compagne de chambre de Sharayah — elle devait avoir une clé et ne prendrait pas la peine de frapper. Peut-être le petit ami sans chemise? Revenait-il chercher sa chemise? Ou était-ce la personne qui avait expédié le menaçant texto? Mal à l'aise, je jetai coup d'œil au téléphone brisé et à l'écran sombre et sans vie.

Les coups persistaient, plus forts et plus insistants. Mes voisins de résidence se réveilleraient si je ne répondais pas. Me mordant la lèvre, je fixais la porte, souhaitant qu'il y ait eu un judas pour que je puisse voir qui était là — non que j'eus pu reconnaître aucun des amis ou ennemis de Sharayah. J'étais incapable de me décider.

— Ça suffit d'attendre, murmurai-je.

J'ouvris brusquement la porte — et je me retrouvai face à face avec quelqu'un de célèbre. Je veux dire, une étoile d'Hollywood authentique!

Elle était tellement célèbre qu'elle ne portait qu'un seul nom — celui-ci étant internationalement reconnu. Même en portant des survêtements et une casquette de baseball posée bas sur son front, elle était superbe. Qu'est-ce que j'avais entendu à son sujet récemment? Un truc à propos d'une dépression après avoir adopté son huitième bébé, et des rumeurs disant que son mari était en train de la quitter.

— Ne reste pas là à rien faire. Ces ignobles photographes vont me retrouver, et je serai assiégée! dit brusquement la diva, de la voix soyeuse dont elle s'était servie avant de vaporiser son amant dans son dernier film d'action.

— Mais vous êtes… vous êtes…!

Ma bouche restait grande ouverte.

— Ne prononce pas ce nom! Comme si je ne l'avais pas entendu des millions de fois de trop au cours des derniers jours, dit-elle d'un geste de la main tandis qu'elle entrait dans la pièce en passant devant moi. Cette connerie de célébrité me rend tellement malade, et je déteste tous ces flashes d'appareil photo. Ce doit être le pire emploi dans l'histoire des pires emplois. Mais enfin, ferme cette porte — à moins que tu ne veuilles te retrouver autour du monde sur tous les journaux à potins et sur YouTube.

Je fermai brusquement la porte, et je pivotai vers elle.

— Comment avez-vous… je veux dire… hum… nous sommes-nous déjà rencontrées?

— Pas dans cette vie.

Quelque chose dans le ton de sa voix me fit comprendre qu'elle était plus qu'une vedette de cinéma; mais cela ne fit qu'ajouter à ma confusion. Il était peut-être normal pour Sharayah de côtoyer des célébrités, mais pour ma part, je devais mettre en veilleuse la passionnée des vedettes qui est en moi et m'efforcer d'agir de manière *cool*.

— Donc… hum… que se passe-t-il? demandai-je.

— Nous y arrivons dans un instant.

Elle enleva sa casquette et secoua une somptueuse chevelure noire qui tomba en chatoyant autour de ses épaules minces. Même sans maquillage, sa beauté était époustouflante. J'eus fortement envie de lui quêter un autographe.

Aie tout de même un peu de fierté ! me réprimandai-je. Mes livres d'aide personnelle conseillaient de traiter tout le monde de la même façon, précisant que même si quelqu'un était reconnu comme étant une « grande vedette », il n'était pas pour autant plus important que quelqu'un d'autre. Pourtant, je trouvais difficile de suivre ce conseil alors que je me trouvais à quelques centimètres de l'une des plus célèbres divas du monde.

— J'espère que tu te rends compte que j'ai dû traverser maintes difficultés pour arriver ici ! Et ne songe même pas à rouspéter au sujet de mon léger retard !

Elle se retourna vers le miroir pleine grandeur, faisant une petite moue pincée de ses lèvres brillantes et peignant ses cheveux avec ses doigts.

— Bon Dieu ! Je ne suis vraiment pas présentable. Des cernes sous mes yeux ; et ça, est-ce une ride ? À cause de cette mission, je n'ai pas du tout dormi.

— Une mission ? répétai-je.

Elle me lança un regard comme si j'étais la personne la plus stupide qu'elle n'eut jamais rencontrée.

— Pour quelle autre raison serais-je venue jusqu'ici, aussi tôt ? C'était le seul moment où je pouvais m'esquiver sans être suivie. Sais-tu à quel point il peut être épuisant d'être célèbre ? En as-tu la moindre idée ?

À vrai dire, j'étais en mesure de l'imaginer puisque j'avais lu une douzaine d'autobiographies de vedettes du cinéma et de la musique pour me préparer à ma future carrière de gestionnaire de carrières à Hollywood. Mais je ne crus pas que c'était ce qu'elle voulait entendre, je me contentai donc de hausser les épaules.

— Évidemment, tu ne peux le savoir — personne ne peut le savoir à moins de vivre dans ce corps.

Avec dédain, elle agita une main lourde de bijoux dans ma direction.

— Apprendre des textes, passer des heures sur une chaise de maquillage, recommencer la même scène des millions de fois, avoir des admirateurs qui s'accrochent à vous comme des sangsues, mais le pire, c'est de se faire harceler par des paparazzis enragés. Me croirais-tu si je te disais que j'ai roulé tout le trajet jusqu'ici pour découvrir qu'un psychopathe de photographe était caché dans mon coffre ? L'idiot était incapable de sortir, et ses coups répétés me donnaient mal à la tête. Je suis certaine que quelqu'un va finir par le libérer.

Elle se frotta le front, puis me tendit un papier.

— C'est pour toi, Amber.

— Amber ?

Je m'agrippai à une commode pour ne pas tomber sous l'effet du choc.

— Vous connaissez mon nom !

— Al-lo ?

Elle fit rouler ses yeux séduisants.

— N'as-tu rien entendu de ce que j'ai dit ? Pour quelle autre raison serais-je venue ici à cette heure abominable avec la livraison ? Bien sûr, j'aurais dû être ici immédiatement après ton arrivée — je suppose que je devrais m'excuser —, mais il n'est pas facile d'aller où que ce soit dans ce corps puisqu'il faut en prendre un soin incroyable.

— Un corps ? Vous voulez dire... vous êtes une donneuse de vie temporaire comme moi ?

— Une donneuse de vie temporaire — oui. Mais une novice sans formation comme toi ? Non. J'ai à peu près cent quarante-trois ans d'expérience et j'ai été assez sage pour ne pas me porter volontaire avant d'avoir été morte pendant quelques décennies. Je n'approuve aucunement l'idée de se servir des Attachés à la Terre comme DVT, mais personne ne m'a demandé mon opinion, et de toute façon, ça arrive plutôt rarement — en fait, ça se produit seulement avec quelqu'un qui sait manier les ficelles des harpes là-haut.

Elle pointa vers le haut avec un reniflement en signe de désapprobation.

— Mais je suppose qu'il y a du népotisme partout.

— Je n'ai pas voulu cet emploi ! répondis-je brusquement. C'est horrible de ne pas être moi-même et d'être emprisonnée dans le corps de quelqu'un d'autre — surtout celui-ci ! Tout ce que je veux, c'est rentrer à la maison et redevenir celle que j'étais avant.

— Donc pourquoi as-tu offert tes services ?

— C'était un accident. J'ignorais ce que ça impliquait quand j'ai promis à ma grand-mère de l'aider. Et je ne croyais certainement pas qu'elle effectuerait un échange tout de suite — mais tout s'est produit si vite. Je ne savais pas qu'elle le ferait sans m'avertir, ou du moins sans me donner quelques instructions. C'est la pire chose qui me soit arrivée de toute ma vie — et considérant que j'ai été frappée par un camion et que j'ai failli mourir la semaine dernière, c'est révélateur. Je veux tout simplement retourner dans mon propre corps. C'est tellement injuste.

— Et si tu redescendais sur terre?

Elle replaça ses boucles somptueuses sous sa casquette.

— Et pendant que tu y es, signe ce formulaire pour que je puisse partir d'ici.

— N'avez-vous pas entendu ce que je viens de vous dire? Je ne veux pas être une donneuse de vie temporaire.

— De l'Autre côté, abandonner, ça n'existe pas, dit-elle avec un petit haussement d'épaules. Tu ne veux plus faire ce genre de travail? Termine ta mission — en d'autres mots: signe ce papier.

— Je refuse de signer quoi que ce soit sans d'abord le lire.

— Alors, lis-le — mais fais vite.

Je plissai les yeux en voyant les petits caractères et le jargon de juriste.

— Hum… devrais-je me trouver un avocat? C'est difficile à saisir. D'après ce que je peux en comprendre, je pourrais bien être en train de vendre mon âme!

— Fais-moi confiance — tu le saurais si c'était le cas, dit-elle d'un ton inquiétant. Vendre son âme est un commerce sérieux, et il faut signer avec de l'encre de sang pour être lié.

— Encre de sang? Dégoûtant. Je ne suis vraiment pas faite pour ce travail, grognai-je. Pouvez-vous apporter un message à ma grand-mère et lui dire de me remplacer par quelqu'un de plus expérimenté? Je n'ai aucune idée de ce qu'il faut faire. Je sais à qui ce corps appartient, mais j'ignore ce qu'est son problème et ce qu'il faut faire pour le résoudre.

— Tu es tellement néophyte. Le travail de DVT est de remplacer, pas de sauver. Nous permettons à notre Âme Hôte de se reposer pour qu'elle puisse revenir suffisamment revigorée pour régler ses problèmes d'elle-même. Mais tu ne pouvais pas le savoir, étant donné que c'est ta première expérience dans un corps différent.

Je me hérissai devant son ton condescendant.

— En fait, c'est ma seconde fois.

Je n'ajoutai pas que la première fois avait été un accident cosmique dû à mon sens pathétique de l'orientation, et que dans ce premier cas aussi, je ne savais pas quoi faire.

— Vraiment?

Elle arqua un sourcil sceptique.

— Tu as déjà fait ce genre de travail?

— J'ai... hum... aidé une fille à l'école qui avait essayé de se suicider.

— On a confié un suicide à une novice? Mais où s'en va-t-on? Oh, bien, ce n'est pas mon problème. Qu'attends-tu pour signer?

Elle fit claquer ses doigts, et soudain, une plume d'oie apparut dans sa main. Elle la poussa vers moi.

— Une fois que tu auras lu et signé le formulaire d'autorisation, je te donnerai ton Manuel d'évaluation des besoins d'orientation — ou MEBO, comme on l'appelle. Ce manuel t'expliquera tout ce que tu as besoin de savoir. Puis, je partirai enfin. Je peux seulement espérer que ma prochaine mission ait lieu quelque part loin d'Hollywood et dans un endroit plus paisible — comme une zone de guerre par exemple.

Tenant le stylo entre mes doigts, je lus les petits caractères.

> *En tant que donneuse de vie temporaire ayant signé plus bas, j'accepte de respecter toutes règles existantes et futures incorporées dans le Manuel d'évaluation des besoins d'orientation, et j'accepte par la présente de ne faire aucune allégation contre le Pouvoir supérieur et toutes ses agences… bla, bla, bla.*

Ma grand-mère devait connaître beaucoup d'avocats de l'Autre côté, songeai-je en passant directement en bas de la page, à l'endroit où je faisais don de ma vie — un acte que j'espérais ne pas être associé à une méchante blague.

— Fantastique.

La diva m'arracha le papier et le plia à plusieurs reprises jusqu'à ce qu'il soit tellement petit qu'il disparaisse dans sa main. Avec un claquement de ses doigts, un livre apparut ; si vous pouvez appeler livre un truc à peine plus gros qu'une tablette Hershey. Elle le poussa dans mes mains.

— Étudie ce MEBO et n'enfreins jamais les règles — tu me comprends, *ne les enfreins sous aucune circonstance.*

Je hochai la tête, un peu mal à l'aise, mais plutôt curieuse alors que je touchais le livre minuscule. Lorsque je levai les yeux de nouveau, désireuse de poser toutes les questions qui me troublaient au sujet de Mamie et de Sharayah, la diva était partie.

Pendant un moment, je restai là, tout simplement, perplexe et chancelante de déception. Puis, avec un soupir, je me dirigeai vers le bureau de Sharayah pour examiner le petit livre. Il n'y avait rien d'écrit sur la couverture dorée, sauf les lettres scintillantes M-E-B-O. Lorsque je feuilletai les pages, je vis qu'elles étaient toutes blanches. Mais sur l'une des pages, je m'arrêtai et regardai fixement un point noir qui semblait avoir été créé par l'extrémité d'un stylo. Il se mit à tourbillonner au centre de la page, puis virevolta pour former des lignes ondulées et pour créer une lettre — *A.* Fascinée, je continuai d'observer, et quatre autres lettres apparurent pour épeler *A-M-B-E-R.*

Tu parles de personnaliser un livre! Maintenant, les lettres apparaissaient plus rapidement, s'écoulant comme si on avait ouvert une veine d'encre, versant les mots sur la page pour me composer une courte lettre.

Amber,
Votre rôle comme donneuse de vie temporaire est vital
pour votre Âme Hôte aussi bien qu'il constitue un

phare de rédemption pour toute la négativité et les erreurs sur votre chemin de vie personnel. Lorsqu'ils sont en mode trauma, les Attachés à la Terre exigent qu'on leur donne des soins et que l'on s'occupe de leurs besoins matériels. Durant le remplacement d'âme, vous assumerez la vie de l'Âme Hôte sans interruption. Votre signature a été notée dans la Salle des registres comme une promesse selon laquelle vous vous engagez à accepter toutes les règles et les obligations de cette mission sacrée. Adhérez à chacune des Neuf règles divines; enfreindre une règle pourrait avoir de graves conséquences.

L'encre fit une pause, et la page voleta pour faire place à une nouvelle page qui était déjà complétée. Il n'y avait qu'une seule ligne : *Neuf règles divines*.

La page tourna de nouveau pour montrer la première règle.

1. *Respectez les obligations et les plans de votre Corps Hôte.*

Ce serait utile de connaître les plans de Sharayah, songeai-je alors que la page changeait rapidement pour passer à la règle suivante.

2. *Vous ne devrez révéler votre véritable identité sous aucune circonstance.*

Oups, j'ai déjà bousillé celle-ci quand j'ai parlé à Eli, pensai-je en jetant un coup d'œil au téléphone brisé. Moins d'une heure comme donneuse de vie temporaire, et j'avais déjà enfreint une règle. J'espérais que Mamie ne fut pas fâchée.

Maintenant, les pages tournaient plus rapidement. Je dus augmenter mon rythme de lecture pour ne manquer aucune information importante.

3. *Ne consultez ce manuel qu'avec des questions pertinentes.*

4. *Résistez aux tentations : guidez votre Hôte vers des choix positifs.*

5. *Si vous prenez conscience de la présence de Condamné des ténèbres, battez en retraite et rapportez la situation.*

6. *N'accomplissez pas de gestes qui vont à l'encontre du code moral de votre Hôte.*

7. *Respectez le corps de votre Hôte ; pas de tatouages, de coloration de cheveux, ou de perçages.*

8. *Votre temps dans un corps d'Hôte ne peut excéder un cycle de pleine lune.*

9. *Veillez bien sur le corps de votre Hôte. Si votre corps meurt, vous mourrez aussi.*

Mon estomac se nouant, je relus la neuvième règle à plusieurs reprises. Pourquoi édicter une telle règle à moins que cela ne se soit déjà produit ? Était-il déjà arrivé qu'un infortuné donneur de vie temporaire soit mort en faisant son travail et que cela ait entraîné la perte de son véritable corps comme pénalité ? Tu parles de risques professionnels ! Il était bien trop dangereux de se charger de la vie de quelqu'un d'autre. Jamais je n'aurais dû faire cette stupide promesse à Mamie. Était-elle au courant que j'avais déjà brisé la deuxième règle ? Mais ce n'était pas ma faute, parce que j'ignorais l'existence de ces règles quand j'avais téléphoné à Eli. Et pour être honnête, je n'avais aucun regret de l'avoir brisée. Même si j'avais su que c'était défendu, j'aurais probablement téléphoné à Eli. Il méritait d'être au courant au sujet de sa sœur.

Pourtant, je me sentais mal à l'aise de briser les règles… et coupable. À partir de maintenant, peu importe la raison, je n'en briserais plus d'autres. Que je veuille ou non cet emploi, Eli, ma grand-mère et Sharayah comptaient sur moi — et je ne pouvais les laisser tomber.

Je commençais à fermer le livre quand les feuilles se sont mises à tourner, comme si un vent soudain s'élevait, révélant une page avec le message le plus déconcertant jusqu'ici :

Posez ici les questions pertinentes au sujet de votre corps Hôte.

Euh ? Qu'est-ce que ça veut dire ? Comment étais-je censée poser des questions ? Et où exactement était «ici» ? Je regardai fixement, attendant des instructions supplémentaires, mais il n'en vint aucune. Quand je tournai les pages pour revenir au début du livre, tout ce que j'avais déjà lu s'était effacé.

— Mamie, grognai-je en levant les yeux vers le plafond peu illuminé, pourquoi me rends-tu la tâche si difficile?

Retenant mon souffle, je m'attendais presque à l'entendre me répondre, mais tout ce que j'entendis fut le bruit sourd de mon propre battement de cœur qui se faisait de plus en plus fort. Puis, quand je baissai de nouveau les yeux vers le livre, l'encre noire et épaisse jaillissait encore une fois pour former des mots.

Ta mission n'est qu'aussi difficile que tu la rends.

Je plissai les yeux, regardant le livre, craignant que si je clignais des yeux, ces mots s'effaceraient aussi. Mais je dus tout de même avoir cligné, car la page fut soudainement vide. Mais je commençais à comprendre un peu. Ce livre de la taille d'une tablette de chocolat était mon lien avec l'Autre côté.

— Comment puis-je aider Sharayah? lui demandai-je.

Reporte-toi à la règle numéro un.

— Mais les règles ne sont plus écrites! indiquai-je.

1. *Suivez les obligations et les plans de votre Corps Hôte.*

— Tu es un livre sarcastique, n'est-ce pas ?

L'encre disparut à nouveau de la page — ce qui me suffisait comme réponse.

— D'accord, cela commence à avoir du sens. Je te pose une question, et tu me donnes une réponse. Vas-tu répondre à tout ce que je demande ?

La couverture du livre se referma en claquant.

— Je prends cela pour un non, dis-je en fronçant les sourcils. Peux-tu me parler au moins de la crise de Sharayah ? Est-ce relié au petit ami Gabe, ou au collège, ou à tout cet argent ?

Le livre posé dans mes mains, j'attendis de recevoir une réponse, mais rien ne se produisit.

— Allez, insistai-je. Ouvre-toi à nouveau et écris-moi. J'ai besoin de connaître les problèmes de Sharayah. Qu'est-ce que je suis censée faire pour elle ?

Le livre s'ouvrit, et un mot apparut sur la page.

Vivre.

Hé bien ! Cela ne représentait pour moi qu'une grosse page remplie de rien du tout. J'étais déjà au courant que je devais vivre sa vie, du moins temporairement. Mais cela signifiait-il que je devais m'asseoir ici dans cette chambre de résidence jusqu'à ce que mon temps de temporaire soit terminé ? Peut-être que Sharayah avait des responsabilités comme un emploi et des travaux scolaires ? Je ne voulais pas rester là à ne rien faire — je voulais être Super Amber et résoudre tous les problèmes.

D'accord, d'accord… alors peut-être que sur le plan technique, ce n'était pas à moi de résoudre des problèmes. Mais il était évident que Sharayah avait besoin d'aide, sinon elle n'aurait pas coupé les liens avec sa famille et n'aurait pas laissé tomber sa meilleure amie/compagne de chambre. Il y avait aussi l'argent et cette menace sous la forme d'un texto. Pourquoi Mamie disait-elle que j'étais bonne pour aider les autres si ce n'était pas ce qu'elle voulait que je fasse ? Et elle devait avoir une bonne raison de me choisir pour cette mission. Ce ne devait pas être parce que je connaissais Eli, parce que cette situation était plutôt embêtante et ne faisait que compliquer ma mission. Donc, pourquoi me choisir plutôt qu'un donneur de vie temporaire d'expérience ? Avais-je une habileté ou un talent unique qui faisait de moi un bon choix pour cet emploi ? Je ne pouvais penser à quoi que ce soit.

Je jetai un coup d'œil à l'horloge numérique, me demandant si Eli était en route. Même s'il avait réussi à se procurer une voiture immédiatement, le trajet lui prendrait au moins deux heures. Je bâillai, tellement épuisée que je pouvais difficilement penser clairement. Ce serait fantastique de me reposer un peu. Et quand je me réveillerais, Eli serait peut-être arrivé.

Glissant le MEBO dans le sac à main noir, je pris un oreiller qui reposait sur une pile de vêtements sur le plancher, puis je me pelotonnai sur le lit de Sharayah. Bâillant à nouveau, je fermai les yeux et me laissai glisser vers le monde des rêves.

Les souvenirs tourbillonnants, en fragments de kaléidoscope, me renvoyèrent chez moi avec ma famille. Dans mon salon, ma petite sœur Olive jouait avec notre chat, Snowy, qui bondissait sur une étagère surélevée et se transformait en un chien portant un collier rutilant — mon chien (décédé) Cola. Brusquement, je me retrouvais dans un hôpital avec des murs blancs et un plancher de linoléum tacheté, et Cola s'éloignait en courant. Je devais l'attraper pour qu'il me conduise à ma grand-mère, mais il courait tellement vite, tournant les coins dans une masse confuse et étourdissante. Je courais sur un tapis roulant qui n'allait nulle part. Je croyais que j'étais seule jusqu'à ce que je jette un coup d'œil par-dessus mon épaule et que je vois un garde de sécurité aux mains brillantes et grises — un Condamné des ténèbres! Il s'approchait, de plus en plus, ses pas produisant des bruits menaçants alors que ses doigts gris chatoyants se tendaient et…

Brusquement, mes yeux s'ouvrirent.

Paniquée, je me réveillai instantanément, mais pas à cause de mon rêve.

Dans l'obscurité, une silhouette grise était penchée au-dessus de mon lit — et m'observait.

3

— NE ME TOUCHE PAS! criai-je, me redressant brusquement en attirant l'oreiller contre ma poitrine.

— C'est quoi ton problème?

La voix de l'ombre était féminine et ennuyée.

— Ne perds pas les pédales.

— Recule! Sors d'ici!

— Rayah, ce n'est que moi. As-tu fait un autre cauchemar?

Il y eut un léger clic, et la lampe de la table de chevet s'alluma. La lumière était si brillante que j'en fus momentanément aveuglée. Lorsque ma vision se fut éclaircie, je vis des cheveux courts roses et épineux, et des yeux dont le contour était peint de khôl noir. La fille était plus âgée que moi — oups, oubliez ça —, je veux dire, plus âgée que mon vrai moi, mais environ le même âge que Sharayah. Elle portait des jeans noirs bien ajustés, un veston aviateur de cuir noir sur une blouse rose néon et des boucles d'oreilles pendantes faites de fil barbelé.

— Tu es… hum… ma compagne de chambre ? demandai-je, clignant la confusion hors de mes yeux.

— Es-tu défoncée ? Pour quelle autre raison est-ce que je te tolérerais ? Ce n'est pas la première fois que tu te réveilles en hurlant. Encore le cauchemar de l'océan ?

— Je ne peux m'en souvenir.

— Comme si ça pouvait me surprendre.

Elle se mit à glousser, montrant un clou argenté sur sa langue.

— Quelle quantité as-tu bue cette fois-ci ?

— Honnêtement, je l'ignore.

— Tu es terrible. N'as-tu pas dormi un peu ? Je suis partie d'ici hier soir pour te laisser un peu d'intimité, mais je m'attendais aussi à ce que tu dormes un peu. Au fait, tu m'en dois une, parce que le petit lit que Sadie m'a prêté était aussi dur que du béton. Alors, lève-toi.

— Aussi tôt ? Nous sortons ? demandai-je en fronçant les sourcils.

J'aurais aimé connaître son nom et savoir comment agir avec elle. Étions-nous les meilleures amies du monde ou juste des compagnes de chambre ?

— Bien sûr que nous sortons ! Ta valise est déjà dans la voiture. As-tu grillé toutes tes cellules cérébrales ?

— J'espère que non, répondis-je d'un ton sérieux.

Ma tête tournait comme si j'avais tourbillonné la tête en bas dans des montagnes russes, et ma bouche avait un goût amer qui me donnait des haut-le-cœur.

— Prépare-toi, d'accord ? Je ne peux croire que tu ne sois même pas prête — à moins que tu aies l'intention de porter ça. Hé, si tu veux sortir avec une chemise et un string, c'est *cool*. Les camionneurs vont klaxonner quand ils vont baisser les yeux vers notre voiture.

Elle arracha l'oreiller de mes mains jointes, puis elle me prit le bras.

— Dépêche-toi, Rayah.

— Je ne peux…

Je m'arrachai de sa poigne.

— Je ne me sens pas assez bien pour aller où que ce soit.

— Même si tu as la gueule de bois, ça ne veut pas dire que nous allons abandonner nos plans pour la semaine de relâche*. Si c'est à cause de ta phobie de l'océan, personne ne t'obligera à entrer dans l'eau. Ai-je besoin de te rappeler que l'idée de partir si tôt était *ton* idée ?

— Ah oui ?

— Ne te souviens-tu de rien ?

Elle fit rouler ses yeux noirs.

— Tu as insisté pour que nous partions tôt parce que tu étais complètement parano à cause d'un gars qui te poursuivait.

— Le harceleur ? Tu es au courant ?

— Bien, que tu es bête ! Tu m'as montré la note.

Une note ? J'essayais de comprendre. Cela voulait-il dire qu'il y avait eu d'autres menaces ?

— Sais-tu qui me menace ? lui demandai-je.

— Comment pourrais-je le savoir ? La note n'était pas signée — de plus, je crois qu'il s'agit d'une plaisanterie. Je passe mon temps à te menacer de te tuer — surtout quand tu ne nettoies pas ta partie de la pièce ou que tu empestes la place avec ton thé noir. Mais je ne le pense pas vraiment. Et je doute que qui que ce soit le pense aussi. La personne qui t'a envoyé la note essaie seulement de te faire paniquer.

— Ça fonctionne, répondis-je, étreignant mes bras frissonnants.

Il y avait donc eu au moins deux menaces. Je voulais demander s'il y en avait eu d'autre, mais je ne pouvais le faire sans éveiller de soupçons. Mon cœur battait, et je sentais la peur qui montait en moi. Je pouvais comprendre pourquoi Sharayah avait besoin de prendre une pause hors de sa vie, loin de son harceleur. Mais c'était risqué pour moi, parce que j'étais incapable de différencier les amis de Sharayah de ses ennemis.

— Allez, Rayah, il est déjà bien plus tard que l'heure à laquelle nous avions planifié de partir, et je commence à être en rogne, ajouta-t-elle d'un ton accusateur. N'exagère pas, d'accord ? J'ai été assez gentille pour aller rester avec Sadie pour que tu puisses avoir de l'intimité avec James. Maintenant, je découvre que tu n'es même pas prête et que tu portes encore son T-shirt.

— James ?

Je touchai la chemise.

— Ce gars qui a laissé cette... hum... mon petit ami?

— Ha, ha. Très drôle, Rayah, dit la compagne de chambre avec un gloussement. Comme si c'était déjà arrivé que tu sois sérieuse avec un gars. Sadie attend dans le parc de stationnement. Il est temps de prendre la route.

— La route?

Mon sang ne fit qu'un tour.

— Au diable ta gueule de bois, c'est maintenant que nous partons.

Elle me mit sur mes pieds — elle était étonnamment forte même si elle était plus petite que moi de presque une tête.

— C'est Sadie qui conduit, et tu pourras dormir sur la route pour te débarrasser de ta gueule de bois. Sortons d'ici.

— Mais je ne peux partir sinon je ne pourrai voir...

Je coupai court, me rendant compte que j'en avais trop dit.

— Voir qui? demanda-t-elle d'un ton glacial.

— Hum... c'est difficile à expliquer.

— Ne me dis pas que ça a quelque chose à voir avec ce fainéant de James.

Elle replia ses bras contre sa forte poitrine, plissant ses yeux comme si elle me défiait de la contrarier.

— Je t'ai avertie qu'il ne cherchait qu'une chose, ce qu'il a évidemment réussi à obtenir puisque tu portes sa chemise.

— Ça n'a rien à voir avec lui.

J'eus un soudain désir de m'arracher la chemise et de prendre une douche. Une douche longue, chaude et qui nettoie le corps en profondeur.

— Alors qui ? demanda-t-elle d'un ton soupçonneux. Souviens-toi de notre accord On-ne-touche-pas-aux-ex. Tu ferais mieux de ne pas t'en prendre à Kyle. Même si c'est un salaud et que j'en ai vraiment fini avec lui, ce serait trop bizarre de vous voir ensemble tous les deux.

— Non, non ! Je veux dire… ce n'est personne que tu connais.

— Alors, il ne peut être très important, n'est-ce pas ?

Elle sourit.

— Allons-y.

— Je… je ne peux pas ! Je dois rester et attendre…

— Oublie ça ! Aucun gars ne va bousiller nos plans. Nous partons maintenant.

— Mais je ne peux partir sans au moins lui laisser un message !

— Appelle-le plus tard.

— Mon téléphone est brisé.

Je soulevai le téléphone, le secouant pour qu'elle puisse entendre le cliquetis.

— Oups. Je ne demande même pas comment c'est arrivé.

La compagne de chambre gloussa d'un air malicieux.

— Mais pas de problème — tu peux te servir de mon téléphone.

— Merci. Où est-il ?

Je tendis la main.

— Dans la voiture — où nous serons dans quelques minutes.

M'attrapant la main, elle me tira brusquement vers la porte.

— Nous partons maintenant.

— Attends !

— Certainement, pourquoi n'attendons-nous pas ? ajouta-t-elle avec un arc de sourcil menaçant. Donnons à ton harceleur suffisamment de temps pour te trouver. Peut-être que la note n'est pas une blague. Peut-être que c'est vraiment sérieux et qu'un psychopathe quelque part peut vraiment vouloir te tuer.

— Me tuer ?

Ma gorge se serra.

— Une note qui disait « Je te regarderai mourir » n'est pas exactement une lettre d'amour. Mais tu dois être plus courageuse que moi. Je ne peux t'arrêter si tu préfères attendre ton harceleur ici, plutôt que de passer des vacances fabuleuses avec tes amies.

— D'accord, j'irai — mais je ne porterai pas ce truc.

Il était difficile de penser clairement ; tout ce qui était clair, c'était la peur.

— Je vais me changer rapidement.

— Je parie que tu le feras.

Son sourire était rempli de suffisance.

J'étais mal à l'aise d'osciller alors que j'essayais de marcher, puis de trébucher pour fouiller à travers trois tiroirs avant que je trouve des jeans qui me semblaient trop longs, mais qui me seyaient de façon fantastique. Puis, j'attrapai le premier haut que j'aperçus, un truc bleu à longues manches. Soulagée de pouvoir enlever la repoussante chemise de James, je la lançai de côté et je me glissai dans le haut bleu.

Si seulement il eut été aussi facile de sortir de ce corps pour retourner dans le mien. Il était déjà assez compliqué d'être la sœur de mon petit ami, mais j'étais aussi terrifiée à l'idée de servir de cible à un psychopathe. Je ne pouvais sortir de la pièce assez rapidement. Après nous être engagées dans le couloir, nous contournions un coin quand je me rendis compte que je n'avais pas le sac à main de Sharayah — qui contenait ses cartes d'identité, ses cartes de crédit et l'épaisse liasse de billets de banque.

— Oups! Mon sac à main!

Je m'apprêtais à faire un virage en U lorsque la compagne de chambre de Sharayah me lança un regard glacial qui m'arrêta net.

— Reste ici, ordonna-t-elle. J'irai le chercher.

À contrecœur, j'attendis, jetant des coups d'œil nerveux tout autour, comme si mon harceleur pouvait émerger des coins. Je fus soulagée quand je vis réapparaître les cheveux roses et le cuir noir.

Elle poussa le sac à main vers moi, puis me conduisit vers les escaliers. Je me rendis compte que je m'étais fait pardonner quand elle accrocha son bras au mien et me sourit. Il était étonnant de voir comment un simple sourire illuminait son visage d'une beauté que je n'avais pas remarquée jusqu'à maintenant.

— Venice Beach, nous voilà, carillonna-t-elle avec ardeur. Si nous avons le temps, nous pouvons franchir la frontière et aller faire la fête au Mexique.

— Venice Beach ? Mexique ? répétai-je.

— C'est tout ce que nous pouvons accomplir en une semaine, même si j'aimerais aussi me rendre à Lake Havasu. J'ai toujours voulu me payer une de ces fêtes où plusieurs bateaux sont amarrés ensemble pour faire la fête, annonça-t-elle avec un mouvement de danse jazzy. Amenez la plage, la boisson et les mecs super — la semaine de relâche commence maintenant !

Son ton était optimiste et rempli de sous-entendus, m'avertissant de ne pas causer de problèmes. Je ne voulais pas la contrarier, non plus que je voulais rester ici et risquer de me faire attaquer par un gars qui me poursuivait. De plus, si je ne la suivais pas, j'enfreindrais la règle MEBO # 1.

1. *Respectez les obligations et les plans de votre Corps Hôte.*

Apparemment, l'une de mes obligations, c'était d'aller prendre des vacances et de faire la fête.

— Désolée, Eli, pensai-je. Je te téléphonerai plus tard.

Puis je partis pour le congé de la semaine de relâche.

• • •

Je suivis la compagne de chambre de Sharayah (au fait, quel était son nom ?) jusqu'en bas d'un escalier en pente raide, puis à travers un dédale de couloirs faiblement éclairés vers des portes vitrées doubles qui conduisaient à l'extérieur dans le parc de stationnement. Je ne pouvais me défaire de l'impression qu'on m'observait et je regardais continuellement autour de moi, mais je ne vis personne. Pourtant, mon malaise subsistait.

Dehors, dans le parc de stationnement, il y avait de la brume, et des lampes sinistres brillaient comme des yeux de démons, ajoutant un thème déprimant à mon cauchemar personnel. Alors que nous avancions à travers des rangées de véhicules, leurs formes volumineuses me rappelaient des monstres accroupis. Je frissonnai, enroulant mes bras autour d'un corps trop grand et si mince que je pouvais en sentir les côtes.

Je jetai un coup d'œil derrière vers la silhouette indistincte de la résidence que je venais juste de quitter ; trois étages de logements avec un extérieur en briques, entouré d'arbustes et d'allées. L'habitation avait une allure traditionnelle, mais tout de même assez moderne ; la sorte de résidence que j'espérais un jour fréquenter avec ma meilleure amie. Alyce et moi avions fait le tour d'une demi-douzaine de campus, rêvant du moment où nous obtiendrions nos diplômes d'études secondaires pour commencer la vraie vie : nous allions partager une chambre de résidence, étudier ensemble et obtenir des stages prestigieux. Alyce disposait d'un fonds en fiducie et (ses notes le permettant) elle pouvait choisir de poursuivre ses études là où elle le voulait. Mais en raison du manque de fonds de ma famille, je doutais, jusqu'à tout récemment, de pouvoir à peine me payer des cours du soir — j'imaginais un futur passé à confectionner des burgers dans un emploi sans grandes perspectives d'avenir. Puis, il s'était produit un miracle : on m'avait offert une bourse dans une université de mon choix.

Mais je n'avais pas choisi d'être ici. Ce n'était pas ainsi que j'avais imaginé la vie à l'université — loin de mes vrais amis, circulant en titubant dans le corps de quelqu'un d'autre. Le simple fait de marcher me semblait maladroit ; mes pas étaient tellement saccadés que je trébuchai, et ce ne fut qu'en empoignant rapidement une rampe que je pus éviter une mauvaise chute. Heureusement, ma compagne de chambre n'avait rien remarqué, ou peut-être supposait-elle que j'étais trop défoncée pour marcher droit... et peut-être était-ce la vérité.

— Pourquoi avez-vous mis si longtemps ? demanda une fille de petite taille qui avait des bijoux brillants tissés dans sa longue natte brune.

Elle s'avança vers nous, s'éloignant du VUS argenté contre lequel elle avait été appuyée. Des bracelets en or cliquetaient sur ses poignets minuscules, et elle portait une blouse chiffon de grand couturier avec une mini-jupe bleu minuit et des bottes noires à hauteur des genoux.

— Ce n'est pas ma faute Sadie, c'est à Rayah qu'il faut en vouloir, dit la compagne de chambre aux cheveux roses en pointant un doigt accusateur vers moi.

Elle n'était pas habillée, et ensuite, elle s'est lamentée parce qu'elle devait attendre un certain gars, et juste comme nous sortions enfin de la chambre, elle a voulu y retourner pour chercher son sac à main.

— Comment peux-tu oublier ton sac à main ? dit l'autre fille, Sadie, en me regardant comme si j'avais commis un crime. Même si j'étais défoncée, je n'oublierais jamais mon sac à main.

— Je l'ai maintenant.

J'empoignai fermement le sac de cuir, rassurée de disposer de ce faible lien avec ma nouvelle identité — même si tout cet argent comptant me rendait nerveuse. Mais c'était le dernier de mes soucis. Il me fallait contacter Eli ou trouver une façon de retarder le départ assez longtemps pour qu'il finisse par se montrer.

— J'ai tout de même besoin d'un téléphone, dis-je en me tournant vers la fille aux cheveux roses. Tu as dit que je pouvais me servir du tien.

Elle ouvrit la porte arrière et me fit signe d'embarquer.

— Attendons d'être en route.

— Mais c'est urgent. Il ne sait pas que je…

— Peu importe. Je ne veux pas en entendre parler.

La compagne de chambre hocha la tête.

— Tout ce que tu fais c'est de nous retarder et de trouver des excuses. Tu agis comme si un certain gars est plus important que tes meilleures amies et le voyage que nous avons planifié depuis des semaines !

— Ça n'a jamais été mon intention.

— Alors oublie le gars pour un moment.

Sadie nous lança un regard intrigué. Ses traits anguleux me rappelaient ceux d'un oiseau : pas un moineau ordinaire, mais un ara brillant et exotique, scintillant de teintes saphir, cannelle et rouge coucher de soleil.

— N'es-tu pas un peu dure, Mauve ? demanda-t-elle à la fille aux cheveux roses. Si Rayah veut appeler un gars, où est le mal ? Ne sois pas aussi garce.

— Pourquoi pas ? J'en suis une et je suis fière de l'être.

— Ouais — je l'ai vu sur une étiquette de pare-chocs. *Mauve : la garce du campus.*

Mauve grogna.

— Tu te crois tellement drôle.

— Il faut bien que l'une d'entre nous le soit.

Les clés de Sadie cliquetaient tandis qu'elle se glissait sur le siège du conducteur.

— Donc, qui est le nouveau gars, Rayah ?

— Oh, ce n'est pas ce que vous pensez !

Je me sentis rougir.

— Je veux dire, c'est plus comme... hum... un frère. Mais c'est important que je lui téléphone... puis-je emprunter ton téléphone ?

— Ne le lui prête pas avant que nous soyons sur l'autoroute et qu'il ne soit plus possible de revenir, Sadie, interrompit Mauve, lançant un regard accusateur dans ma direction tandis qu'elle ouvrait la porte du passager avant. Elle agit vraiment bizarrement. Je ne sais pas ce qui se passe, mais c'est plus qu'une gueule de bois. Rayah, est-ce que tu nous caches quelque chose ?

— Bien sûr que non.

— Alors, monte dans la voiture.

— Parfait. Peu importe.

Je me pelotonnai sur le siège arrière.

Sadie jeta un regard à Mauve, puis à moi avec les lèvres pincées.

— Vous savez ce qu'il nous faut?

— Un téléphone, dis-je.

— Une nouvelle compagne de chambre, ajouta Mauve.

— Faux.

Avec un grand sourire, Sadie se glissa dans la voiture et tendit le bras pour prendre un sac.

— Des cafés moka au lait. Puisque vous mettiez tellement de temps, je suis rapidement allée chercher notre café habituel chez Starbucks.

Comme je prenais la tasse chaude et que j'enlevais le couvercle, je sentis un riche parfum de café. Mais quand j'en pris une gorgée, je faillis la recracher. Wow! L'« habituel » de Sharayah était assez fort pour porter un ivrogne de carrière à la sobriété. Je buvais rarement du café et quand ça m'arrivait, j'y mettais une grande quantité de crème et de sucre. À la dérobée, je remis le couvercle et j'insérai la tasse dans un support.

— Ça devrait guérir la gueule de bois de Rayah. Elle en a vraiment pris une bonne avec *James*.

Mauve prononça son nom d'un ton moqueur.

— Quand je suis arrivée dans la chambre, elle portait sa chemise.

— Et que la fête commence, dit Sadie avec enthousiasme alors qu'elle attachait sa ceinture. Avec vous deux, ma Liste de mises de côté augmente rapidement. Quelle cote donnerais-tu à James? En valait-il la peine? Des détails, s'il te plaît.

— Hum… bien…

Je rougis, ne sachant absolument pas comment répondre à cette question.

— Aussi mauvais que ça, hein? La prochaine fois, tu pourrais lui enseigner quelques-uns de tes trucs.

Sadie prononça ces mots sur un ton qui voulait dire que j'avais beaucoup d'expérience avec les gars.

Mes joues s'enflammèrent, et j'étais heureuse d'être assise à l'arrière, où elles ne pouvaient voir mon visage. Dans mon vrai corps, j'avais embrassé un total de quatre gars et je n'étais jamais allée plus loin qu'en seconde base. Je n'avais vraiment *aucune* expérience — certainement pas assez pour coucher avec un gars ou pour lui enseigner des « trucs ». Et j'étais assez certaine que la « Liste de mises de côté » de Sadie n'avait rien à voir avec des emplettes de vêtements au centre commercial.

Mentalement, je commençai ma propre liste de Gens à éviter.

1. *James.*
2. *Le harceleur.*

Il serait peut-être plus facile de jouer le rôle de Sharayah loin de la résidence. Il était assez difficile de tromper Mauve et Sadie, mais si je demeurais sur le campus, je tomberais sur d'autres personnes qui en connaissaient plus sur moi que moi-même — ce qui provoquerait toutes sortes de maladresses.

Pourtant, partir signifiait que je ne verrais pas Eli. Mais peut-être pourrais-je le rencontrer plus tard — si jamais je pouvais lui téléphoner. Mauve continuait à jouer la garce, refusant de me prêter son téléphone, et elle avait aussi averti Sadie de ne pas me prêter le sien.

J'avais besoin d'un plan pour retarder le départ avant qu'Eli ne se montre. L'anxiété me rendait nauséeuse, et j'attrapai mon estomac... puis je souris.

Être malade — parfait !

— Ooooh ! grognai-je en faisant tout un drame.

Sadie pivota pour me regarder.

— Rayah, ça va ?

— Ignore-la et démarre la voiture, dit brusquement Mauve.

— Je ne me sens pas... ooh !

Je me couvris la bouche et je m'affaissai vers l'avant.

— Bois ton café au lait, dit Mauve. Ça va te dégriser.

Je hochai la tête, ajoutant des bruits de haut-le-cœur à mes grognements.

— Rayah, reprends-toi, supplia Sadie. Ne t'avise pas de dégobiller dans ma voiture !

Le truc bizarre, c'était que dès que je me mis à penser à mon estomac, je me sentis vraiment malade. La bile me brûlait la gorge. Quand je me penchais en gémissant, je ne faisais pas semblant. Mes entrailles se rebellaient, bouillonnant et rebondissant comme une tempête. Oh, non... non ! Je détachai ma ceinture de sécurité, j'ouvris brusquement la porte et je dégueulai sur le pavé.

Quand je fus en mesure de lever la tête, je me sentais plus légère et beaucoup, beaucoup mieux. J'avalai l'air brumeux et humide, et j'évitai de regarder au sol en promenant mon regard autour du parc de stationnement. Dans la rangée opposée des voitures, un éclat soudain de lumière attira mon attention. Une lumière de plafond brillait dans une voiture compacte foncée, éclairant une fille aux cheveux roux bouclés et à la peau pâle sur le siège du conducteur. Son regard était dirigé de mon côté, et elle me fixait directement — furieusement. Puis l'illumination disparut, diminuant lentement jusqu'à ce que la fille semble s'évanouir dans le brouillard.

Mais ces yeux remplis de colère s'étaient gravés dans ma mémoire; même si je ne connaissais pas personnellement la fille aux cheveux roux, j'étais absolument certaine qu'elle connaissait — et détestait — Sharayah.

— **A**S-TU FINI ? demanda Mauve en sortant de la voiture. Elle s'avança, jeta un coup d'œil au sol et fit une grimace.

— Berk ! c'est tellement dégoûtant.

— Désolée.

Vacillant sur des jambes molles comme du coton, je retournai dans la voiture et rattachai ma ceinture.

— C'est la première fois que ça m'arrive.

— Ha ! grogna Mauve. Tu peux essayer de faire croire ça à quelqu'un qui n'a pas partagé une chambre avec toi pendant trois mois. Mais enfin, c'est comme ça qu'on s'amuse.

Qu'on s'amuse ? C'était *amusant* d'être malade et de dégobiller dans un parc de stationnement ? Le pensait-elle vraiment ou était-ce un nouveau sarcasme ? Avec

Mauve, il était impossible de le savoir (au fait, était-ce son vrai nom, ou un accessoire assorti à ses cheveux ?). Mais contrairement au regard haineux de la fille aux cheveux roux, son ton sarcastique ne me décontenançait pas. Qui était cette fille et qu'avait-elle contre Sharayah ? S'il était possible de mettre des sous-titres sous les expressions faciales, son texte aurait pu se lire : « Meurs sur-le-champ d'une mort douloureuse pour que je puisse rire pendant que tu souffres. »

Je ne pouvais m'enlever de la tête cette colère noire que j'avais observée sur son visage. De plus, une impression me rongeait… une bizarre sensation de reconnaissance — comme si quelque chose dans mon corps emprunté se souvenait d'elle avec des émotions d'amertume, de peur et de culpabilité.

Sadie fit démarrer la voiture, et ses phares balayèrent le parc de stationnement. Dans l'éclairage brumeux, je jetai un coup d'œil aux alentours, mais je ne vis que les reflets des phares qui m'éblouissaient.

— As-tu vu cette fille ?

Je tapotai l'épaule de Sadie pendant qu'elle mettait brusquement la voiture en marche arrière.

— Quelle fille ? demanda Sadie, me lançant un coup d'œil dans le rétroviseur.

— Là-bas, dans cette rangée, pointai-je. Elle avait des cheveux roux bouclés et était assise seule dans l'une de ces voitures. Une de vous deux l'a-t-elle vue ?

— Tout ce que j'ai vu, c'était ma compagne de chambre en train de dégueuler, dit Mauve.

Sadie regarda autour d'elle avec curiosité.

— Quelle voiture ?

— Celle-là... ou peut-être celle-ci...

Il était difficile de distinguer les formes sombres.

— Je ne suis plus tout à fait certaine.

— Évidemment, dit Mauve d'un ton pince-sans-rire. Tu es tellement défoncée que tu as des hallucinations.

— Non. Je me sens bien maintenant et je sais ce que j'ai vu. Une voiture de taille moyenne, brune ou noire, et il y avait cette fille aux cheveux roux qui me lançait un regard mauvais, comme si elle souhaitait me voir mourir. Connaissez-vous une fille qui me déteste ?

— *Une* fille ? Tu as fait chier tellement de filles qu'elles ont probablement formé un club, déclara Mauve avec un petit rire. Tu ne gagneras pas de concours de popularité ici — du moins, pas auprès des petites amies des gars que tu dragues.

— De toute façon, tu ne veux pas être ennuyeuse et suffisante comme elles ! ajouta Sadie.

— Surtout Katelyn Myers, ajouta Mauve. Elle te déteste vraiment.

— Ce n'est pas une grosse perte.

Sadie se réinstalla sur le siège du conducteur, et surprit mon regard dans le rétroviseur.

— Katelyn se croit la fin du monde parce qu'elle a gagné un concours de beauté. Quand je la vois se promener et montrer son diadème, j'ai envie de, bien, ce que tu viens tout juste de faire. Ce n'est même pas un vrai titre — elle a été nommée Mlle Tonneau de marinades —, et si j'étais à sa place, je ne m'en vanterais vraiment pas.

Nous quittâmes le parc de stationnement, et après avoir repassé l'incident de la fille aux cheveux roux dans ma tête, je décidai qu'il s'agissait d'un hasard, et que ça n'avait rien de personnel. Si j'avais vu quelqu'un en train de dégueuler dans le parc de stationnement, j'aurais été dégoûtée et je lui aurais peut-être aussi lancé un regard haineux. Cela ne voulait pas dire que la fille avait de mauvaises intentions à mon sujet. Ce qu'il fallait accuser, c'était ma paranoïa ou mon excès de fatigue, et le fait d'être dépassée par ma situation. Les gens qui profèrent des menaces sont des lâches et ils ont rarement le courage de donner suite à leurs menaces. Sharayah n'était pas en danger réel — sauf si on comptait son comportement autodestructeur. J'appréhendais de devoir raconter à Eli ce que j'avais découvert sur sa sœur.

Mais il n'était pas urgent de lui en parler. J'attendrais plutôt de trouver un moyen de résoudre les problèmes de Sharayah. Si tout fonctionnait et que sa sœur recommençait à voir sa famille, Eli m'en serait vraiment reconnaissant. Nous pourrions enfin sortir ensemble pour notre premier vrai rendez-vous. Il m'apporterait des fleurs, et je lui ferais une surprise en lui offrant une boîte de chocolats — que nous partagerions. J'étais en train d'imaginer un avenir romantique avec Eli en même temps que j'appuyais ma tête contre le siège, ne projetant pas de fermer les yeux ni de m'endormir.

Mais ça m'arriva de toute façon.

Quand je me réveillai, le brouillard s'était dissipé, et nous étions immobilisées en pleine circulation sous un soleil torride. Pas le genre d'embouteillage qui avançait lentement, pare-chocs à pare-chocs, mais celui où on est coincé de chaque côté par une chaîne infinie de voitures sans espoir d'arriver nulle part. Le CD de notre voiture beuglait si fort que j'avais des élancements dans la tête; au-delà du bruit, j'entendais des jurons.

— C'est nul! On n'atteindra pas la plage avant demain. C'est bien plus un parc de stationnement qu'une autoroute! Que font toutes ces voitures? Bon sang!

Mauve agitait le poing comme si la congestion était une insulte lancée à son intention.

— J'ai remarqué un panneau d'avertissement de travaux, dit Sadie, mais je ne m'attendais jamais à ce que ce soit aussi bloqué.

— Stupide travaux! Si cette circulation ne se met pas à bouger, nous mourrons de vieillesse ici.

Mauve tendit le bras pour cogner sur le klaxon, ce qui ne donna aucun résultat, à part mettre en rogne d'autres conducteurs qui klaxonnèrent à leur tour. J'avais mal à la tête.

— Je ne peux croire que j'aie dormi si longtemps! grognai-je. Au fait, où sommes-nous?

— Quelque part entre Bakersfield et l'enfer, maugréa Mauve, surprenant mon regard dans le rétroviseur. Je croyais que nous éviterions les embouteillages en partant tôt.

Je me penchai vers l'avant pour vérifier l'heure sur le tableau de bord et j'eus un sentiment de panique. J'avais dormi pendant plus de trois heures — ce qui signifiait que nous nous trouvions à près de trois cent vingt kilomètres de la résidence. Et d'Eli.

Me penchant vers Mauve, je tendis la main.

— J'ai besoin de ton téléphone !

— Hein ?

Mauve repoussa ses cheveux roses pour les enlever de ses yeux et se tourna vers moi comme si elle avait oublié mon existence.

— Ton téléphone. Tout de suite !

— Oh, bien sûr. Pourquoi ne l'as-tu pas demandé plus tôt ?

Mauve se retourna et me tendit le téléphone.

— À qui téléphones-tu ?

— Hum… un ami.

— Je parie que je sais qui tu appelles.

Sadie me lança un coup d'œil par-dessus le siège, souriant d'un air entendu.

— James.

Mauve leva les sourcils, mais ne posa pas de questions lorsque je pris son téléphone à rabat inséré dans un étui rose. Je tapai le numéro rapidement. J'avais des aptitudes pour les chiffres — mais c'était plutôt nouveau pour moi d'avoir un petit ami, et de toute évidence, j'étais aussi nulle dans ce domaine que dans celui de donneuse de vie temporaire. J'espérais qu'Eli ne soit pas trop fâché de s'être fait poser un lapin.

Eli répondit à la troisième sonnerie.

— Allo?

Le ton de sa voix était perplexe, comme s'il fixait l'écran du téléphone pour essayer de deviner qui téléphonait.

J'aurais eu beaucoup de choses à lui dire, mais même avec le CD qui jouait, je soupçonnais que mes compagnes pouvaient entendre la conversation. Je me contentai donc de murmurer.

— C'est moi.

— Sharay... hum... Amber?

— Tu l'as deviné au second coup.

— Amber! s'exclama-t-il.

Sa voix exprimait à la fois le soulagement et la colère.

— Où diable es-tu?

— Quelque part sur l'autoroute 5 en direction sud.

Par la fenêtre, je regardai la mer de voitures qui faisaient du surplace, entourées de collines parsemées de pierres et de taches de pelouse avec occasionnellement une oasis sans relief formé par un champ vert émeraude.

— Tu es OÙ? Pourquoi ne m'as-tu pas attendu à l'université?

Sa voix explosa si fort à travers le téléphone que Mauve l'entendit par-dessus la musique rap et se retourna vers moi avec des yeux interrogateurs. Je haussai les épaules comme si faire affaire avec des gars furieux était vraiment anodin.

Mais en réalité, ça me dérangeait, et je me sentais vraiment mal.

— Je suis tellement désolée, E…

Je faillis prononcer son nom, mais je me rattrapai et baissai le ton.

— Tout s'est passé si rapidement, et je n'ai pas pu trouver un moyen de m'en sortir.

— Tu n'as même pas pensé à dire non? demanda-t-il. Je ne peux vraiment pas le croire.

— Moi non plus.

Ma ceinture de sécurité me retint à la taille tandis que je m'affaissais dans mon siège.

— Je ne peux vraiment pas t'expliquer maintenant.

— Ça fait quatre heures et vingt-cinq minutes que j'ai eu de tes nouvelles, calcula-t-il en bon calé des maths qu'il était — une qualité qui m'avait attirée depuis le début. Pourquoi as-tu mis tant de temps avant de me téléphoner?

— Hum… ce corps a passé une nuit difficile… je suis genre tombée endormie.

Il y eut une minute de silence, puis je l'entendis soupirer.

— J'essaie de rester *cool* avec toute cette histoire, mais as-tu la moindre idée de tout ce qui m'est passé par la tête quand je n'ai pas pu t'avoir au téléphone ou te trouver à la résidence?

Je grimaçai de culpabilité.

— Non.

— Bien d'abord, avant qu'elle me laisse même entrer dans la résidence, j'ai dû prouver à la surveillante de la résidence que j'étais le frère de Sharayah. Elle m'a escorté à ta… je veux dire, à la chambre de Sharayah. J'ai frappé, mais il n'y avait personne.

— Nous étions déjà parties.

— Évidemment, mais je l'ignorais. J'ai pensé que tu devais avoir des ennuis, j'ai donc insisté pour que la surveillante ouvre la porte. Elle était déjà en colère de me voir arriver si tôt, mais elle semblait inquiète aussi. Elle a donc pris sa clé pour ouvrir la porte. Quand j'ai vu la pièce tout en désordre et que j'ai trouvé le téléphone brisé, j'étais prêt à appeler le 9-1-1. Mais cette fille, de l'autre côté du couloir, Katelyn, est arrivée et elle a expliqué que c'était l'état habituel de la chambre.

— Ta sœur est une souillon, convins-je.

— Elle n'avait pas l'habitude de l'être — mais alors, elle n'avait pas l'habitude d'être un tas de choses, ajouta-t-il d'un ton triste. Katelyn m'a dit qu'elle vous avait entendues partir environ une heure plus tôt. Elle ne semblait pas beaucoup aimer ma sœur.

— J'en ai entendu parler, ajoutai-je avec ironie. Donc où es-tu maintenant ?

Il ne répondit pas, et je crus que la ligne avait été coupée, jusqu'à ce que je l'entende s'éclaircir la gorge.

— Hum… bien, je ne pouvais repartir sans t'avoir trouvée, et la surveillante de la résidence ne pouvait me laisser attendre dans la chambre pour des raisons légales parce que seulement la moitié de la chambre appartient à ma sœur. J'ignorais si je devais partir ou attendre que tu reviennes. Mais alors, Katelyn m'a offert de me laisser attendre dans sa chambre, alors c'est là où je suis.

— Dans *sa* chambre ?

— C'était là ou dans ma voiture.

— Je choisis ta voiture.

— Où étais-je censé aller ? Tu ne m'as même pas laissé de note.

— Je n'en ai pas eu la chance.

J'essayais de paraître calme et de ne pas montrer que j'aurais voulu arracher les cheveux de Katelyn. Je n'étais pas jalouse. Pas moi.

— Donc, es-tu encore avec la ga... je veux dire, Katelyn ?

— Je suis dans sa chambre, mais elle n'est pas là.

— Où est-elle ?

— Dans la douche.

— Douche !

Ma voix monta si fort que Sadie et Mauve se retournèrent pour me regarder fixement.

— Qui est-ce qui est en train de se mettre à poil ? gloussa Sadie.

— Au moins, il y a quelqu'un qui a du plaisir, dit Mauve en faisant la moue.

— Ce n'est pas ça, leur dis-je en couvrant l'embouchure du téléphone avec ma main. Mon ami est en train de décrire comment réparer un drain.

Espérant qu'elles décrocheraient et qu'elles se retourneraient, je fis rouler mes yeux de façon exagérée comme si la conversation m'ennuyait vraiment.

Elles se retournèrent enfin — mais pas à cause de mes paroles. Une décapotable rouge dans la voie d'à côté avait capté l'attention de Mauve, et elle pointa dans cette direction.

— Regardez, dit-elle. Des mecs séduisants !

Pendant que Mauve baissait sa fenêtre, je retournai mon attention vers Eli qui disait :

— ... la douche est loin dans le couloir. Mais même si c'était dans la même pièce, quelle importance ? Es-tu jalouse ?

— Du tout, mentis-je.

— Tu en es sûre ?

— Absolument, rétorquai-je. Mais tu n'as plus besoin de rester là.

— Je sais, je m'en viens te chercher, offrit Eli. Dans quelle direction te diriges-tu ?

— Un condo à Venice Beach, lui dis-je, dirigeant mon regard vers Mauve, qui était à moitié sortie de la fenêtre, en train de faire signe aux gars de la décapotable.

— Il me faudra des heures pour me rendre aussi loin. Attends-moi à un restoroute ou à un commerce, et j'irai te chercher. Dis à tes amies que tu dois rentrer à la maison pour urgence familiale.

— Je ne peux changer les plans maintenant.

Je baissai ma voix jusqu'à un murmure.

— Je suis censée suivre les plans de ta sœur. Et de toute façon, je suis plus en sécurité loin de la résidence.

— Plus en sécurité ? De quoi parles-tu ?

— Sharayah a reçu des menaces, même s'il se peut que ce ne soit qu'une plaisanterie.

— Des menaces ? Dans quelle sorte de pagaille ma sœur s'est-elle mise ? grogna Eli. Est-ce que tu as une idée de l'identité de l'auteur ?

J'hésitai, pensant à la fille aux cheveux roux.

— Pas vraiment.

— Merde. Pourquoi Sharayah ne nous en a-t-elle pas parlé ? J'ai l'impression de l'avoir laissée tomber.

— Ce n'est pas ta faute.

— Sois prudente, et reste tout près des amies de Shari.

Je levai les yeux pour voir Mauve et Sadie, qui étaient toutes les deux sorties par leur fenêtre, en train de flirter avec les gars de la décapotable.

— On lève les hauts ! cria Mauve à Sadie.

— Au compte de trois ! gloussa Sadie.

— Un, deux… commença Mauve.

— Trois ! termina Sadie.

En un mouvement rapide, elles remontèrent leur haut faisant face aux gars. C'est arrivé si rapidement que tout ce que j'attrapai fût un éclat de peau et de bras qui se levaient. De la nudité sur l'autoroute 5 !

— … ne va nulle part seule, dit Eli.

— Je n'aurai pas cette chance, répondis-je d'un ton de regret.

— C'est une bonne chose que tu sois partie de l'université. Tu seras plus en sécurité avec les amies de ma sœur.

Plus en sécurité — en supposant que mes compagnes ne se fassent pas arrêter pour outrage à la pudeur !

Hochant la tête, je me détournai du spectacle de la route et j'assurai Eli que j'irais bien.

— Mais les choses seront plus faciles une fois que j'aurai consulté mon MEBO.

— MEBO ? Qu'est-ce que c'est ?

— Un manuel d'orientation pour les donneurs de vie temporaires.

Je parlais si bas que je pouvais à peine m'entendre.

— Si je pose une question au livre, il me donnera des informations sur ma mission.

— Ta grand-mère t'a donné un manuel ! Fantastique ! Quand l'as-tu vue ?

— À vrai dire, je ne l'ai pas vue.

J'hésitai, me demandant jusqu'à quel point Eli accepterait les bizarreries.

— Ce livre m'a été livré par... tu ne le croiras pas.

— Tente ta chance.

J'avalai ma salive, puis je levai les yeux pour m'assurer que Mauve et Sadie ne pouvaient m'entendre (elles étaient en train de siffler les gars séduisants comme des chattes en chaleur), puis je marmonnai le nom célèbre.

Il eut le souffle coupé.

— Tu lui as parlé ?

— Ce n'était pas vraiment elle. Une donneuse de vie temporaire comme moi la remplaçait — sauf que cette DVT fait ce genre de travail depuis bien plus longtemps.

— Lui as-tu demandé son autographe ?

— Comment peux-tu poser une telle question ?

J'essayai de paraître insultée pour qu'il ne puisse deviner à quel point j'avais failli le faire.

— Les célébrités ne m'impressionnent pas. Elles ne sont que des personnes ordinaires comme nous.

— Ordinaire — tu ne l'es certainement pas.

— Tu peux le dire.

Je grognai tout en baissant les yeux sur mon corps emprunté.

— Mais au moins, le MEBO va m'aider.

— Shari a sérieusement besoin d'aide. Le livre peut-il t'expliquer pourquoi elle a autant changé et pourquoi quelqu'un la poursuit ?

— Je vais le demander, répondis-je, en tendant le bras vers le sac à main de Sharayah.

Des rires éclatèrent sur le siège avant. Je jetai un coup d'œil vers Mauve qui ouvrait sa porte et faisait signe aux deux gars dans la décapotable rouge. Ce n'était pas suffisant de s'exhiber devant eux ? Maintenant, elle les invitait à venir ! Je regardai Sadie, espérant qu'elle aurait un peu plus de bon sens, mais elle aussi avait ouvert sa porte et faisait signe aux deux gars avec enthousiasme.

Pure folie ! Ces gars étaient peut-être des pervers ou d'anciens détenus, ou même des hommes mariés. Je ne me comporterais jamais de façon aussi irresponsable… mais qu'en était-il de la vraie Sharayah ? J'avais un mauvais pressentiment qu'elle aussi se serait exhibée — mais pas parce qu'elle aimait jouer à ces jeux. Son corps m'envoyait des courants sous-jacents de colère et de culpabilité prêts à éclater. Non, elle ne faisait pas la fête parce que ça l'amusait, elle faisait la fête pour se punir.

J'espérais que le MEBO m'aiderait à résoudre sa crise.

Pressant le téléphone entre mon oreille et mon épaule, je mis la main à l'intérieur du sac à main — mais je ne sentis pas les extrémités carrées d'un livre. Perplexe, je renversai le sac. Un porte-monnaie, des clés, du maquillage et d'autres articles tombèrent sur mes genoux.

Pas de livre à couverture dorée.

Alors que mes pensées se précipitaient vers le moment où j'avais vu le MEBO pour la dernière fois, mon corps devint chaud, puis froid, puis brûlant : j'étais dans la résidence et j'avais mal au cœur, j'étais tellement épuisée que je ne pouvais demeurer éveillée. J'étais certaine d'avoir jeté le MEBO dans le sac à main de Sharayah. J'avais entendu un léger bruit sourd alors qu'il frappait le sac. Mais avais-je vérifié pour m'assurer qu'il était tombé à l'intérieur ? Hum… non.

— Amber ! Es-tu là ? entendis-je Eli appeler. Dis quelque chose.

— Je n'ai pas le MEBO.

Je regardai par la fenêtre d'un air lamentable, ébranlée par la déception. Ce minuscule livre avait été mon seul lien avec l'Autre côté — et je l'avais perdu.

— Sais-tu où il est ? demanda Eli.

— Il doit être dans la chambre de la résidence.

— J'irais le chercher, mais la porte est verrouillée, et je doute que la surveillante de la résidence me laisse entrer à nouveau, dit Eli. Je pourrais demander l'aide de Katelyn…

— Non! Ne lui demande rien!

— Que veux-tu que je fasse? rétorqua-t-il. Pénétrer par effraction dans ta chambre?

— Le ferais-tu? demandai-je, à moitié sérieuse.

— Certainement. J'ai toujours voulu me faire arrêter!

— Bien… je suppose que ce n'est pas vraiment une bonne idée.

Pourtant, je ne pouvais toujours pas abandonner le MEBO, puisqu'il détenait les réponses à la crise de Sharayah. J'avais récemment fait l'expérience d'entrer et de sortir de pièces verrouillées et même d'un cimetière — mais je ne l'avais pas fait de moi-même. Des amis m'avaient aidée.

Ceci me donna une idée.

— Écoute, dis-je à Eli dans un murmure où se dessinait l'urgence. Si tu es sérieux à propos d'aller chercher le livre, appelle Dustin.

— Pourquoi?

J'étais en train de lui rappeler l'expertise de serrurier de Dustin et son étonnante collection de clés, quand un nuage de cheveux roses émergea du siège avant et m'arracha le téléphone de la main.

— Plus de bavardage, Rayah, ordonna Mauve.

— Hé! criai-je, lui lançant un regard noir. Redonne-le-moi!

— Allez! Pourquoi lui parles-tu à *lui*, quand il y a des gars partout?

— Mais je n'avais pas terminé.

— Maintenant, tu as terminé.

Mauve ferma brusquement le téléphone.

— Peut-être que la circulation ne bouge pas, mais moi je bouge. Voilà les gars !

5

C'ÉTAIT VRAIMENT DINGUE de ramasser des gars au beau milieu du bouchon de circulation — c'était même embarrassant. J'aurais voulu aller me cacher en voyant Mauve et Sadie exhiber leurs atouts. Mauve avait un sourire jubilant, comme si de trouver des hommes était un concours et qu'elle avait gagné le premier prix. Elle sortit de la voiture et fit les présentations.

Avec ses épaules de défenseur et ses cheveux blond neige, Warren, le grand gars, dominait tout le groupe. Sa chemise noire à manches courtes était ouverte sur un T-shirt rouge décoré d'un flamboyant motif de dragon assorti au dessein dont ses gants de cuir rouge étaient ornés. Des gants ? pensai-je, surprise. Ce style avait disparu en même temps que Michael Jackson !

Tout au moins, l'autre gars, Alonzo, semblait normal — et très mignon, avec un corps ferme, des boucles souples noires et douces, des lèvres charnues. À la façon dont Mauve le regardait, il était évident qu'elle avait déjà revendiqué son territoire.

— Hé, les filles, dit Warren avec l'éloquence d'un homme des cavernes. Comment allez-vous ?

— Beaucoup mieux maintenant, répondit Sadie en même temps qu'elle se glissait à côté de lui.

— Ouais, convint Mauve, son regard s'attardant sur le mignon Alonzo. La circulation est complètement dingue, mais maintenant, ça ne me dérange plus.

Chacun ayant choisi un partenaire, ils n'avaient pas besoin de moi. Comme je n'étais vraiment pas du genre à flirter, je ne dis rien. Je tentai simplement de me rendre invisible sur le siège arrière tout en fredonnant avec la musique du CD. Mais bien sûr, j'observais la scène qui se déroulait à l'extérieur avec une fascination aiguisée.

— Alors, salut, dit Alonzo en tournant ses boucles noires en direction de Mauve. Où allez-vous ?

— À Venice, répondit Mauve.

— En Italie ? dit Warren en grognant, comme s'il plaisantait.

— Tu es trop drôle, gloussa Sadie.

Sans blague. Ce n'était pas possible que Sadie aime cette brute, n'est-ce pas ?

Au moins, Mauve n'était pas impressionnée par Warren. Elle fit rouler ses yeux.

— Venice *Beach*, le corrigea-t-elle.

— Pour la semaine de relâche?

— Quoi d'autre?

Mauve s'appuya contre la porte ouverte de la voiture et se tourna vers Alonzo avec un sourire éclatant.

— Et vous?

— La même chose, sauf que Warren et moi préférons ne pas être engagés, nous n'avons donc pas de plans définis. Vous savez vraiment comment attirer l'attention d'un gars, même si je vous aurais remarquées n'importe où, dit Alonzo, tendant le bras pour enrouler une mèche des cheveux de Mauve autour de son doigt.

— Hé, Lonz, regarde sur le siège arrière.

Soudainement, Warren jeta un coup d'œil à travers la vitre ouverte de Mauve et se pencha pour me faire signe.

— Il y a une autre fille.

— C'est Rayah, pépia Sadie. Elle a passé une nuit très mouvementée et elle a dégobillé dans un parc de stationnement ce matin. Elle est plutôt mal en point.

— Je suis tout simplement fatiguée, répondis-je avec un bâillement exagéré, espérant que Warren comprenne l'allusion et me laisse seule.

Mais je n'eus pas cette chance.

— Fêtarde, sors et viens faire la fête avec nous, insista Warren.

— Nan, allez-y sans moi.

— Allez, Warren, laisse Rayah se reposer.

Sadie s'approcha plus près de Warren, se rendant évidemment compte que ce n'était pas vraiment super pour trois filles de devoir partager deux gars, à moins de supprimer une fille de l'équation.

Warren l'ignora et tapa sur ma fenêtre.

— Viens et joins-toi à notre fête sur route. Tu auras plus de plaisir avec nous.

— Je profite de la musique, dis-je, pointant le siège avant où Sadie avait laissé jouer la musique, tout en laissant le moteur tourner.

Je fis danser ma tête au rythme de la musique pour montrer que je m'amusais suffisamment seule.

— Si c'est de la musique que tu veux entendre, Lonz et moi avons des CD *cool* dans notre voiture.

Que se passait-il avec ce gars ? Sadie était pratiquement pendue à lui, et pourtant il ne voulait pas me laisser seule. Je hochai donc la tête avec un *non* ferme.

— Oublie-la. J'adorerais entendre tes CD, dit Sadie à Warren. Allons dans ta voiture.

— Et laisser ton amie ?

Warren me fixa d'une façon qui me fit frissonner.

— Si tu avais le moindre bon sens… poursuivit Mauve avec un sourire tordu.

Elle passa ses ongles à bouts noirs sur sa tête rose et lança un regard d'avertissement à Warren.

— … tu laisserais Rayah tranquille.

— Pourquoi ? demanda-t-il en fronçant les sourcils.

— Après une nuit à fêter, elle est soupe au lait.

Mauve se retourna pour que je puisse voir son visage (sans que les gars puissent le voir) et elle me fit un clin d'œil.

— Si tu la bouscules, elle pourrait devenir dangereuse.

Moi, dangereuse? Mauve essayait-elle de m'aider ou bien attisait-elle le drame pour son propre amusement? J'étais la personne la moins violente au monde. Il m'arrivait rarement d'être impatiente — même quand mes petites sœurs s'étaient emparées d'une dissertation que j'avais mis une semaine à écrire pour la transformer en couches pour leurs poupées.

Le mensonge de Mauve était ridicule... ou l'était-il vraiment? Et si l'un des changements de personnalité de Sharayah incluait la violence? Comment pourrais-je en être certaine à moins d'en connaître plus à son sujet? J'avais besoin du MEBO pour savoir la vérité. Avec ces informations, je ne trébucherais plus dans ce corps emprunté comme une actrice sans scénario.

— Allons nous asseoir dans ta voiture, pressa Sadie, tirant doucement sur le bras de Warren.

— Certainement.

Warren jeta un coup d'œil vers Alonzo.

— Tu viens ou tu restes ici?

— Je viens aussitôt que j'ai fini d'écouter.

Il pencha la tête vers la chaîne stéréo de la voiture qui continuait toujours de jouer à plein régime.

— Je ne savais pas que cet album était déjà sorti.

— C'est récent. Pour un certain prix, je te graverai un CD.

— Pour un certain prix ? demanda Alonzo en souriant. Qu'as-tu en tête ?

— Qu'est-ce que tu peux me donner ? demanda Mauve d'un air enjoué.

— Je peux penser à beaucoup de choses — mais pas en public.

Alonzo frotta son pouce sur son anneau de lèvre.

— Peut-être que nous pourrions attendre que ce bouchon de circulation se libère et nous rendre à un endroit plus intime.

— Ho ! Holà ! tu vas trop vite, répondit Mauve avec un rire enjôleur. Tout ce que j'offre est un CD… pour le moment.

— Excuse-moi, mais c'est mon CD, dit Sadie en se détournant de Warren pour lancer un regard noir à Mauve. Tu ne peux donner mes trucs.

— Je ne prendrais jamais aucune de *tes* choses, répondit Mauve, en mettant un tel accent sur « tes » que cela fit brusquement taire Sadie.

Sadie serra ses lèvres très fort et s'éloigna de Mauve.

De quoi était-il question ? me demandai-je, me penchant plus près pour ne pas perdre un mot de la conversation. J'étais déconcertée, mais quand même intriguée, comme si je regardais un film avec des sous-titres.

J'étais soulagée de les voir partir et de pouvoir rester assise anonymement sur le siège arrière. J'analysai mes impressions sur le drame de « ces filles d'université en train de se déchaîner ». D'un côté, j'étais dégoûtée par ce jeu que jouaient mes « amies », mais d'un autre, j'étais impressionnée. Mauve manipulait les gars avec suffisamment d'assurance pour garder le contrôle. Même Sadie, la grande enthousiaste, se comportait avec une confiance audacieuse.

Et moi j'avais l'impression d'être une élève d'école secondaire — et pour cause.

Sharayah ne serait pas restée assise nerveusement sur le siège arrière comme moi. Mais sans le MEBO, je ne la connaissais pas assez pour savoir quoi faire. Qu'est-ce que je savais de la semaine de relâche ? Seulement ce que j'avais vu à la télévision.

Bien sûr, Sharayah n'en connaissait probablement pas beaucoup plus que moi sur la semaine de vacances. D'après Eli, elle était tellement studieuse qu'elle n'avait de temps pour rien, à part ses devoirs et son bénévolat. Très différente de cette nouvelle Sharayah qui faisait rudement la fête, saccageait sa chambre de résidence et rencontrait des gars au hasard. Je ne croyais pas que son comportement ait quelque chose à voir avec de la drogue — j'aurais déjà ressenti des symptômes ou des besoins maladifs. Quelque chose de traumatisant avait dû se produire pour qu'elle change de la sorte — mais quoi ? Était-ce l'autre petit ami plus vieux, Gabe ? Hummm… Mais de fait, où était Gabe ? S'il avait été « mon » petit ami, pourquoi Mauve disait-elle que Sharayah n'avait pas de petit ami régulier ?

Soudain, il y eut un roulement de cris, de klaxons et d'applaudissements. La circulation recommençait à avancer ! Je me penchai vers l'avant pour regarder par la fenêtre pendant que les autres se précipitaient pour revenir.

— Des phares arrière clignotent! annonça Sadie, sautant avec excitation.

— Si tôt? Dommage. J'aimais beaucoup ce que je voyais.

Alonzo se pencha par la porte ouverte, son regard s'attardant sur Mauve.

— Nous pouvons nous rencontrer plus tard, sourit Mauve. Nous habitons au condo de plage de la cousine de Sadie.

Elle griffonna une adresse sur Tide Pool Street, et je la mémorisai pour pouvoir dire à Eli où je me trouvais la prochaine fois que je l'appellerais.

— Un condo de plage? C'est super! dit Alonzo en hochant la tête. Tu peux compter me voir bientôt... très bientôt.

Sadie se tourna de sa conversation avec Warren et baissa le volume de la chaîne stéréo.

— Nous pouvons tous nous rencontrer plus tard.

— Ou plus tôt, dit Mauve avec sourire malicieux dans les yeux.

— Hé, les gars, vous feriez mieux de vous dépêcher, interrompit Sadie, l'embouteillage est terminé.

— Hé, fêtarde, je te vois aussi.

Warren s'éloigna de Sadie et me jeta un regard, à l'arrière de la voiture.

— La voiture derrière la tienne klaxonne, lui dis-je en pointant.

— Nous parlerons plus la prochaine fois.

Ou non, pensai-je, ne l'aimant pas du tout, même si je ne savais pas trop pourquoi.

— Allez, War, cria Alonzo, alors qu'il se tournait pour partir.

Mais Warren hésitait, me fixant à nouveau de son regard intense.

— Nous connaissons-nous ? Il y a quelque chose de familier chez toi… n'étais-tu pas à la grande fête de Preston le mois dernier ?

— Non ! répondis-je avec fermeté — même si je n'avais aucune idée de ce qui en était.

— Vraiment ? Tu me rappelles cette fille que j'ai vue là-bas. J'ai une très bonne mémoire des visages… hmmm. Je suppose que je me trompe. Bye, fêtarde.

Il m'offrit sa main gantée comme s'il voulait me serrer la main pour me dire au revoir.

Mais je me figeai sur place, fixant son gant au motif de dragon de feu sanglant. Un horrible soupçon fit frissonner mon cœur ; il devait y avoir une raison pour qu'il porte des gants dans cette température incroyablement chaude pour la saison. Et si les gants étaient plus qu'un choix de style vulgaire ? Les gants pourraient être un camouflage pour des mains grises brillantes.

Warren était-il un Condamné des ténèbres ?

Mamie Greta m'avait avertie que les Condamnés des ténèbres essaieraient d'aspirer mon énergie luisante en me touchant. Un bref contact me laisserait avec un sentiment maladif d'épuisement, comme si on avait violé mon âme. Je ne voulais pas que ça m'arrive. Il fallait que je reste éloignée de Warren.

Tandis que la circulation commençait à avancer, les voitures derrière nous se sont mises à klaxonner, mais nous demeurions immobiles.

— War, dit Alonzo. Nous devons partir maintenant.

Warren finit par se retourner pour partir.

Mais Mauve avait d'autres idées.

— Pas si vite, dit-elle à Alonzo d'un ton sensuel. N'oublies-tu pas quelqu'un ?

Le regard d'Alonzo ne quittait plus Mauve.

— Qui ?

— Moi, répondit-elle d'un air malicieux en se pointant.

Elle attrapa la main d'Alonzo, et avant que quiconque ait le temps de protester, les deux se précipitèrent vers la décapotable — et démarrèrent.

Et Warren n'avait plus d'autre choix que de venir avec nous.

Il prit la place de Mauve dans notre voiture.

À un bras de distance de moi.

6

COMMENT PEUT-ON FAIRE LA CONVERSATION avec un gars qui vous donne froid dans le dos et que vous soupçonnez d'être un Condamné des ténèbres ?

Eh bien, ce n'était pas facile. Au moins, il était assis en avant avec Sadie et pas en arrière avec moi. Je mentis tout de même en disant que ma ceinture de sécurité était coincée et je me glissai sur le siège voisin — aussi loin qu'il fût possible de s'éloigner de quelqu'un à l'intérieur d'une voiture en mouvement.

Tout ce temps, je réfléchissais à la façon dont je me vengerais de Mauve. Pouvait-elle s'inquiéter de quelqu'un d'autre qu'elle-même ? Même si Warren n'était pas un Condamné des ténèbres, il était très inconfortable de devoir voyager avec un gars inconnu. Comment Mauve avait-elle pu oser faire cela à ses amies ?

— Mauve est la meilleure amie du monde! s'exclama Sadie, son attention concentrée sur la conduite et sur Warren.

J'aperçus son expression «bête se languissant d'amour» alors qu'elle jetait un coup d'œil dans le rétroviseur.

— Ouais, génial comme échange! Deux filles pour un gars, dit Warren.

À partir du siège arrière, je ne pouvais voir son visage, mais au ton de sa voix, je savais qu'il souriait.

— Je suis simplement contente de pouvoir passer plus de temps avec toi, ronronna presque Sadie. Pendant un long trajet, nous pouvons vraiment arriver à nous connaître l'un et l'autre.

— Et la fêtarde aussi, répondit Warren en pointant vers moi.

— Ne m'appelle pas comme ça! dis-je brusquement.

— Ne fais pas attention à la râleuse sur le siège arrière. Rayah a été de mauvaise humeur toute la matinée, dit Sadie, comme si elle plaisantait.

Mais il n'y avait pas de plaisanterie dans le regard mauvais qu'elle me lança dans le rétroviseur.

— Warren, je trouve incroyable que tu aies démarré ta propre entreprise de site Web. Je veux que tu me racontes tout à ce sujet.

Je fis la sourde oreille pendant que Sadie s'exclamait et s'extasiait à propos de tout ce que lui disait Warren. À quelques reprises, il essaya de m'entraîner dans la conversation, mais Sadie ramenait rapidement le sujet sur elle. Il était évident qu'elle voulait toute l'attention de Warren ; sans que je fasse partie de l'équation.

Pensait-elle vraiment que dans l'immédiat, mon unique objectif était de le lui voler ? Ha ! Tellement loin de la vérité. J'aurais voulu l'avertir que Warren pouvait être maléfique et mort — mais elle ne me croirait jamais.

Moi-même, je n'étais pas certaine de ce que j'en pensais. Je n'apercevais que l'arrière de sa tête et l'un de ses gants, et je n'avais aucun moyen de vérifier si c'était un gars décédé qui se cachait dans un corps volé. Il agissait de façon assez normale — sauf qu'il semblait être exceptionnellement intéressé à moi. Était-il tout simplement curieux ou attendait-il une chance d'aspirer mon énergie ?

— Sadie, est-ce que je peux emprunter ton téléphone cellulaire ? demandai-je, décidant qu'il me fallait faire quelque chose pour ne pas exploser de nervosité.

— Pourquoi ? demanda-t-elle.

— Pour téléphoner à mon petit ami.

— Ton petit ami ? Oh, certainement !

Elle avait retrouvé un ton amical.

— Je ne m'étais pas rendu compte que c'était aussi sérieux avec James, ajouta-t-elle.

— Euh...

Je me rongeai la lèvre inférieure, réfléchissant vite.

— Moi aussi, ça m'a surprise.

— Bien, je suis tellement heureuse pour toi. Ce doit être difficile de passer une semaine sans lui.

— Affreux.

— Je ne peux croire que tu as fini par t'arrêter sur un gars.

Elle me lança un énorme sourire.

— Peut-être que j'aurai de la chance et que moi aussi je trouverai quelqu'un de spécial.

— On ne sait jamais, dit Warren à Sadie.

— C'est un objectif, répondit Sadie en le regardant d'un air significatif. De toute façon, Rayah, tu peux dire à James qu'il y a toujours de la place pour un autre de plus dans le condo s'il veut se joindre à nous.

— Certainement, mentis-je.

Sadie tendit le bras vers son téléphone qui était posé dans un porte-gobelet. Mais après avoir jeté un coup d'œil à l'appareil, elle fit la grimace.

— Oh, merde !

— Quoi ? demandai-je.

— Pas de signal. Trop de collines, je suppose.

Elle remit le téléphone dans son support.

— Tu pourras essayer plus tard.

Combien de temps plus tard ? pensai-je lamentablement en même temps que je jetais un coup d'œil par la fenêtre. Je ne pouvais que voir des collines brunes et vertes avec de temps en temps un chêne ou un arbuste sauvage ; on aurait dit qu'on roulait indéfiniment vers nulle part. Nous avons dépassé quelques maisons, mais nous étions surtout entourés de collines désertes et de vaches qui défiaient la gravité en broutant à la verticale sur les pentes inclinées. La circulation était toujours assez lente, ralentissant et accélérant alternativement. Nous demeurions dans la voie de gauche, nous déplaçant tout de même plus vite dans la voie rapide, et dépassant les véhicules qui étaient dans la voie de droite où des camions avançaient en haletant avec des efforts exténués comme des joggeurs pas très en forme. Il semblait que nous roulions sur d'interminables rubans de béton recourbés. Où étaient les McDonald's, les Taco Bell et les stations d'essence ?

Je remuai, me sentant inconfortable, et espérant pouvoir bientôt aller aux toilettes.

Lorsque je le mentionnai à Sadie, elle leva sa tasse vide de Starbucks et le Pepsi diète qu'elle avait terminé.

— Moi aussi, dit-elle avec une expression pincée. Ces collines sont interminables.

— À environ cinquante kilomètres devant, il y a une sortie avec de la restauration rapide et des stations d'essence, dit Warren. Un arrêt au stand serait fantastique. Ça donne des crampes de rester assis aussi longtemps.

Il leva les bras pour s'étirer, les doigts gantés se tendant vers moi comme par accident. Le flamboyant dessin de dragon semblant s'enflammer comme un prédateur cherchant une victime — je me déplaçai rapidement pour m'éloigner.

Warren et Sadie continuèrent de parler comme si rien d'inhabituel ne s'était produit, mais j'avais l'estomac révulsé. Voir mon énergie aspirée par un Condamné des ténèbres était personnel et émotionnellement envahissant. Mais je n'étais pas sûre au sujet de Warren, donc que pouvais-je faire ? Quand on avait affaire avec des

Condamnés des ténèbres, le MEBO conseillait de battre en retraite et de rapporter la situation.

Malheureusement, dans une voiture en mouvement et sans MEBO, il me fallait exclure ces deux suggestions.

Par chance, Sadie avait enclenché le régulateur de vitesse pour mieux flirter, empêchant ainsi Warren de se concentrer sur moi. Elle lui parlait de ses préférences en fait d'aliments, de musique, et de centres commerciaux. Je n'avais jamais été aussi heureuse de me faire écarter d'une conversation. Pendant qu'ils parlaient, je regardais fixement par la fenêtre, mourant d'envie d'être n'importe où ailleurs et rêvant de retrouver ma vraie vie. Que faisaient maman, papa, Alyce et Dustin à ce moment précis ? Étaient-ils de retour à l'hôpital, attendant toujours que je me réveille de mon coma ? Je supposais que Sharayah était endormie dans mon corps, mais qu'arriverait-il si ce n'était pas le cas ? On avait presque débranché les machines qui assurent le maintien de mes fonctions vitales la semaine dernière.

Combien de temps pouvais-je demeurer éloignée de mon propre corps sans risquer de lui nuire ?

Il devait être difficile pour ma famille d'attendre dans une chambre d'hôpital que je me réveille — ne sachant absolument pas que je me trouvais à des kilomètres de là en train de vivre la vie de quelqu'un d'autre. J'eus aimé pouvoir leur transmettre un message — mais même si les règles du MEBO l'avaient permis, pourquoi les déranger avec la vérité ? De plus, Mamie avait placé une grande confiance en moi, et je ne voulais pas la laisser tomber. Si je travaillais rapidement, quelques jours seraient suffisants pour compléter ma mission. Je pourrais ensuite revenir à moi-même.

Mes pensées furent interrompues lorsque je réalisai que Sadie me parlait.

— ... tu conviens que ce n'est pas du tout ce à quoi on s'attendait ? demanda-t-elle.

— Hum... s'attendait à quoi ? demandai-je.

— N'as-tu rien entendu de ce que j'ai dit ? dit Sadie en me lançant un regard exagérément théâtral. Je disais à Warren que nous avions planifié ce voyage depuis des semaines et que nous avions pensé être déjà à la plage à l'heure qu'il est. C'est fou comme rien ne va comme prévu.

— Tu peux bien le dire, soupirai-je, songeant à mes amis et à ma famille.

— Le fait est, ajouta Sadie, qu'il m'arrive parfois d'avoir des sentiments à propos de choses qui vont arriver, et mon intuition me dit que cette semaine va devenir de plus en plus folle.

Je grognai, espérant que son intuition fut mauvaise.

— Je suis un adepte de tous les trucs extravagants et fous, dit Warren. J'ai entendu dire que c'était vraiment délirant sur la plage — beaucoup de musique, de concours et de fêtes.

— Mauve veut que je m'inscrive à un concours de T-shirt mouillé, dit Sadie. Qu'en penses-tu ?

— Tu devrais le faire.

Warren se tourna vers le siège arrière et me regarda en plissant les yeux.

— Tu devrais le faire aussi.

— Pas question, répondis-je. Trop embarrassant.

— Rayah, tu n'es qu'une blagueuse, dit Sadie en ricanant. C'est toi qui as montré à Mauve les photos du concours de T-shirts mouillés que tu as trouvées en ligne. Et tu as dit que tu serais la première à te mettre en file pour t'inscrire.

— Oh, bien… j'ai changé d'idée.

Je fis une pause avant de poursuivre.

— Ça ne me semble pas très amusant de monter sur une scène pour me faire asperger avec de l'eau.

— Les gars de l'auditoire s'amusent beaucoup, rétorqua Warren.

— Évidemment, répliquai-je en fronçant les sourcils.

— Qu'est-ce que tu peux bien vouloir dire ? lança-t-il d'un ton accusateur, ses épaules musclées pressant contre la ceinture de sécurité alors qu'il pivotait pour me regarder. Tu sais, ton attitude commence à me fatiguer. J'ai vraiment été amical avec toi, alors pourquoi es-tu si froide ?

— Il a raison, Rayah, convint Sadie. Tu as été impolie avec lui.

— Ai-je fait quelque chose pour te mettre en rogne ? demanda Warren.

— Bien sûr que non.

Mal à l'aise, je me tortillais derrière ma ceinture de sécurité.

— Je n'ai vraiment pas envie de faire du social après une dure nuit.

— Je l'avais avertie de ne pas sortir si tard, ajouta Sadie en me regardant d'un air réprobateur. Ne le prends pas personnellement, Warren. Elle est *cool* avec le fait que tu sois ici. N'est-ce pas Rayah ?

Que pouvais-je faire d'autre sinon hocher la tête ?

C'était le moment de changer de tactique, décidai-je. Si Warren voulait être agressif, je pouvais l'être aussi — mais d'une façon plus subtile. Me rappelant un conseil d'un livre qui traitait des situations sociales délicates appelé *Désarmez votre ennemi avec un sourire*, je décidai donc de transformer cette conversation en une occasion de découvrir des faits.

J'affichai mon sourire le plus désarmant.

— Si j'ai été impolie, je suis désolée.

— Pas de problème, dit Warren.

— Sadie n'a pas tort. J'étais râleuse. J'ai encore un peu la gueule de bois, mais je n'ai pas de raison de passer ma mauvaise humeur sur toi.

— J'ai déjà eu une gueule de bois aussi, et ce n'est pas facile, répondit Warren. Tu as de la chance, je donne de fameux massages de cou. Quand nous arrêterons, je t'en donnerai un pour faire passer ta douleur.

Et essayer d'aspirer mon énergie, pensai-je, soupçonneuse.

Essayant d'être polie, juste au cas où il ne serait pas un vampire d'énergie, je lui fis un sourire.

— Certainement, ça semble *cool*, répondis-je.

Puis, avec ruse, j'ajoutai :

— Pendant que tu me masseras, j'aimerais essayer tes gants. Le dessin de dragon est génial et le cuir semble tellement doux.

— Oublie ça. Personne ne les porte à part moi.

— Tu ne peux donner un massage avec des gants, argumentai-je.

— Ouais, je le peux. C'est mieux comme ça.

— J'adorerais recevoir un massage, dit Sadie, sa main sur le volant alors qu'elle se tournait vers Warren.

— Certainement, bébé.

— Mais Rayah a raison à propos des gants. Je préférerais tes solides mains sur mes épaules.

— C'est avec les gants ou pas du tout. Je ne les enlève pas en public. C'est ma marque personnelle.

Son ton était amical, mais quand il agita ses mains dans ma direction, je ressentis un frisson qui me fit tressaillir malgré la chaleur étouffante de la voiture.

Sadie avait perçu les paroles de Warren comme un défi qui lui était lancé; elle passa donc les kilomètres suivants à essayer de lui graisser la patte pour le convaincre d'enlever ses gants. Peu importe ce que lui offrait Sadie, Warren refusait. Vraiment suspect.

Ce serait un moment extraordinaire pour qu'un autre donneur de vie temporaire arrive par hasard. Croisant mes doigts comme si je priais, j'envoyai un message silencieux à Mamie Greta. À ma surprise, je sentis quelque chose — une chaude sensation de calme et une caresse lumineuse sur mes épaules. Puis la sensation disparut. L'avais-je imaginée? Ou bien Mamie m'avait-elle donné une tape dans le dos pour m'encourager à continuer d'essayer?

Seulement, je ne savais pas quoi essayer, pensai-je, regardant fixement mes mains.

Ces mains n'étaient pas les miennes. Ces doigts pâles et osseux étaient empruntés ; sans taches de rousseur et ongles boudinés. Il y avait une marque de bronzage autour de l'annuaire de sa main gauche — je ne l'avais pas remarquée auparavant. Sharayah avait dû porter un anneau pendant des mois pour développer une marque de bronzage. Je me suis demandé pourquoi elle avait cessé de le porter. Était-ce relié au mystérieux petit ami Gabe ?

Tandis que je m'attardais sur cette question, une brise bruyante souffla par la fenêtre ouverte de Sadie, faisant tourbillonner mes cheveux dans mon visage. J'aspirai un mélange de smog et d'air salin qui me fit penser à l'océan. Nous étions encore loin du Pacifique, mais je pourrais bientôt l'apercevoir. J'adorais, adorais, *adorais* l'océan. Je n'y étais pas allée depuis longtemps ; depuis que ma famille avait doublé de taille et que nous étions enchaînés par d'adorables mais exigeantes triplées. Ce serait tellement merveilleux d'envoyer valser mes chaussures, de courir sur le sable chaud et de barboter dans des vagues écumeuses bleues et grises. J'aurais une super semaine de vacances à m'amuser et à me faire bronzer sur la plage. Sauf que, je m'en souvins soudainement, Mauve avait dit que Sharayah avait une phobie de l'océan et qu'elle en faisait même des cauchemars. Comment pouvait-elle avoir peur de quelque chose de si magnifique ? Et comment pourrais-je faire semblant de craindre quelque chose que j'adorais tellement ?

J'en ai assez de faire semblant, pensai-je en jetant un coup d'œil au bras de Warren étendu contre le côté de son siège, ses doigts gantés à portée de la main.

— Hé, Rayah ! Comment aimes-tu ce poste ?

Sadie avait changé le CD pour la radio, et sautait d'une chanson à l'autre.

Elle s'arrêta sur une chanson connue, et monta le volume.

— C'est ce blues alternatif que tu aimes, *Bleeding on the Inside*.

— J'adore cette chanson, dis-je, surprise de partager les goûts musicaux de Sharayah.

— Évidemment, c'est pourquoi j'ai choisi ce poste. Il fait jouer toutes nos chansons préférées. Tu te souviens de cette soirée de karaoké où nous avons chanté ? demanda Sadie avec un petit rire. Nous étions tellement soûles après avoir bu tout ces Long Island Iced Tea que tu as trébuché sur un fil et tu nous as projetées toutes les deux en bas de la scène. Ce serveur vraiment mignon m'a rattrapée, mais tu as atterri sur une table. Quelle folie !

— Oh, ouais, dis-je, distraitement.

— Chante avec moi, Rayah, pressa Sadie. Montrons à Warren comment nous chantons en duo pendant les soirées de karaoké.

J'en étais incapable ! Je n'avais jamais chanté devant personne. J'avais du rythme, mais ma voix était suffisamment mortelle pour tuer des microbes aéroportés.

Mais la vraie Sharayah n'aurait pas refusé.

Je laissai donc tomber ma timidité et chantai doucement avec Sadie. Elle avait une voix nasillarde et une façon hilarante d'inventer ses propres paroles. J'ignorais si c'était parce qu'elle ne pouvait se souvenir des paroles ou parce que ça ne la dérangeait tout simplement pas. J'avais un mouvement de recul chaque fois qu'elle disait un mot erroné.

Au début, j'entrais simplement dans le jeu, sans trop y penser, jusqu'à ce que soudainement ça me frappe : ma voix n'était pas du tout atroce ! C'était en fait la voix de Sharayah. J'élevai la voix, surprise de sa puissance et de son ton absolument parfait.

— Wow, dit Warren quand la chanson fut terminée. Rayah, tu étais fantastique.

— Et moi ? demanda Sadie en faisant la moue.

— Inoubliable, ajouta-t-il.

— Je considérerai cela comme un compliment, répondit Sadie, lui donnant une tape amusée sur le bras. Mais je conviens que Rayah est une naturelle. Je l'ai suppliée d'auditionner pour *American Idol*, mais elle a refusé.

— Tu ne devrais pas gaspiller un talent comme le tien, me dit Warren.

— N'essaie pas de la convaincre, dit Sadie. Rayah a une voix extraordinaire, mais aucune ambition pour en faire quoi que ce soit. Peux-tu croire qu'elle est en train de faire une majeure en médecine ? Comme si passer son temps avec des gens malades était plus amusant que de se produire devant des millions d'admirateurs.

Elle pourrait être une véritable vedette si elle s'y mettait.

Donc pourquoi Sharayah ne le faisait-elle pas? me demandai-je. Ma voix «empruntée» couvrait la gamme complète, était remplie de passion et avait une qualité émouvante. Une touche de vibration insondable lui donnait un caractère unique — un facteur supplémentaire que l'industrie de la musique adorait. Bien sûr, il fallait aussi du talent pour être médecin ou infirmière, et je n'avais rien contre la profession médicale. Mais une voix magnifique était un don que l'on devait partager avec l'univers, et il serait bien plus excitant de devenir une vedette que de mesurer des tensions artérielles. Je donnerais presque n'importe quoi pour avoir le talent naturel de Sharayah. Malheureusement, ma vraie voix pourrait effrayer même les petits enfants. C'était en partie la raison pour laquelle j'avais décidé de devenir agente de spectacle. Si je ne pouvais être une vedette, j'en créerais.

Récemment, j'avais failli signer un contrat avec ma première cliente. La voix puissante de cette nouvelle élève à l'école, Trinidad, m'avait tellement emballée que je savais qu'elle était destinée à devenir célèbre. Et même si je n'avais pas d'expérience comme agente de spectacle, était-ce vraiment si important? Comment acquérir de l'expérience si on ne prend pas de risques? Trinidad était tellement talentueuse que je savais que je pouvais convaincre un studio de lui faire signer un contrat (et moi aussi!). Mais avant même que j'en aie eu la chance, il s'était produit ce changement de corps.

Maintenant, j'avais la chance de signer un contrat avec un autre nouveau talent — moi-même!

Les pièces du puzzle virevoltaient dans ma tête, dansaient en faisant des pirouettes, et se mettaient parfaitement en place. Tout avait maintenant un sens. Cela expliquait pourquoi j'avais été placée dans le corps de Sharayah et pourquoi nous nous dirigions vers Venice, pas trop loin de Los Angeles, où Hollywood pouvait devenir une réalité. Ce n'était pas une erreur cosmique. J'étais la personne parfaite pour aider Sharayah à devenir une vedette.

Je frémissais devant l'excitation de ce moment révélateur, persuadée que j'achèverais rapidement ma mission. Si cela signifiait qu'il me fallait demeurer avec les amies de Sharayah dans un luxueux condo de plage, eh bien, j'étais prête à faire ce sacrifice.

— Enfin! Une station d'essence! pointa Sadie, alors qu'elle empruntait une rampe sur le côté droit de la route. Et mon téléphone a un signal.

— Fantastique! répondis-je.

— Tu peux aller aux toilettes en premier, me dit-elle. J'ai des textos à envoyer à ma famille, mais je devrais avoir terminé à ton retour.

Sadie arrêta la voiture près du marché d'alimentation rattaché à la station d'essence. J'attrapai le sac à main de Sharayah, au cas où j'aurais besoin d'argent, et je m'empressai de sortir.

— Attends, Rayah! cria Warren, mais je l'ignorai, accélérant mon pas.

Dès que j'ouvris la porte vitrée, je reniflai l'odeur du maïs soufflé arrosé de beurre, en même temps que des pâtisseries sucrées et d'autres collations attirantes. J'avais beaucoup d'argent — pourquoi ne pas en dépenser un peu pour de la nourriture ? Je m'extasiai un moment devant un étalage de bonbons assortis, me demandant si je prendrais une Milky Way, des M&M's aux arachides ou une Kit Kat.

Je suivis une affiche écrite à la main indiquant que les toilettes étaient à l'arrière.

Les toilettes avaient une odeur aigre et seulement deux cabines étroites. Il manquait une porte à l'une des deux, je choisis donc l'autre.

Je chantonnais tranquillement, encore remplie d'admiration devant l'étonnante voix qui sortait de mes lèvres. Je me perdais dans des rêves étoilés et remplis de possibilités, et je n'avais pas vraiment fait attention à la porte qu'on avait ouverte. Puis, les lumières s'éteignirent.

— Hé, qui a éteint les lumières ? criai-je.

Personne ne répondit, mais j'entendis des pas légers qui s'avançaient sourdement vers les cabines. Dans la faible lumière venant des fenêtres élevées, deux chaussures blanches semblaient briller comme des fantômes sinistres. Au lieu de se diriger vers la cabine adjacente à la mienne, elles se sont arrêtées à l'extérieur de ma porte verrouillée.

— Sharayah, dit une voix basse, sifflante de haine. C'est terminé.

À travers l'interstice de la porte, j'aperçus des boucles flamboyantes.

La fille aux cheveux roux m'avait trouvée.

Puis, elle donna un coup de pied sur la porte.

7

UNE FOULE D'IDÉES SE BOUSCULAIENT DANS MA TÊTE — toutes insistaient vivement pour que je m'enfuie. Mais assise sur une cuvette, les jeans descendus jusqu'aux chevilles, je n'étais pas exactement en position de fuir. À cause du coup de pied qu'elle venait de recevoir, la porte était déjà de travers. Je ne croyais pas qu'elle survivrait à un autre coup.

— Qui est là? criai-je, me mettant sur mes pieds et remontant mes jeans.

— Tu le sais, grogna-t-elle.

— Non, je ne le sais pas.

— Arrête de mentir.

— Je ne mens pas, criai-je. Qu'est-ce que tu me veux?

— Viens le découvrir, me dit-elle d'un ton sinistre.

— Je ne veux pas de problèmes.

— Trop tard.

Sa voix bouillonnait de fureur — et même si j'essayais de ne pas me laisser aller à la panique, j'avais peur. Comment pourrais-je m'enfuir ? Elle bloquait l'unique sortie de la pièce. Et si elle avait un revolver ou un couteau ? Tout ce que j'avais, c'était mon sac à main et son assortiment d'articles inoffensifs.

Réfléchis, réfléchis ! me répétai-je à moi-même. Dans les centaines de livres pratiques que j'avais lus, quel conseil m'aiderait à me protéger d'une ennemie psycho-pathe ? Mon cerveau était vide. Elle n'essaierait pas vraiment de me tuer… n'est-ce pas ? Je ne pouvais voir que ses chaussures et une mèche de cheveux roux à tra-vers les espaces autour de la porte. Que ferais-je si elle m'attaquait ? Quelqu'un m'entendrait-il hurler ?

— Pourquoi m'as-tu suivie ici ?

J'essayais de paraître calme, mais mes mains trem-blaient quand je remontais la fermeture à glissière de mes jeans.

— Qu'est-ce que je t'ai fait ?

— Comment peux-tu même me demander cela ?

Sa voix montait de façon incontrôlée.

— Tu as tout ruiné… mais c'est ici que ça se termine. Ouvre la porte.

Oh non. Pas question. Je ne risquerais pas ma vie — littéralement.

Mais je ne pouvais demeurer indéfiniment dans une salle de bain verrouillée, donc qu'allais-je faire ?

J'envisageais de ramper pour me rendre dans la cabine voisine quand j'entendis de doux bruits — des pas et le cliquetis du bouton de la porte.

Quelqu'un entrait dans la pièce !

— Pourquoi est-ce si noir ? s'exclama Sadie avant de se mettre à crier. Hé, que diable…

Il y eut un claquement de chaussures et un bruit d'halètement.

— Regarde où tu vas ! C'est quoi ton problème ?

Sadie avait juré en même temps que la fille aux cheveux roux s'était cognée sur elle. Il y eut un grognement, puis le bruit brusque d'un claquement de prote.

— Rayah ? Rayah !

Sa voix monta :

— Es-tu ici ?

Je hochai la tête, puis je réalisai qu'elle ne pouvait me voir à travers la porte de la cabine. J'exprimai un murmure tremblant.

— Ou… oui.

— Pourquoi les lumières sont-elles éteintes ? C'est probablement cette garce.

Elle alluma les lumières.

— Ça va ?

— Maintenant, ça va.

Je pris une profonde respiration, et les jambes tremblantes, je fis un pas vers l'avant. J'accrochai la courroie de mon sac à main sur mon épaule et soulevai le loquet de la porte.

— Que diable se passe-t-il ?

Sadie se frotta l'épaule et enleva sa tresse de son visage rougi.

— As-tu vu cette foutue fille qui a foncé sur moi?

— Je ne pouvais pas voir grand-chose.

— La sacrée fille m'a poussée sur le mur, et ensuite elle est sortie en courant d'ici… hé! Pourquoi me serres-tu dans tes bras?

C'était impossible à expliquer juste comme ça; mes émotions se bousculaient pour rattraper mes pensées. Ce dernier incident m'avait troublée, et je craignais d'imaginer ce qui se serait produit si Sadie ne s'était pas montrée. Sadie m'avait peut-être sauvé la vie.

— Tu trembles, dit Sadie en m'examinant le visage. Qu'est-ce qui se passe? Cette fille me dit quelque chose, comme si je l'avais déjà vue sur le campus. La connais-tu?

— Je ne connais pas son nom — mais c'est la même fille aux cheveux roux qui me regardait d'un air mauvais dans le parc de stationnement du campus. Grâce à Dieu, tu t'es montrée! Elle semblait être folle, et j'avais l'impression qu'elle allait devenir violente.

— Sans blague!

Sadie marqua un temps d'arrêt.

— Donc pourquoi restons-nous ici? Ne devrions-nous pas en parler à quelqu'un?

— Tu veux dire la police?

— Bien… peut-être pas aussi draconien.

Sadie hésita, une expression réfléchie apparaissant sur son visage.

— En fait, tu n'as pas été attaquée, je n'ai pas bien vu la fille, et tu ne connais même pas son nom. La police ne pourra rien faire.

— Ouais, convins-je, songeant au risque de me faire questionner sans être capable de répondre à des questions de routine sur ma personne.

— Es-tu certaine que ça va ? Je ne t'ai jamais vue si effrayée. Pas même quand tu as reçu la note de menaces...

Elle s'arrêta avec un cri étouffé.

— Le harceleur ? Est-ce que ça pourrait être la fille aux cheveux roux ?

— Je le crois bien, admis-je, en tournant le robinet de l'évier, me sentant bizarrement réconfortée par le son de l'eau qui coulait pendant que je me lavais les mains. Elle doit fréquenter notre université. Es-tu certaine que tu ne l'as pas reconnue ?

— Ça s'est fait trop rapidement et la pièce était trop sombre.

Sadie arracha une serviette de papier et me la tendit.

— Merci, dis-je en m'essuyant les mains. Je n'oublierai pas de quoi elle a l'air et je ferai attention pour ne pas lui permettre de me coincer de nouveau. Je ne peux croire qu'elle nous ait suivies jusqu'ici. Je ne sais même pas qui elle est.

— Bien, il est évident qu'elle te connaît. Probablement la petite amie d'un gars que tu as dragué — ce ne serait pas la première fois que tu aurais mis une pépée en rogne, gloussa Sadie. Comme lorsque tu embrassais passionnément le fiancé de Bryanna à sa fête de fiançailles.

— Pouvons-nous ne pas parler de mon passé ? Je préférerais sortir d'ici et être loin de cette fille psychopathe. Et j'aimerais vraiment me servir de ton téléphone.

— Je comprends.

Elle me tendit le téléphone, et prit doucement mon bras alors qu'elle me conduisait hors de la salle de bain.

Le marché d'alimentation de la station d'essence me semblait étrangement ordinaire après cet incident infernal. Les gens circulaient dans les allées, absorbés à choisir des barres chocolatées et d'autres articles futiles. J'aperçus Warren dans la section des aliments chauds, versant de la moutarde sur une saucisse sur bâtonnet. Intrigué, il arqua les sourcils quand Sadie lui cria que nous allions attendre près de la voiture.

Quand je sortis, je me tendis et je regardai partout pour voir si je trouverais la fille aux cheveux roux. Logiquement, je savais que la fille psychopathe ne serait pas assez idiote pour attendre aux alentours. Il était probable qu'elle se trouvait déjà à des kilomètres d'ici. Mais si elle avait été assez obsédée pour me suivre pendant des centaines de kilomètres, elle n'abandonnerait pas aussi facilement. Elle pourrait être tapie dans l'une des nombreuses voitures stationnées — attendant une autre chance de me trouver seule.

— Elle est partie, me rassura Sadie, devinant mes pensées.

Elle ouvrit la porte arrière pour que j'entre dans la voiture.

— Tu te sentiras mieux quand tu auras parlé à James. Je vais aller nous chercher des burgers — pas d'oignons, avec du fromage, exact?

— Euh, parfait. Merci, lui dis-je.

Évidemment, je n'avais pas la moindre intention d'appeler James.

Une fois la porte fermée, les bruits extérieurs des voitures et des camions se sont assourdis, et je fus baignée d'un silence calmant. Soulevant le rabat du téléphone, j'étais réjouie d'obtenir un signal.

— Eli, c'est moi, dis-je dès que j'entendis sa voix.

— Amber!

Le soulagement, la peur, le choc se mêlaient dans ce simple mot.

Je remarquai que malgré tout, un sourire était monté à mon visage.

— C'est fantastique d'entendre mon vrai nom.

— Pourquoi n'as-tu pas téléphoné plus tôt? J'étais sacrément inquiet. Où es-tu?

— À une station d'essence à l'extérieur de L.A. Je n'ai pu te téléphoner jusqu'à maintenant parce que nous traversions des collines et que j'étais incapable d'obtenir un signal.

— Donc, qu'est-ce qui t'est arrivé?

— La folie!

Je hochai la tête avec lassitude.

— Tu te souviens que je t'ai parlé d'une personne qui me poursuivait? Elle m'a coincée dans une salle de bain.

— Tu vas bien?

— Ouais. Sadie l'a surprise, et elle est partie en courant. Je ne sais toujours pas qui elle est.

Je m'appuyai sur le siège de la voiture.

— Comment puis-je me protéger quand je ne sais pas pourquoi elle me déteste?

— Ce n'est pas toi qu'elle déteste, dit Eli d'un ton rempli de colère. J'adore ma sœur, mais c'est elle qui a des ennemis. Sors de là et rentre à la maison.

— Pas avant d'avoir terminé ma mission, insistai-je. Mamie a confiance en moi, et je ne veux pas la laisser tomber. Je pourrais travailler plus rapidement si j'avais le MEBO.

— J'irai le chercher, promit-il.

— Est-ce cette ga… Katelyn t'aide toujours?

— Ouais, Katelyn a été fantastique. Elle est en train de parler au gérant de la résidence, pour essayer d'obtenir une clé pour la chambre de Shari.

Je me renfrognai.

— C'est tellement gentil de sa part.

— Elle est tout à fait *cool*, répondit Eli, n'ayant pas du tout saisi mon sarcasme. J'ai découvert pourquoi elle te déteste… je veux dire, pourquoi elle déteste Sharayah.

— Laisse-moi deviner — à cause d'un gars?

— Comment le sais-tu?

— Je suis en train d'apprendre à connaître ta sœur…
trop bien.

— Malheureusement, je sais ce que tu veux dire.

Sa voix devint triste.

— Sharayah a tellement changé, de toutes les mauvaises façons possibles. Quand Katelyn parlait d'elle, c'était comme si elle parlait d'une étrangère. Au début, Katelyn et Shari s'entendaient bien — jusqu'à ce que Katelyn sorte avec un gars qui ne voulait que parler de ma sœur. Katelyn était déçue, mais elle a cru qu'il ne serait que juste de laisser savoir à Shari que ce gars l'aimait. Seulement, au lieu d'être reconnaissante, ma sœur a piqué une crise, jurant et criant après Katelyn.

— Pourquoi? demandai-je, surprise.

— Je n'en ai aucune idée — et Katelyn n'en sait rien non plus. Elles ne se sont plus parlé depuis.

J'eus une idée.

— Et si ce gars était Gabe? Nous savions que c'était son petit ami, mais ils doivent avoir rompu puisque Rayah et lui ne sont plus ensemble.

— Sauf que le gars avec lequel Katelyn était sortie se nommait Caleb.

Je fronçai les sourcils, devenant encore plus perplexe alors que j'ajoutais *Qui est Caleb?* à la liste mentale de questions à poser au MEBO.

Eli sembla deviner mes pensées parce qu'il assura qu'il continuerait à essayer d'obtenir le MEBO.

— Si je ne peux arriver à ce que quelqu'un me permette d'entrer légalement dans la chambre, je crochèterai la serrure — je peux le faire grâce aux trucs de ton ami Dustin.

— Tu as parlé avec lui ? Fantastique ! J'allais te faire cette suggestion quand Mauve m'a enlevé le téléphone des mains.

— Il m'a aussi demandé de tes nouvelles, et quand je lui ai dit que tu étais dans le corps de ma sœur, il n'a même pas été surpris.

— Tu le lui as dit ? demandai-je en me mordant la lèvre alors que je pensais aux Neuf règles divines.

— Je croyais que c'était correct puisque vous êtes tellement de bons amis.

— Bien, ça ne me dérange pas personnellement — mais je ne suis pas certaine pour Mamie.

— Ta grand-mère *morte* ? demanda-t-il d'un ton qui montrait qu'il commençait à s'habituer à mes expériences avec l'Autre côté.

— Il est contre les règles de révéler qu'on est donneur de vie temporaire. Je n'aurais pas dû te le dire, admis-je. Mais je suis heureuse de l'avoir fait. Et je suis heureuse aussi que Dustin soit au courant.

— Il est de ton côté à mille pour cent. Il était prêt à parcourir tout ce trajet même si nous risquions de nous faire arrêter pour entrer par effraction dans une résidence de filles.

— Ce ne serait pas la première fois qu'il se ferait arrêter. Dust est fier de la cicatrice de menottes dont il a hérité la première fois qu'il a résisté à une arrestation.

Mon rire soulagea mon anxiété. Je racontai à Eli comment Dustin, qui s'intéressait aux défis politiques, croyait que la liberté ne pouvait venir que du chaos.

— Je ne suis pas toujours d'accord avec lui, ajoutai-je avec affection, mais je l'adore comme un frère.

— Techniquement, je suis maintenant ton frère, dit Eli, d'un ton ironique.

— Je n'ai pas l'impression que tu es mon frère.

— Ouais, mais à entendre ta voix, je continue à penser : c'est ma sœur.

— Seulement à l'extérieur.

— Je sais… pourtant, ce serait bizarre de te voir.

— Vraiment bizarre.

Je fis une pause, me demandant quelle sorte de contact était permis entre frères et sœurs. Pouvais-je lui tenir la main ? Le serrer dans mes bras ? Lui donner un baiser « de sœur » sur la joue ? Diable, ce serait plutôt gênant. Si mes mains étaient moites et que mon cœur battait fort au seul fait de lui parler, comment serait-ce lorsque nous serions face à face ?

Avant que je puisse partager mes pensées avec lui, il m'annonça qu'il y avait quelqu'un à la porte.

— Ne t'inquiète pas, dit-il un instant plus tard. C'est seulement Katelyn.

— Oh, chouette ! répondis-je sans trop un soupçon d'enthousiasme.

— Elle sourit comme pour annoncer de bonnes nouvelles.

— Oh ? demandai-je avec un regain d'intérêt.

— Elle agite une clé. Je dois y aller !

Il y eut un clic puis la tonalité.

Merde. Que se passait-il donc avec lui ? Certainement, il avait la clé et c'était une bonne chose. Mais ce qui était moins bon, c'était de voir comment il semblait excité de voir Katelyn. Il ne m'avait même pas dit au revoir. Mes émotions étaient comme des fils sous tension, étincelant à l'intérieur de moi et court-circuitant mon habileté à penser logiquement. Je n'étais pas jalouse. Ça aurait été ridicule. Mais il était avec elle et pas avec moi, et cela me rendait un peu folle. Ce dont j'avais vraiment besoin, c'était de parler. Et pas à n'importe qui — mais à ma meilleure amie de toujours. J'avais toujours tout raconté à Alyce et je me sentais mal d'avoir été si longtemps sans lui parler. Comme si la moitié de moi me manquait. Elle savait déjà que j'avais l'habitude de changer de corps, et ne s'affolerait donc pas si je lui racontais ce qui se passait. Bien entendu, ça signifiait d'enfreindre les règles encore une fois, mais je n'avais jamais rien caché à Alyce.

Par contre, lorsque je téléphonai, c'est sa mère qui répondit.

— Qui est-ce ? demanda Mme Perfetti de sa voix tranchante au ton aussi irrité qu'à l'accoutumée.

Une question simple, mais impossible d'y répondre.

— Je suis… hum… Harmony Furrson.

C'était le nom que nous avions donné à mon animal de compagnie, un hamster, quand j'avais sept ans.

— Je suis assise derrière Alyce dans le cours d'algèbre et j'ai besoin de conseil pour mes devoirs.

J'avais ajouté la partie sur l'algèbre parce que (a) c'était vrai, j'étais normalement assise derrière elle dans le cours d'algèbre et j'espérais qu'Alyce comprenne cet indice ; et (b) sa mère était une militante quand il était question de devoirs, elle enfermait même Alyce dans sa chambre jusqu'à ce qu'elle ait terminé ses travaux.

— Alyce n'a pas de devoirs pendant la semaine de relâche, répondit froidement sa mère.

— C'est du travail extrascolaire.

— Alors, cela peut attendre que l'école recommence.

— Mais je ne peux attendre — j'ai vraiment besoin de lui parler.

— Désolée. Alyce n'est pas disponible.

Puis elle raccrocha.

Mais que se passait-il ? Était-ce la journée où tout le monde raccrochait la ligne au nez d'Amber ? Je voulais rappeler Alyce, mais je savais que sa mère ne reculait jamais quand elle était de mauvaise humeur. Je composai donc le numéro de Dustin. Je n'enfreignais pas les règles du MEBO étant donné qu'Eli lui avait déjà parlé de mon changement de corps.

Quand Dustin réalisa qui j'étais, il cria de joie comme s'il était en train de recevoir un appel de Publishers Clearing House lui offrant un million de dollars.

— J'allais rendre visite à ton corps à l'hôpital, mais c'est bien mieux comme ça, dit-il. Comment vont les choses ?

— Mieux depuis que j'ai compris en quoi consistait ma mission dans ce corps.

— Quoi?

— Faire de Sharayah une vedette de la chanson.

— Gros projet! Comment vas-tu y réussir?

— En trouvant une audition ouverte ou un concours où elle pourrait — je veux dire, où je pourrais m'inscrire. Quelque chose qui aurait lieu bientôt près de Venice Beach. Peux-tu m'aider?

— J'y suis déjà.

Je le visualisai pivotant dans sa chaise devant plusieurs moniteurs. Il n'y avait pas de lit dans sa chambre, puisqu'il préférait un sofa avec un sac de couchage; utilisant l'espace réduit pour un maximum de stratégies. Il appelait sa chambre ses «quartiers généraux». Il était tout autant passionné dans sa quête de justice qu'il l'était pour offrir de l'aide à un ami.

Sa recherche en ligne se concentra sur les auditions ouvertes pour des chanteurs amateurs dans la région de Los Angeles. Il finit par trouver cinq possibilités, mais seulement deux d'entre elles avaient lieu bientôt. Le prix d'entrée de l'une de ces deux dernières était tellement élevé que je fus convaincue qu'il s'agissait d'une escroquerie. Mais la compétition pour *Voice Choice*, une nouvelle émission réalité diffusée sur le câble, se tiendrait à Beverly Hills dans deux jours. Les chanteurs devaient être des amateurs, de dix-huit à vingt-neuf ans, sans expérience professionnelle — donc tout à fait Sharayah.

Voilà la raison pour laquelle ma grand-mère m'avait choisie pour cette mission.

Et je ne la laisserais pas tomber.

Il me faudrait certainement franchir quelques obsta-
cles comme me rendre à Beverly Hills, accéder aux
finales, épater les juges et gagner le grand prix — tout
en évitant les Condamnés des ténèbres et une psychopathe aux cheveux roux.

Mais quand j'en aurais terminé, Sharayah serait
célèbre.

Et pour un court moment, je le serais aussi.

8

COMME JE REMETTAIS LE TÉLÉPHONE À SADIE, il résonna au rythme d'une chanson populaire — l'afficheur indiquait le nom de Mauve.

— Où es-tu ? demanda Sadie.

— En train de conduire, répondit Mauve, assez fort pour que je puisse entendre. Où es-*tu* ?

— Nous nous sommes arrêtés pour les toilettes et une collation, dit Sadie en lui donnant le numéro de la sortie.

— Je vous retrouve là-bas. Lonz et moi ne sommes pas très loin derrière vous.

— Derrière ? demanda Sadie. Je croyais que tu étais à des kilomètres devant nous.

— Nous nous sommes arrêtés pour manger et… bien… disons juste prendre le dessert. Les détails viendront plus tard.

Mauve se mit à glousser.

— Je vous vois bientôt.

Elle n'avait pas exagéré. Moins de cinq minutes plus tard, j'entendis une voiture klaxonner et j'aperçus les cheveux roses de Mauve qui volaient dans les airs alors que la décapotable d'Alonzo, qui arrivait à la station d'essence avec un bruit de crissements de pneus et une odeur de caoutchouc brûlé, se glissait dans l'espace de stationnement à côté de nous.

— C'est vraiment toute une promenade ! Ma prochaine voiture sera une décapotable ! cria Mauve, tendant le bras pour prendre la main d'Alonzo qui l'aidait à sortir de la voiture. Je n'avais pas imaginé que mon idée d'échange s'avèrerait si excitante.

— Nous avons eu notre part d'excitation — mais pas d'un genre amusant, dit Sadie d'un ton sinistre.

— Oh ? demanda Mauve en levant le sourcil d'un air interrogateur.

Sadie fronça les sourcils dans ma direction.

— La personne qui poursuivait Rayah s'est montrée.

Mauve demeura bouche bée.

— Je ne peux croire que j'ai manqué toute l'action ! Vous devez tout me raconter.

Elle donna un baiser d'au revoir à Alonzo, expliquant que c'était une « affaire de filles » et qu'elle le reverrait plus tard. Lorsqu'elle renvoya Warren hors de son siège, il la regarda comme s'il s'apprêtait à protester, mais il se contenta de lever les épaules et de remonter dans la décapotable à côté d'Alonzo. Quelques minutes plus tard, ils sortaient du parc de stationnement en vrombissant, ma tension diminuant à mesure que leurs phares arrière s'éloignaient.

— Je ne peux vous laisser seules une minute ! se plaignit Mauve, avec une expression irritée, comme si nous avions eu du bon temps sans elle.

Elle se retourna derrière sa ceinture de sécurité pour pouvoir me regarder et elle demanda de tout savoir sur la harceleuse.

Je n'avais pas vraiment envie de parler de cette rencontre sinistre — mais il n'était pas question d'ignorer Mauve. Je ne pouvais cesser de m'inquiéter et de me demander ce qui se serait passé si Sadie n'avait pas interrompu…

— Je n'arrive pas à croire que cette garce a fait tout ce trajet pour vous suivre jusqu'ici. Elle doit être sérieusement psychopathe ou défoncée, dit Mauve, secouant sa tête rose. Es-tu certaine de ne pas savoir qui c'est ?

— J'aimerais bien le savoir ; je saurais alors comment l'arrêter.

— Moi, je l'ai arrêtée, dit fièrement Sadie. Je ne l'ai pas bien vue, mais elle avait peur de se faire prendre. Elle est partie depuis longtemps maintenant. Elle n'aurait pas le courage de nous embêter de nouveau.

Je hochai la tête, espérant que Sadie avait raison.

— Quel dommage que je n'aie pas été là, dit Mauve en sortant un brillant à lèvres d'un petit sac en paillettes et le tamponnant sur ses lèvres. Je l'aurais frappée si fort qu'elle ne l'aurait jamais oublié.

— Je parie que c'est ce que tu aurais fait.

Je fis un léger sourire.

— Hé, tu sais que je te protège après tout ce que tu as fait pour moi.

Elle s'arrêta, perdant un peu de sa rudesse pendant un bref instant, révélant une vulnérabilité que je ne m'attendais jamais à voir sur le visage de Mauve. Mais alors, le moment passa et l'attitude ne-me-cherchez-pas revint.

— De toute façon, le drame est terminé — sauf pour ce qui s'est passé entre moi et Alonzo.

— Alors, que s'*est*-il passé ? demanda Sadie, alors qu'elle sortait du parc de stationnement et reprenait l'autoroute.

— Bien des choses, dit Mauve avec un faible sifflement. Saviez-vous que c'est un champion surfeur et que c'est un adepte de la boxe française ? Et que ce ne sont pas là ses meilleurs talents.

— Ooh… Quel mec !

Sadie mit son clignotant pour tourner et se dirigea jusque dans la voie rapide.

— Rien que je puisse ajouter à la Liste des mises de côté ?

— Bien… dit Mauve d'une voix traînante. Disons seulement qu'Alonzo ne m'a pas déçue.

Elle continua en s'extasiant sur les talents d'Alonzo pour embrasser, sur sa voiture personnalisée et ses tatouages, ajoutant qu'il était tellement brillant qu'on lui avait offert un stage dans un prestigieux bureau d'avocats. J'étais tout de même sceptique, aucun gars ne pouvait être aussi parfait. Alonzo semblait assez gentil, mais aussi arrogant. Plus Mauve décrivait chaque détail invraisemblable, moins je pensais que même la moitié de l'histoire puisse être vraie.

C'était pourtant amusant de l'écouter.

Nous avions quitté les collines et nous nous enfoncions dans une métropole de béton tentaculaire avec des immeubles qui se dressaient au loin de manière imposante tout en se mêlant à une ligne d'horizon grise. La circulation devint plus dense, et nous avons dû ralentir. La densité de la circulation ne semblait pas déranger Sadie, qui continuait à essayer de tirer les vers du nez à Mauve pour obtenir des détails sur Alonzo. Mauve ne gardait rien pour elle; certaines de ses réponses s'inscrivaient au domaine *Trop d'informations*. Je me suis retournée pour regarder par la fenêtre, faisant semblant d'être fascinée par la circulation de Los Angeles pour cacher mes joues qui commençaient à rougir. Mon corps avait peut-être l'âge légal, mais mon cerveau avait un peu de rattrapage à faire.

— L'océan! cria brusquement Sadie au moment où nous quittions l'autoroute, pointant vers un vide entre des édifices élevés au loin. C'est là!

— Je ne le vois pas.

Je pressai mon visage contre la fenêtre, plissant les yeux vers un horizon de ciel terne et sans nuages.

— Regarde au-delà de ces édifices, pointa Mauve.

Je m'attendais à une nuance de bleu ou de vert brillant, mais il n'y avait qu'une tache grise au-delà des tours d'habitation. Puis je clignai des yeux, et le gris disparut. Oh ce n'était pas très grave, je le verrais pour de bon très bientôt, pensai-je avec une excitation grandissante.

Mauve prit un document imprimé où des instructions étaient inscrites et elle dit à Sadie d'aller tout droit pendant près de cinq kilomètres.

— Après tu tournes à droite sur Starfish Street, et tu prends tout de suite à gauche.

— En es-tu certaine?

Fronçant les sourcils, Sadie jeta un coup d'œil sur le document que tenait Mauve.

— C'est ce que disent les instructions.

— Mais ce n'est pas possible. On s'éloignerait de la plage. Ma cousine Abigail a dit que le condo avait une vue sur l'océan.

— N'es-tu pas déjà venue ici?

— Ne sois pas stupide. Tu sais que je ne peux supporter ma cousine. De son côté de la famille, ils se croient mieux que nous parce qu'ils sont riches.

Sadie grogna alors qu'elle faisait un virage à gauche.

— Ce ne peut être la bonne rue.

— Malheureusement, c'est la bonne.

Où sont les condos? me demandai-je, regardant les vieilles maisons avec des vérandas élevées, des marches branlantes, et de la peinture décolorée sur du bois affaissé. Des carcasses de voitures décoraient quelques pelouses desséchées, et je remarquai trois pitbulls qui tiraient fortement sur leurs chaînes. Ouais, un quartier vraiment mignon — vraiment pas !

— Je vais tuer ma cousine, grogna Sadie.

— Moi aussi — après que je t'aurai tuée pour lui avoir fait confiance, ajouta Mauve.

— Peut-être que le quartier s'améliorera, dis-je avec espoir.

— Ça empire ! rouspéta Mauve. Sadie, tu ne t'es pas demandé pourquoi la cousine que tu détestes était si généreuse avec toi ?

— J'étais trop excitée par l'idée d'avoir un condo de plage sans avoir de loyer à payer. Mais j'aurais dû savoir que c'était trop beau pour être vrai.

— Regarde ce nid à rats avec tout ce bric-à-brac dans l'allée. La maison a une couleur d'urine et elle sent probablement pire que ça, se lamenta Mauve.

— Hum... ce nid à rats est notre condo, dit Sadie d'un air malheureux alors qu'elle arrêtait la voiture devant une maison délabrée de teinte jaune insipide, recouverte de planches de recouvrement. Elle avait un toit pointu avec une minuscule fenêtre de grenier qui ressemblait à un œil de diable qui nous avertissait de *partir immédiatement*.

— Nous ne pouvons pas rester ici ! s'écria Mauve.

— Je répète : je vais tuer ma cousine.

La déception m'envahit en vagues douloureuses. Jusqu'à maintenant, je ne m'étais pas rendu compte à quel point j'avais hâte de rester près de la plage. Il aurait été merveilleux de passer quelques heures à m'éloigner de mes soucis en me faisant chauffer par le soleil dans le sable chaud. Mais nous étions à des kilomètres de nos rêves de plage.

— Qu'est-ce qu'on fait ? demanda Sadie, appuyant sa tête contre le volant. Ce n'est pas comme si nous pouvions nous payer autre chose — en supposant qu'il nous soit possible de trouver quelque chose d'intéressant.

— C'est impossible, convint Mauve. Même si nous avions tout l'argent qu'il faut pour nous payer un bel hôtel, j'ai entendu dire qu'ils sont tous complets.

Je jetai un coup d'œil sur le sac noir que j'avais jeté sur le siège, et je pensai aux billets à l'intérieur. Ce serait un bon moment pour avouer que j'avais beaucoup d'argent... mais sa provenance douteuse me fit reculer.

— Nous n'avons donc aucun choix, décida Mauve.

Elle ouvrit la porte de la voiture et fit un geste pour que nous la suivions.

— Nous allons à l'intérieur.

— Pas moi, dit Sadie en haussant les épaules. Si j'entre dans ce trou à rats, je devrai me désinfecter tout le corps.

— Je ne suis pas très heureuse non plus, mais soit on y entre, soit on retourne à la résidence. Il faut s'arranger pour que ça fonctionne, déclara Mauve en serrant les dents comme si elle se préparait pour un combat. Si nos chambres sont sales, nous les nettoierons.

— J'ai l'habitude de nettoyer des gros fouillis, dis-je. Je n'ai pas peur du travail ardu.

— Toi ?

Mauve émis un *hum*.

— Ton côté de notre chambre devrait être condamné. Tu ne peux même pas trouver ton lit.

Oups. Un faux pas mental. Pendant un moment, j'avais oublié que j'étais Sharayah — et non pas la sœur aînée de bébés, surchargée de travail et non payée.

— Même si je ne prends pas le temps de nettoyer, répondis-je sur la défensive, cela ne veut pas dire que je ne sais pas comment.

— C'est nul !

Sadie regardait fixement par la fenêtre avec une expression malheureuse.

— Même si l'intérieur de la maison faisait l'affaire, nous ne pouvons pas transporter la maison près de la plage. Notre semaine est totalement fichue.

— Elle le sera si on réagit comme ça, rétorqua Mauve. Nous avons un endroit où rester, et l'océan n'est pas si loin. Rouspétez tant que vous voulez, mais moi je vais m'amuser merde !

Je hochai la tête, ayant envie d'applaudir, mais je me contentai d'un léger sourire.

Sadie grogna encore un moment, mais elle nous suivit ensuite sur les marches branlantes, vers une porte avant où un paillasson disait : *Foyer, Doux Enfer*. Comme c'était approprié, songeai-je en me baissant pour passer sous une plante suspendue, tandis qu'une vigne verte s'enfonça dans mon cou. Frottant mon cou, j'attendis que Sadie sorte une clé de sa poche pour l'introduire dans une serrure rouillée.

— Oh, dégoûtant !

Sadie couvrit sa bouche alors que nous avancions dans un salon en désordre qui sentait la nourriture avariée et les pieds puants.

Il n'y avait pas de tapis, seulement quelques carpettes tachées sur du bois éraflé. Des meubles disposés au hasard bondaient la petite pièce : une table à café ovale en bois foncé couverte d'assiettes sales et de plats, un sofa avachi vert et quatre fauteuils à dossiers inclinables usés et dépareillés faisaient face à un large téléviseur à écran plat. Des piles de journaux encombraient un coin, quelques tristes plantes étaient en train de se faner sur une étagère de fenêtre, des boîtes de toutes les tailles étaient empilées dans chaque espace vide, et tout près, sur un mur, accroché de travers, il y avait un calendrier de 1982. Derrière une tour de boîtes qui penchait, je remarquai un petit arbre de Noël avec plusieurs présents pas encore ouverts, comme si le temps et le nettoyage n'avaient pas touché à cette pièce.

— Tu penses toujours que nous devrions demeurer ici ? demanda Sadie d'un ton sarcastique.

— Bien…

Mauve regardait fixement autour d'elle ne sachant plus quoi dire.

— Quelle est cette odeur ? demandai-je en me pinçant le nez.

— Il y a quelque chose de mort, je crois, sous ces boîtes, dit Sadie, dégoûtée. Je ne resterai pas assez longtemps pour le découvrir. Il y a de la poussière sur la poussière, et tout ce qui retient cette fenêtre, c'est du ruban à conduit. Il est impossible que des gens civilisés vivent ainsi.

— Es-tu certaine que c'est la bonne maison? demandai-je.

— Ouais — la clé a ouvert la serrure. En plus, je reconnais cette photographie.

Sadie pointa à côté des plantes mourantes vers une photographie encadrée d'une fille avec de longs cheveux foncés et d'épaisses lunettes brunes.

— C'est Abigail — avant qu'elle subisse une chirurgie au laser pour ses yeux et qu'elle teigne ses cheveux en blond. Dès que je la vois, j'attraperai ces cheveux blonds et je les tordrai…

Nous ne pouvions sortir de cette maison «dégueulasse» assez rapidement.

Le trajet en voiture pour arriver à l'océan ne fut pas long — le vrai défi consistait à trouver un espace de stationnement. Il nous fallut tourner en cercles jusqu'à ce qu'il nous fût possible de plonger dans un espace de stationnement au moment même où un VUS partait. Puis, nous descendîmes des marches de bois escarpées vers le tapis granuleux du sable qui s'étendait sur une vaste plage jusqu'à l'océan bleu émeraude. La journée était claire, la mer était calme, et une douce brise nous rafraîchissait.

Sur la plage, l'atmosphère était tout sauf calme. L'étendue de sable allant aussi loin que je pouvais voir était congestionnée comme une autoroute, mais bondée de corps au lieu de voitures. Les gens avaient couvert la plage de couvertures, de chaises, de glacières et de parasols. Il ne faisait pas chaud — environ 23 degrés —, pourtant de nombreuses baigneuses portaient des bikinis. Les gens étaient étendus sur des couvertures, jouaient au volley-ball ou couraient après les vagues. Je pouvais goûter l'air salin mêlé à l'odeur de lotion solaire à la noix de coco.

— Voilà qui est beaucoup mieux, dit Mauve avec un soupir de satisfaction.

Alors que nous regardions autour de nous sur la plage, Sadie et moi hochâmes la tête pour signifier notre accord.

Nous ne nous étions pas donné la peine de nous changer ; nous portions donc nos T-shirts et nos jeans. Je trouvai une couverture dans le coffre de la voiture et je l'étendis sur le sable. Mais je fus la seule à m'asseoir. Je découvris rapidement que nos définitions du plaisir à la plage étaient bien différentes.

— J'aperçois de mignons joueurs de volley-ball, dit Mauve avec le même éclat que j'avais vu dans ses yeux, juste avant qu'elle ne fasse l'échange et parte dans la voiture d'Alonzo. Quelqu'un veut faire un peu de volley-ball ?

— Pas moi, répondit Sadie. Je vais voir les boutiques.

— Les boutiques ?

Mauve fit la grimace vers les boutiques de touristes vulgaires et vers l'assortiment désordonné d'artistes de rue qui bordait la route étroite au-delà de la piste cyclable.

— Tu n'es jamais fatiguée de faire des emplettes ?

— Moi ? Jamais ! répondit Sadie en riant.

Les deux m'invitèrent à les accompagner, mais ne sachant pas du tout si la vraie Sharayah aurait choisi les emplettes ou le volley-ball, je demeurai sur la plage. Intoxiquée par le bercement paisible de l'océan, je voulais tout simplement me plonger dans le soleil et les vagues déferlantes. Demain, je trouverais un moyen de me rendre à l'audition *Voice Choice* — mais maintenant, cette plage était mon paradis.

Je m'enfonçai dans la couverture, enlevant mes chaussures et remuant mes orteils dans le sable grumeleux et sec à la surface, mais frais et humide plus au fond. Fermant les yeux, je m'abandonnai avec délices au vent doux et aux rayons du soleil. Les voix se laissèrent emporter, et je fus aussi emportée, fascinée par le rythme calme de la force de l'océan, la montée et la chute des vagues me berçant vers le sommeil.

Et je rêvai à Gabe.

9

— NOUS Y SOMMES PRESQUE, dit un gars à l'allure virile et aux yeux vert foncé.

Son long visage était surmonté d'une touffe de cheveux noirs comme de l'encre. Il tendit sa main bronzée à Sharayah.

— Cette marche est crevassée, tu ferais mieux de t'appuyer sur moi.

Dans le corps de Sharayah, je tendis le bras vers le haut en souriant avec une expression éclatante de bonheur que je n'avais jamais vue sur son visage. Mais je reconnaissais ce regard et je savais ce qu'il voulait dire.

Sharayah était amoureuse.

Nous étions près de l'océan, mais pas sur les plages virginales bondées de monde du sud de la Californie.

L'air plus vif, dangereusement assombri par des nuages d'orage, était riche de vents sauvages qui tourbillonnaient dans mon épaisse chevelure foncée et balayaient de longues boucles sur mes joues. Il était étrange de me trouver à la fois à l'intérieur et à l'extérieur du corps de Sharayah. J'observai mes doigts qui s'enroulaient dans les mains solides du gars aux yeux verts, tandis qu'il m'aidait à monter les marches de bois installées sur le flanc de la colline sablonneuse recouverte d'herbe.

Alors que nous franchissions la crête, un horizon de touffes d'herbes sauvages s'arrêtait au bord escarpé d'une falaise. Celle-ci surplombait des rochers déchiquetés qui descendaient jusqu'à une mer violente et écumante. Les promontoires me rappelaient les sièges en hauteur à l'arrière d'un cinéma ; de là, vous voyez tout, même de très loin. Assis à califourchon, si près du bord, il vous semble que vous pourriez culbuter dans le drame. Je savais que ce gars devait être Gabe — le mystérieux amour passionné de la vie de Sharayah. Au sommet de leur monde, en sa compagnie, elle était follement heureuse.

— Quand vas-tu me dévoiler la surprise ? demanda-t-elle d'un ton taquin, respirant un peu difficilement après l'escalade.

— N'est-ce pas une surprise suffisante ?

Il fit un geste au-delà des herbes vers la mer gris vert bouillonnante qui s'étendait pour former un horizon recourbé.

— Mais j'ai pensé… bien, tu as fait allusion au fait qu'aujourd'hui serait une journée spéciale.

Elle songeait qu'elle espérait qu'il y eut un anneau caché dans sa poche. Elle anticipait les multiples façons romantiques par lesquelles il pourrait lui poser la Grande question ; et elle imaginait comment elle lancerait ses bras autour de lui, l'embrassant, et répondant *oui*.

Bien sûr, sa famille serait scandalisée quand on découvrirait qu'elle était fiancée à un gars plus âgé qu'elle connaissait depuis quelques mois seulement. Si sa famille parvenait à ses fins, Sharayah demeurerait dans une bulle protégée et ne connaîtrait aucune expérience d'elle-même. Mais qu'ils aillent se faire foutre, pensa-t-elle avec colère. Qu'est-ce que ça pouvait bien faire qu'ils n'approuvent pas ? Eli était le pire de tous, agissant comme s'il était son grand frère plutôt que d'être quatre ans plus jeune qu'elle. Que savait-il ? Que savaient les autres ? S'ils donnaient à Gabe une chance et qu'ils arrivaient à le connaître, ils l'aimeraient eux aussi. Et au moment de leur nuit de noces, elle lui montrerait à quel point elle l'aimait. Elle enlèverait l'anneau de pureté sur lequel il était inscrit *Promets-moi*, qu'elle portait depuis ses dix-sept ans, celui qu'elle avait glissé à son doigt quand elle avait fait le vœu de demeurer chaste jusqu'au mariage. Peut-être était-ce démodé aux yeux des autres, mais pour elle, c'était la meilleure façon de s'assurer que tout fut parfait.

Pour la première fois, elle rencontrait son âme sœur, et elle goûtait le mot « oui » sur ses lèvres. Excitée, passionnée et finalement prête à s'engager, c'était comme si tout ce qu'elle avait vécu jusqu'à maintenant n'avait constitué qu'une pratique pour sa véritable vie.

Ils se tenaient sur le promontoire, les doigts enlacés, ballottés par le vent qui se faisait de plus en plus puissant. De sa main libre, elle ferma son veston plus près de son corps, souhaitant que ce fût l'été avec un ciel bleu et de douces vagues, au lieu du bruit féroce d'une tempête menaçante. Tout de même, d'une certaine manière, c'était un temps qui était romantique avec son intensité sauvage, tellement différent du quotidien ordonné et planifié de sa VAG.

Vie Avant Gabe.

— Alors, quelle est la surprise ?

Elle devait élever la voix pour être entendue par-dessus le vent. Pendant leur brève escalade, les nuages s'étaient rapprochés, sombrement sinistres, se rassemblant comme des poings lourds.

— Es-tu prête ?

Il souffla ces mots si près de la bouche de Sharayah qu'on aurait dit un baiser.

— Toute ma vie, j'étais prête pour toi.

— Ça a été beaucoup plus long pour moi, dit-il avec une grimace ironique.

Sharayah lui sourit.

— Il doit y en avoir eu d'autres.

— Seulement une.

Il tapota le menton de Sharayah avec son doigt.

— Seulement toi.

— Exactement comme ça devrait être, taquina-t-elle, essayant de paraître calme et de ne pas montrer que son cœur était pratiquement en train de sauter hors de sa poitrine.

Mais je pouvais sentir son excitation mêlée de crainte, et je connaissais les peurs qu'elle s'était tant efforcée de cacher. Elle était terrifiée à l'idée de ne pas être à la hauteur pour Gabe, d'être trop jeune et inexpérimentée, et de le décevoir.

Il lui avait raconté ses voyages autour du monde, la tragédie qu'il avait vécue en perdant sa famille — des détails qu'il ne pouvait se résoudre à raconter — et comment la solitude l'avait mené hors du pays, à la recherche d'un endroit où il aurait l'impression d'être chez lui. Il avait tellement souffert et avait fait tant d'expériences pendant qu'elle-même avait simplement vécu sa propre vie dans une bulle formée d'un seul endroit, des mêmes personnes et du même quotidien. Elle avait la même meilleure amie depuis l'enfance, et n'avait même pas changé sa coiffure, ni connu de plus grands drames que de devoir maintenir sa moyenne de notes à 4,0 chaque semestre.

Jusqu'à maintenant.

Juchée très haut sur un promontoire orageux en compagnie de l'homme qu'elle aimait, elle était finalement prête à enlever son précieux anneau d'argent et à le remplacer par un autre, un qui représentait des vœux d'amour, d'honneur, et la promesse d'être chérie pour toujours.

Elle jeta un coup d'œil vers la poche de Gabe.

— Combien de temps vais-je devoir attendre pour ma surprise ?

— Pas trop longtemps.

— C'est un cadeau ?

— Oui.

De profonds secrets tournoyaient dans ses yeux verts.

— Qu'est-ce que c'est ?

— Es-tu certaine que tu es prête ?

Elle fit signe que oui.

Le vent sifflait autour d'eux. Il ouvrit son veston et l'attira dans sa chaleur.

— As-tu confiance en moi ? murmura-t-il.

— Comment peux-tu même le demander ?

— Je dois en être certain.

— Bien sûr que j'ai confiance en toi. Je t'aime plus que je n'ai jamais aimé qui que ce soit. Il n'y a rien que je ne ferais pas pour toi.

— Rien ?

Il mit la main dans sa poche et tira sur quelque chose de rond et de gris que je croyais être une boîte enveloppée. Mais quand il souleva l'objet, je vis un rouleau de ruban à conduits.

— Me montreras-tu à quel point tu as confiance en moi ?

Le cœur de Sharayah se mit à battre plus fort, plus sauvagement, envahi par ses sentiments pour Gabe. Elle ne comprenait pas le jeu qu'il jouait, mais elle lui appartenait : esprit et âme.

— Oui, Gabe. N'importe quoi, répéta-t-elle.

— Sors tes mains.

Elle sentit un tiraillement d'incertitude, mais elle se souvint que cette demande venait de son merveilleux Gabe. Elle avait entièrement confiance en lui. Elle lui tendit donc ses mains.

— Merci, mon cher amour, murmura-t-il alors qu'il effleurait ses lèvres contre les siennes.

Puis, il porta le ruban à ses lèvres, il en déchira une longue bande et l'enroula autour de ses poignets.

— Gabe? Que fais-tu? gazouilla-t-elle.

— Quand on a confiance, on ne pose pas de questions.

— Mais pourquoi m'attacher les mains?

Le ruban était serré sur sa peau et lui faisait mal.

— S'il te plaît, enlève-le.

— Ce n'est pas comme ça que ça fonctionne.

Une tempête balaya son regard, et la douceur aimante de sa voix se resserra comme une ficelle.

— As-tu toujours confiance en moi?

— Gabe, enlève-moi ce ruban maintenant.

— As-tu toujours confiance en moi? demanda-t-il.

— Je... je... oui, j'ai confiance.

Elle hocha la tête, des larmes piquant ses joues sur lesquelles soufflait le vent.

— Alors, tu es une idiote.

Et à travers des yeux flous, elle le vit reculer en positionnant sa main comme s'il allait la frapper, elle pencha donc sa tête vers l'avant et fonça sur lui. Les pieds de Gabe glissèrent dans la pelouse humide, le ruban à conduits tomba de ses mains, et il glissa hors de vue par-dessus le rocher.

— Sharayah! Arrête de hurler! Réveille-toi!

— Hein?

Je me redressai brusquement en m'assoyant sur la couverture, le soleil était affreusement brillant sur la plage bondée où les voix se mêlaient aux douces vagues de l'océan. Mauve se tenait devant moi, ses cheveux roses ruisselant d'eau salée et de sable. Les rochers, la tempête et Gabe n'étaient plus là.

— Le rêve de l'océan? supposa Mauve avec sympathie.

Je hochai la tête, tremblant toujours.

— Ça avait l'air tellement vrai.

— Il est temps que tu te débarrasses de ta peur de l'océan. Regarde autour de toi; tous ces gens ont du plaisir. Tu vois, il n'arrive rien de terrible. Je ne t'obligerai pas à entrer dans l'eau, mais tu peux au moins t'amuser sur la plage. Allez! insista Mauve en me prenant la main. J'ai rencontré des gars des plus mignons…

— Non!

Je la regardai fixement, toujours submergée dans l'horreur de Gabe.

— Tu ne peux leur faire confiance. Ils peuvent te mentir et te décevoir.

Elle me lança un regard rempli de tendresse, une serviette de plage jaune, tel un bijou de plage, drapée autour de ses épaules légèrement brûlées. Elle avait changé ses jeans et portait un minuscule bikini bleu néon sous un T-shirt blanc transparent.

— Rayah, dit-elle d'un ton plus doux et compatissant. Ce n'est qu'un rêve et c'est logique que tu l'aies fait ici. Mais un rêve ne peut te faire du mal et n'a pas de signification importante.

— Cela doit vouloir dire quelque chose, dis-je, me sentant déséquilibrée et un peu désespérée.

Me souvenant de la brûlure du ruban, je me surpris à baisser les yeux vers mes poignets ; mais je ne vis qu'une peau douce, quelque peu brûlée par le soleil.

— Que sais-tu de Gabe ?

— Gabe ?

Elle se plissa le front.

— Qui est-ce ?

— Tu es ma compagne d'appartement — n'es-tu pas au courant ? Je dois t'avoir parlé de lui.

Les sourcils de Mauve pointaient curieusement alors qu'elle hochait sa tête rose.

— Tu m'as parlé d'un tas de gars, mais pas de Gabe. Est-ce un ancien petit ami ?

J'hésitai, frissonnant.

— On pourrait dire ça.

— S'il s'agit d'histoire ancienne, pourquoi t'en faire ?

— Je ne m'en fais pas — c'est simplement qu'il était dans mon rêve. Es-tu certaine que tu ne l'as pas rencontré ? Peut-être que je n'ai jamais dit son nom. Il est plus âgé, peut-être trente ans, avec un visage aux traits virils, des cheveux noirs épais et des yeux verts.

— Il a l'air mignon, mais ça ne ressemble à personne que je connais. S'il se montre, présente-moi… j'adorerais le rencontrer.

— Je croyais qu'il se passait quelque chose entre toi et Alonzo ? demandai-je, curieuse.

— Peut-être. Mais nos vacances viennent tout juste de commencer, donc je ne m'engage à rien. Quand même, tu n'as qu'à regarder autour de toi.

Mauve pointa un peu plus loin sur la plage où une énorme foule s'était assemblée.

— Il y a de la danse et de la musique, des jeux de plage dingues, et plusieurs gars extraordinaires. La fête ne nous attendra pas — alors, allons à sa rencontre.

Elle me tira pour me mettre sur mes pieds. Cette fois-ci, soulagée de m'éloigner des cauchemars, je ne résistai pas. Les extrémités corrosives des images du rêve s'attachaient à moi, me laissant avec un sentiment de peur. Quelque chose s'était passé entre Sharayah et Gabe. Mais étant donné que Sharayah était vivante sans aucune cicatrice, ce ne pouvait pas avoir été aussi dangereux. Mon subconscient devait avoir mélangé les faits pour créer cet horrible rêve. Je veux dire, quelle sorte de monstre pouvait bander les mains d'une fille après lui avoir dit qu'il l'aimait ? Qu'avait-il l'intention de faire ?

C'était tout simplement débile.

Un sentiment persistant de peur entraînait mon moral comme un rapide courant sous-marin. Mais j'essayai de le secouer. Voilà que j'étais ici — une étudiante ordinaire de l'école secondaire — avec la chance de faire la fête comme une collégienne. Allais-je per-

mettre à un rêve stupide de tout ruiner ? Pas question !
Quand je retournerais à ma vraie vie, j'aurais tellement
de choses à raconter à Alyce. Ce que je lui raconterais la
retournerait complètement.

Je pris une profonde bouffée d'air marin, puis
j'expirai tout ce qui était négatif. Cela sembla me cen-
trer, et je me sentis plus calme. Le rêve s'estompa
comme du brouillard par un jour ensoleillé.

— Rayah ! Par ici !

Mauve avait dû crier et s'approcher de mon oreille
pour que je l'entende au-dessus du niveau de bruit
complètement dingue. Elle fit un geste vers moi pour
que je la rejoigne alors qu'elle se précipitait pour se
joindre à un groupe frénétique de jeunes vacanciers qui
faisaient la fête près d'une scène sur la plage.

Sur la scène, un animateur diffusait de la musique
de danse et la foule se balançait les mains hautes. Plusieurs personnes tenaient des verres de plastique rouge
qu'ils essayaient de tenir en équilibre. Je levai aussi les
bras et je naviguai sur une vague de fête à travers une
multitude de corps tourbillonnants. C'était tellement
étrange que lorsqu'un gars portant un Speedo m'offrit
un verre, je marmonnai un « merci » et j'acceptai le
gobelet rouge. Personne ne savait (ni ne s'en préoccu-
pait) que sous ce corps, je n'avais pas l'âge légal. Je pris
une gorgée, et le goût amer me fit faire la grimace. Je
tins le gobelet comme si c'était un poteau sur lequel
je m'appuyais.

Alors que tout le monde dansait, la musique se
glissa dans mon âme, et je me mis à danser aussi.

Comme par magie, les verres semblaient se remplir au fur et à mesure qu'ils se vidaient. Chaque gorgée chassait mon anxiété, et je m'abandonnai en me balançant jusqu'à ce que tous les mauvais rêves se furent éloignés de mon cerveau. Je ne pouvais même pas me souvenir de ce qui me stressait. Quelque chose qui avait rapport à l'océan — ce qui était ridicule parce que j'adorais les vagues, le sable, la musique, les gens qui faisaient la fête et les mignons petits gobelets rouges.

Soudainement, c'était comme — wow! J'avais beaucoup de nouveaux amis! Les foules se multiplièrent, les corps se pressèrent de plus en plus les uns contre les autres, les rires jaillirent comme du champagne exotique, et je me sentis vachement fantastique.

— Amusant, hein! murmura Mauve à mon oreille.

— Oh, ouais! m'extasiai-je. Je ne me suis jamais autant amusée.

Elle hocha la tête, souriant en même temps qu'elle attrapait mon bras et qu'elle me disait quelque chose que je ne pouvais entendre. Lorsqu'elle me tira sur le bras, je supposai qu'elle voulait que je la suive.

Alors que Mauve me conduisait vers une file de filles, je me sentais flotter. Je ne m'arrêtai pas pour me demander pourquoi il n'y avait que des filles qui attendaient en file, ni pour lui demander ce que nous faisions là. Trop penser ne servait qu'à causer du stress. J'éloignai donc toutes ces pensées et je ne fis que m'abandonner au moment. Danser, boire, et être avec mes amies. Génial.

— Ton nom?

Un gars avec une casquette bleue écrasée sur ses cheveux noirs lustrés était assis à une petite table et levait les yeux vers moi.

— Lequel ? ris-je.

— Réponds-lui, murmura Mauve en me poussant vers lui.

— Impossible. C'est un secret.

Je me mis à rire. Il me semblait hilarant d'avoir deux noms, et j'avais vraiment envie de donner mon nom véritable à ce gentil garçon.

— Elle se nomme Sharayah Rockingham, dit Mauve, faisant rouler ses yeux avec ennui pendant qu'elle épelait mon prénom.

— D'accord. Tenez.

Le gars à la casquette bleue poussa vers moi une carte de plastique avec le numéro dix-neuf.

Le numéro semblait flou.

— Ça sert à quoi ?

— Fixe-le sur toi, me dit-il. La prochaine, s'il vous plaît, dit-il ensuite en regardant Mauve.

Je regardai en dessous de la carte sur laquelle était inscrit le nombre, essayant de décider où la placer. C'était pour quoi, de toute façon ? Je le demanderais à Mauve lorsqu'elle aurait fini de parler avec Casquette bleue. J'attendis. La peau me piquait à cause du soleil chaud et ma gorge était sèche. Je continuai à boire — jusqu'à ce que je baisse les yeux et que je me rende compte que mon gobelet était vide. Je devais l'avoir renversé. Oups. Oh tant pis. Quelqu'un m'en remit un autre.

Puis Mauve rebondit, agitant avec excitation son étiquette numéro vingt.

— Je vais tellement gagner et ébranler cette plage.

Je tenais mon numéro dix-neuf et je plissais les yeux en le regardant. Cela me semblait un moyen bizarre de m'enregistrer pour jouer au volley-ball — mais alors, qu'est-ce que je connaissais aux sports ? Tant que je n'aurais pas à courir, j'y arriverais bien. Tout le monde peut frapper un ballon, n'est-ce pas ?

— Je ne suis pas vraiment bonne dans ce genre de jeu, dis-je à Mauve.

— Ne sois pas modeste. Je t'ai déjà vue en action et tu fais ça tout à fait naturellement.

— Vraiment ?

Humm, Sharayah était-elle une sportive ? Son corps me semblait trop maigre — pas assez de tonus pour être celui d'une athlète.

— Imite les autres et montre tes atouts.

— Montrer mes atouts ?

Quelle chose bizarre à dire pour parler du volley-ball.

— Et si je tombe ?

— La foule se déchaînera, et tu marqueras fort.

— Tu obtiens des points en tombant ? Le volley-ball de plage doit vraiment être différent de celui auquel je jouais à l'école.

Mauve me regarda fixement, puis elle éclata de rire, répandant du liquide ambre pétillant de sa tasse rouge sur ses chaussures. Mais elle riait si fort qu'elle ne semblait pas s'en apercevoir. Quand elle finit par retrouver son souffle, elle me serra dans ses bras.

— Tu es marrante, Rayah! Si je ne savais pas à quel point tu as hâte de le faire, je croirais presque que tu ne sais pas de quoi je parle.

— Nous ne jouons pas au volley-ball?

— C'est ça.

Elle s'étrangla de rire.

— Tu dois enlever ton soutien-gorge et le changer pour un T-shirt serré. Allons-y. Nous participons à un concours de T-shirts mouillés.

• • •

Je redevins rapidement sobre.

En marchant jusqu'à la voiture, je tentai de convaincre Mauve de ne pas participer au concours. Si elle reculait, alors je pourrais le faire moi aussi sans briser aucune règle du MEBO. Mais Mauve était déterminée. Elle était excitée à propos des prix — désireuse de gagner des lunettes de soleil de mauvaise qualité, des serviettes de plages ou des laissez-passer pour visiter Universal Studios. À mon avis, des trucs gratuits ne valaient pas la peine de se faire tremper sur scène et d'être exposée à moitié nue.

C'était pourtant l'intention de Sharayah, donc, étant sa remplaçante temporaire, j'avais pour mission de le vivre à sa place. Peu importe si c'était humiliant.

— Dépêche-toi ! Change-toi pour quelque chose d'aguichant, me dit Mauve en même temps qu'elle ouvrait le coffre de la voiture de Sadie.

— Aguichant !

Je la fixai comme si elle me parlait dans une langue étrangère.

— Porte ton T-shirt *Je suis esclave de mes mauvaises habitudes*. Cela devrait provoquer quelques rires et te faire marquer quelques votes supplémentaires. Aussi, débarrasse-toi de tes jeans et mets ton string violet néon.

— Un string ! Tu n'es pas sérieuse !

— Ça passera pour un bas de bikini.

— Je serai pratiquement nue ! protestai-je.

— Si tu as les atouts qu'il faut, affiche-les et secoue-les.

— Ce ne sera pas difficile, je tremble déjà, grognai-je.

Mais enfin, c'était censé être amusant. Vivre la vie de fille d'université, découvrir ce que c'était que d'être plus âgée, mûre et… terrifiée. Comment aurais-je assez de culot pour traverser cette expérience ? Mais une question encore plus importante était — laquelle de ces valises est la mienne ? Fronçant les sourcils, j'examinai le coffre comble. Il y avait une valise noire, une rouge et une bleue. Il y avait plusieurs sacs et une valise de nuit rouge. Laquelle était la mienne ? J'essayais d'imaginer comment le demander à Mauve quand je remarquai les initiales SR sur la valise noire. Un problème de résolu. Soulagée, je l'ouvris en poussant le bouton.

Les vêtements avaient été jetés au hasard : des chandails, des jeans, des soutiens-gorges, des dessous, etc. Quand je trouvai le string mauve dont Mauve m'avait parlé, je fis pendiller le vêtement microminuscule sur un doigt et je grognai. Comment pouvais-je entrer mon derrière dans cette chose ? Il n'y avait pas assez de tissu pour couvrir une fesse, encore moins deux.

— Dépêche-toi, Rayah !

— Je me dépêche, répondis-je brusquement.

— As-tu entendu ces applaudissements, Rayah ? me demanda Mauve. Le concours commence sans nous. Tu ferais mieux de...

Mais j'avais cessé de l'écouter, car j'avais trouvé quelque chose de petit, de rond et d'étonnant au fond de la valise. Mon corps passa du frisson à la brûlure puis à l'étourdissement pendant que je soulevais un minuscule anneau d'argent.

Je fixai l'inscription de deux mots gravée sur la bande :

Promets-moi.

10

SI L'ANNEAU ÉTAIT RÉEL, le rêve l'était aussi.

Et si le rêve était réel...

Gabe était un monstre.

Sharayah avait été trop confiante. Si seulement elle avait écouté les soupçons d'Eli au sujet de Gabe, elle n'aurait pas vécu cette horrible trahison dans les hauteurs de cette falaise isolée surplombant l'océan. Elle l'aimait tellement, elle aurait été prête à enlever son anneau d'argent et à s'engager envers lui. Donc, pourquoi Gabe était-il devenu violent ? Sharayah aurait accepté avec enthousiasme tout ce qu'il lui demandait. Ça n'avait tout simplement pas de bon sens. Elle l'aimait, et il semblait éprouver les mêmes sentiments à son sujet... jusqu'à ce qu'il sorte son ruban.

De quoi s'agissait-il ? Ce n'était certainement pas de l'amour.

Je me touchai la joue, me souvenant de Gabe qui positionnait sa main comme s'il allait frapper Sharayah. Mais au lieu qu'elle soit blessée, c'était lui qui était tombé de la falaise. Que s'était-il passé ensuite ? Avait-il survécu ? Et qu'en était-il de Sharayah ? Elle n'avait peut-être pas de blessures physiques, mais des cicatrices étaient enfouies à l'intérieur. Le cœur de Sharayah — au plus profond de son âme — avait été brisé. Et si Gabe était décédé, elle devait vivre avec la culpabilité de sa mort. Je ne connaissais pas toute l'horreur de ce qui s'était passé sur cette falaise, mais je commençais à comprendre la raison de la crise de Sharayah.

— Rayah !

Mauve claqua impatiemment sur le côté de la voiture avec sa main.

— Es-tu prête ?

Je sursautai et me retournai, ayant oublié qui j'étais jusqu'à ce que je me concentre sur le visage de Mauve et que le vrai monde se précipite à nouveau vers moi avec des bruits de voix, de vagues et de circulation. C'était bouleversant de devoir faire correspondre tous les morceaux de ma mémoire et de vivre en même temps toute cette folie de la semaine de relâche à la plage. Mais l'anneau d'argent prouvait qu'il y avait une raison à ma présence ici. Je le remis à mon doigt, et je fis une nouvelle promesse, autant à moi qu'à Sharayah. Je lui redonnerais sa confiance et lui montrerais que la vie pouvait redevenir amusante — même si une partie de ce plaisir signifiait qu'il fallait participer à un concours de T-shirts mouillés. Que le ciel m'aide! (Et je le pensais de façon littérale... Mamie, j'aurais vraiment besoin d'un peu d'aide!)

Quand j'eus enfin enfilé le string violet et le T-shirt que Mauve me poussait à porter, et que nous eûmes atteint la scène, le numéro seize et sa poitrine — de toute évidence mise en valeur par une intervention chirurgicale — étaient en train de brasser une tempête mouillée. La foule — même d'autres filles — poussait des cris pour qu'elle enlève tout. À ma grande surprise, c'est ce qu'elle fit!

— Manœuvre stratégique. Elle obtiendra la première place, grogna Mauve à côté de moi. Il me faudra aussi tout montrer à la foule si je veux avoir une chance de gagner.

J'enveloppai mes bras autour de mon T-shirt transparent.

— Ne dis pas cela.

— Quel mal y a-t-il à leur donner un petit aperçu de tes atouts?

— À part la chance que ça soit affiché sur YouTube?

— Tu crois?

Cette possibilité eut l'air de vraiment l'exciter.

— Alors, c'est décidé, je vais certainement le faire — et tu devrais le faire aussi.

— Oublie ça.

— Alors, tu vas perdre.

— Je commence déjà à manquer de courage juste à penser à y aller.

— Cette attitude ne te ressemble pas. Secoue-toi, Rayah.

Oups. J'oubliais qui j'étais censée être — pas une adolescente qui savait à peine embrasser, mais une collégienne sans inhibition. Pourtant, j'avais une folle envie de m'enfuir, et j'arrivais à trouver un milliard de raisons pour lesquelles c'était une mauvaise idée. Mais alors, je me rappelai la main levée de Gabe et le regard cruel sur son visage juste avant qu'il ne dégringole de la falaise. Sharayah avait traversé tant de choses et méritait un peu de plaisir. Je pouvais faire cette petite chose pour elle.

Mais quand on appela mon numéro, je n'arrivai pas à faire bouger mes jambes.

— Vas-y ! me dit Mauve en me poussant.

— Je... je... je ne sais pas quoi faire.

— Danse ! Bouge ton derrière ! Mince, Rayah, ce n'est pas comme si tu n'avais jamais dansé sur une scène avant — et en portant encore moins de vêtements !

Mauve me donna une autre poussée brusque vers l'avant. Je me retrouvai au milieu d'un podium de plage à côté d'un animateur beau parleur qui tenait un micro d'une main et un seau rempli d'eau dans l'autre. Mon regard se perdit dans une mer de têtes. Tous, sauf Mauve, étaient des étrangers unis dans une masse de cris et agitant leurs mains pour me pousser à y aller.

Être debout sur une scène ne me dérangeait pas. J'étais présidente du Club d'Hospitalité de Halsey, et j'avais dû accueillir de nouveaux élèves et même prononcer des discours lors de réunions scolaires. Mais ici, il n'était pas question de discours ou d'école… Ainsi, quand un tsunami d'eau glaciale m'éclaboussa, je me mis à hurler.

— Ahhh! C'est froid!

Je trébuchai, glissant dans les flaques, momentanément aveuglée par mes cheveux qui étaient retombés sur mon visage. Mes bras battirent l'air pendant que j'essayais de garder mon équilibre. Mes pieds se mirent à glisser sur le côté. Pour éviter de tomber du podium, je me courbai vers l'avant, exécutant un saut périlleux avant, pour enfin atterrir à plat sur mes pieds, comme une gymnaste. Wow! D'où venait cette habileté? De toute évidence, non seulement ce corps aimait-il faire de l'exercice, mais il connaissait quelques mouvements de gymnastique vraiment géniaux.

L'auditoire se déchaîna! J'arrivais maintenant à suivre le rythme et à me balancer au son de la musique. Poussant mes cheveux mouillés hors de mon visage, je me sentis électrisée par toutes les mains qui s'agitaient en m'applaudissant. Mon corps semblait maintenant prendre la relève alors que le son de la musique s'amplifiait — une chanson de danse au rythme de jazz poussait mes hanches à se balancer. J'avais la chair de poule, mais je me sentais réchauffée par l'auditoire qui criait (et probablement aussi par tous les gobelets rouges que j'avais vidés). Je dansai avec abandon, me laissant absorber par le rythme.

Et pourquoi pas? Ce n'était pas ma vraie vie, et l'énergie tourbillonnant autour de moi était contagieuse. Mes inhibitions s'évaporèrent, comme les gouttelettes d'eau qui glissaient sur ma peau, et je dansai. J'espérais que lorsque Sharayah reviendrait, elle se souviendrait de ce moment et saurait qu'elle pouvait tout vaincre et danser au rythme de sa propre force.

Encore d'autres cris, et d'autres sifflements — un flou de folie. Puis, la musique s'arrêta, et je fus poussée hors du podium. Mauve me tapa la main alors qu'elle se dépêchait pour prendre son tour. Une fille maigre couverte de tatouages me conduisit sur le côté de la scène, où je me joignis aux autres filles mouillées.

Puis, au milieu des cris «Enlève-le!», Mauve entra en se pavanant sur la scène.

Lorsque tout fut terminé et que les prix eurent été accordés, j'étais en fait déçue de ne pas m'être classée parmi les cinq premières. Il était ridicule de m'en faire, n'est-ce pas? Je ne m'étais jamais attendue à gagner. Tout de même, il y avait très peu d'honneur ou d'esprit sportif dans le fait de gagner grâce à la «topographie» de mon corps temporaire. Pourtant, j'avais toujours eu une tendance à avoir un terrible esprit de compétition et je détestais perdre.

— J'ai mieux dansé que cette fille aux tatouages qui est arrivée en quatrième place!

Je ne pus m'empêcher de me plaindre pendant que nous attendions que Mauve reçoive son prix de deuxième place.

— Ta pirouette était *cool*, mais je t'avais dit de leur offrir un coup d'œil. C'est ce qui m'a fait gagner un dîner gratuit de sushis pour deux, dit Mauve. Tu feras mieux la prochaine fois.

— Il n'y aura pas de prochaine fois.

Je hochai la tête, et le mouvement m'étourdit.

— Mais je suis heureuse que tu aies gagné, et le repas est un prix *cool*. Je prendrais bien un peu de nourriture solide. Si tu ne planifies pas d'y aller avec Alonzo, je mangerais bien des sushis.

— Avec tes allergies?

Mauve me fixa comme si j'étais folle.

— La dernière fois que tu as mangé des sushis, tu étais si horriblement gonflée que j'ai cru que tu allais mourir.

— Euh… ouais. Je ne faisais que plaisanter au sujet des sushis.

— Ça n'a *pas* été amusant de t'emmener en trombe à l'urgence.

— Désolée, dis-je, dissimulant la panique qui m'envahissait.

Quels autres faits importants ignorais-je à propos de ce corps? Il était périlleux de naviguer dans la vie de quelqu'un d'autre. Si Mauve ne m'avait pas avertie au sujet de l'allergie, j'aurais pu accidentellement causer des dommages. Il me fallait faire encore plus attention, car non seulement Sharayah perdrait sa chance de participer au concours *Voice Choice*, mais nous pourrions toutes les deux finir par mourir.

— Il est ici! cria Mauve, bondissant et agitant la main avec excitation.

J'allais demander qui, mais je sus la réponse dès le moment où je me retournai et vis la masse de boucles noires et le sourire mégawatt. Alonzo nous avait trouvées. Au moins, je ne voyais pas Warren.

— Vous y êtes arrivés! Je n'étais pas certaine que vous pourriez nous trouver!

Mauve sauta en jubilant dans ses bras ouverts.

— Tu es facile à trouver, bébé, dit Alonzo d'une voix rauque, puis il regarda autour de nous.

— Où est Sadie?

— En train de faire des emplettes, comme d'habitude. Elle va finir par se montrer.

Mauve souleva son bon et l'agita devant le visage d'Alonzo.

— Regarde mon prix!

— Supérieur, dit-il, regardant le bon en plissant des yeux. Des sushis, hein? Ça me va parfaitement. Tellement désolé d'avoir manqué le spectacle.

— Ne va pas trop loin, dit Mauve en levant ses sourcils de manière suggestive. Il ne serait pas difficile de me persuader de donner une performance en rappel.

— Continue de parler, la pressa-t-il, l'attirant près de lui.

Un moment embarrassant pour la troisième roue du carrosse. Tirant un coin de mon T-shirt qui dégouttait, je murmurai que je partais pour changer mes vêtements. Nous fîmes des plans pour nous rencontrer à la voiture deux heures plus tard. Mauve me prêta les clés de la voiture, puis me salua de la main pendant qu'elle accrochait son bras à celui d'Alonzo et s'éloignait.

Mais maintenant que je quittais le chemin de la plage, mon sentiment d'excitation m'avait quittée, j'avais mal à la tête, et mes jambes me semblaient être devenues caoutchouteuses. Combien de gobelets rouges avais-je bus de toute façon ? Au moins quatre... bien... peut-être six, mais pas plus que sept. Je suivais les plans de Sharayah, mais ne devrais-je pas aussi la guider vers de meilleurs choix ? Il était compliqué d'équilibrer le rôle d'une donneuse de vie temporaire. Quand même, ce n'était pas une bonne idée d'agir de manière trop extravagante. Si je ne gardais pas ma tête sur mes épaules, je ne réussirais jamais cette mission.

Respirant et expirant jusqu'à ce que je sente que mon cerveau puisse fonctionner un peu plus clairement, je suivis un chemin vers la rue, n'ayant vraiment pas envie de faire une autre longue randonnée jusqu'à la voiture. Elle devait être à au moins un kilomètre — peut-être même deux —, et peu importe le corps dans lequel je me trouvais, je détestais l'exercice.

Des nuages avaient couvert le ciel, et une brise faisait frissonner mes épaules. Je songeai avec envie au coupe-vent que j'avais aperçu dans la valise de Sharayah. Qu'y trouverais-je encore ? me demandai-je, pressant le bouton à un passage pour piétons. Tout à l'heure, j'avais seulement jeté un coup d'œil dans la valise, trop surprise par la découverte de l'anneau pour fouiller plus loin. Cette fois-ci, je me permettrais une recherche plus approfondie sans que quelqu'un soit là à regarder par-dessus mon épaule.

Lorsque le feu du passage pour piéton devint vert, je me hâtai de dépasser un large groupe familial qui avançait avec des poussettes. Puis, je remarquai une curiosité presque tombée en désuétude — un téléphone public. Fouillant dans la poche du veston où j'avais glissé un peu d'argent et une carte de crédit, je trottai vers le téléphone et téléphonai à Eli.

Mais il ne répondit pas.

Je laissai un court message «Appelle-moi dès que possible!» et je lui donnai le numéro de cellulaire de Sadie. Nous n'avions pas parlé depuis des heures, il aurait donc dû être près du téléphone à attendre de mes nouvelles. Ou peut-être étais-je trop exigeante? Ce n'était pas comme si nous sortions officiellement ensemble. Nous ne nous connaissions que depuis un court moment — et la plupart du temps, je m'étais trouvée dans le corps de quelqu'un d'autre. Il était irréaliste de m'attendre à ce qu'il arrête sa vie pour moi. Mais si j'étais honnête avec moi-même (un livre d'aide person-nelle appelé *La foutaise, on la trouve dans les pâturages* conseillait un franc dialogue intérieur), c'était exacte-ment ce à quoi je m'attendais. Eli avait-il fini par se lasser d'attendre? Pour lui aussi, c'était la semaine de relâche, et il avait probablement des plans avec sa famille ou ses copains, des plans qui ne m'incluaient pas.

M'apitoyant sur mon sort, je passai devant quelques pâtés de maisons avant de remarquer une sensation de picotement à l'arrière de mon cou. Je m'arrêtai et je frottai l'endroit. Je reconnus cet avertissement qui me disait «quelqu'un me surveille». Peut-être était-ce mon imagination... ou peut-être pas. La harceleuse aux che-veux roux m'avait-elle retrouvée?

Ne te retourne pas, me dis-je, sur mes gardes. Continue à marcher comme si tout allait bien. Oblige-toi à sourire et ne panique pas.

Je paniquai de toute façon, mais seulement à l'intérieur de ma tête, où personne ne pouvait voir. Je pouvais sentir le regard, aussi aigu qu'un couteau qui transperçait ma peau. Lui ou elle était toujours près et me surveillait.

Même si mon T-shirt avait séché, j'avais la chair de poule. Mon frisson avait plus à voir avec la peur qu'avec la température, même si, alors que le soleil descendait, la température s'était rafraîchie. Nerveusement, je scrutai la rue et le trottoir pour tout signe d'une chevelure rousse. Il y avait un type chauve qui se promenait avec son chien et un couple âgé qui se donnaient la main pendant qu'ils attendaient de traverser la rue. Personne de suspect… pourtant, la sensation persistait.

Me rappelant un conseil tiré d'un livre d'autodéfense, je déplaçai les clés de voiture dans ma main droite, je fermai le poing et je positionnai la plus longue des clés pour qu'elle sorte comme une arme. Bien sûr, une clé ne me protégerait pas d'un revolver. Je devais demeurer sur mes gardes et rester proche des autres gens. J'écoutai anxieusement pour percevoir des pas qui seraient à ma poursuite. Mais la circulation filait à toute allure, et il m'était impossible d'entendre plus que mes propres pensées.

Je m'arrêtai donc, et me baissai en prétextant lacer ma chaussure, tout en regardant longuement autour de moi. Mais je ne vis rien de suspect.

Respirant de soulagement, je me redressai et j'ignorai mes peurs. Tu te perds, Amber, me dis-je. Imaginer des monstres et des harceleurs à chaque coin de rue est le type de comportement qui mène à la camisole de force et aux cellules capitonnées. Pour le moment, la fille aux cheveux roux était probablement retournée vers le confort de son dortoir de San Jose.

Pourtant, lorsque j'aperçus la voiture de Sadie, je me mis presque à courir pour l'atteindre. J'ouvris brusquement le coffre et j'attrapai la valise de Sharayah. Puis je me mis à fouiller à l'intérieur — passant au crible les chandails, les pantalons, les dessous de dentelle, les soutiens-gorge en soie, et une robe de nuit rouge rubis courte et décolletée. Il y avait aussi un assortiment d'articles hygiéniques comme de la pâte dentifrice, du shampoing, du revitalisant, des menthes pour l'haleine et une boîte de tampons. Rien d'intéressant — mais je fus heureuse de trouver le coupe-vent bleu marine, que je mis immédiatement. Puis j'attrapai une paire de pantalons de survêtement que je mis par-dessus le string mauve. Le survêtement possédait de profondes poches, et comme je m'étais sentie mal à l'aise de transporter autant d'argent dans un sac à main, j'enfonçai le portefeuille de Sharayah dans une des poches, et je cachai le sac à main (avec tout cet argent comptant) dans la valise.

Je venais tout juste de fermer la valise brusquement, quand j'entendis un bruit caractéristique de pas derrière moi. Avant que je ne puisse me retourner, une main avait atterri sur mon épaule.

Une main gantée.

11

— JE TE CHERCHAIS, FÊTARDE, dit Warren.

Il avait la voix traînante de quelqu'un qui avait bu et il affichait un sourire narquois.

Pivotant, je fis un bond en arrière et je fixai nerveusement ses gants, imaginant des doigts gris sous le cuir. Je reculai, tenant la pointe de la clé de voiture devant moi.

— Ne m'appelle pas comme ça.

J'essayai de paraître dure, mais ma voix sortit comme un glapissement.

— Hé, je veux juste être amical.

Il me regarda de haut comme une montagne musclée, et même si Sharayah était grande, je me sentais aussi petite et sans défense qu'une souris.

— Je suis occupée maintenant, ajoutai-je en montrant le coffre ouvert.

— Trop occupée pour entendre le message de ton amie ?

— Quelle amie ? demandai-je avec méfiance.

— Celle avec les cheveux bizarres.

— Tu veux dire Mauve ? demandai-je.

— Ouais.

Il hocha la tête.

— Elle m'a demandé de te retrouver et de te conduire à elle.

— Merci, mais tu peux lui dire que je l'attendrai ici comme nous avions planifié de le faire.

— Les plans peuvent changer, dit-il en se penchant pour s'appuyer contre la voiture.

Son sourire me fit frissonner. Il poursuivit :

— Les relations changent aussi. Tu sais, même s'il y a un autre gars, je ne peux pas ignorer cette vibration croissante entre nous.

— Quelle vibration ? demandai-je, un peu effrayée. Je t'ai dit que j'ai un petit ami.

— Un gars chanceux. Tu parais vraiment bien.

— Je suis un désastre trempé, dis-je en poussant mes cheveux mouillés vers l'arrière et en remontant la fermeture à glissière du coupe-vent.

— J'aime ton look naturel.

Je n'aimais pas le regard pas du tout naturel qu'il me jetait — comme s'il pouvait voir à travers mon coupe-vent. Peut-être était-il quelque chose de plus ? Quand il me regardait fixement, voyait-il une lueur détachée du monde qui était invisible pour les humains normaux ? Enlève tes gants, aurais-je aimé lui dire. Si je pouvais voir ses mains, je saurais s'il était un Condamné des ténèbres. Mais comme je n'avais pas de preuves, même si je le soupçonnais, je devais certainement m'en assurer avant d'essayer d'alerter l'Équipe d'élimination des Condamnés.

D'apparence chaotique un moment plus tôt, la rue était maintenant sinistrement calme — des passages pour piétons sans piétons, et seulement quelques voitures qui passaient.

— Allez, dit-il en tendant le bras vers moi.

Je bondis en reculant et je hochai la tête.

— Je préfère attendre ici.

— Mais Cheveux roses m'a demandé tout spécialement de t'emmener.

— Dis à Mauve que j'ai d'autres choses à faire, lui dis-je précipitamment. Je la rejoindrai plus tard.

— Tu veux manquer la fête ?

Il plia ses mains contre sa poitrine, fronçant les sourcils vers moi.

— Quelle fête ?

— Pour quoi penses-tu que je suis ici ? Mauve m'a demandé de t'emmener. Ne les fais pas attendre, d'accord ? Viens.

— Sadie est-elle là aussi ?

— Qui ?

Il se plissa le front comme s'il avait oublié avoir flirté avec Sadie.

— Oh, ouais, dit-il, avec un hochement de tête. Elle est là aussi.

Je me penchai contre la voiture, n'ayant aucune envie de le suivre.

— Je croyais que Mauve et Alonzo s'en allaient dans un restaurant de sushis.

— Personne ne m'en a parlé ; je suppose qu'ils ont changé d'idée. Demande-le-leur toi-même.

À son haussement d'épaules, je remarquai combien elles étaient costaudes et combien ses bras étaient musclés. Sous ses gants, je savais qu'il devait avoir des mains solides.

— Ce sera toute une fête. Tu ne voudrais pas la manquer.

En fait, je le voulais, mais Sharayah n'aurait pas refusé, je ne le pouvais donc pas non plus. Hésitante, je hochai la tête et fis claquer le couvercle du coffre.

Lorsqu'il tendit le bras pour me prendre la main, je fis semblant de ne pas le remarquer et je me détournai. Je posai la main dans laquelle je tenais les clés de voiture dans la poche de mon veston, tenant la clé la plus pointue bien serrée entre mes doigts tandis que je m'éloignais de la voiture. Je sentais son regard attentivement posé sur moi. J'étais indignée par son attitude envers Sadie — il agissait comme s'il ne se souvenait même pas d'avoir été à côté d'elle dans la voiture pendant plus d'une heure. Condamné des ténèbres ou non, il me donnait la chair de poule, et je n'allais pas m'approcher de lui.

Je m'attendais à ce qu'il se dirige vers la plage bondée où je m'étais allongée au soleil plus tôt, mais il s'éloigna de l'océan en empruntant une voie de promenade pavée.

— La fête n'a pas lieu à la plage? demandai-je.

— Non, c'est encore mieux. C'est dans une salle privée.

La voie virait, s'éloignant de la bousculade et des voix transportées par la brise, vers un secteur de petits édifices. Comme l'après-midi se transformait en un début de soirée, le brillant soleil jaune s'enfonçait sous l'horizon, et le vent fouettait plus fort, faisant tourbillonner du sable et des morceaux de détritus sur le chemin. Dans une ouverture entre les édifices, je pus apercevoir au loin de violentes vagues qui s'écrasaient contre la plage. En un court laps de temps, nous nous étions beaucoup éloignés de l'action de la semaine de relâche.

— Où allons-nous exactement? lui demandai-je avec inquiétude.

— Je te l'ai dit — une fête.

— Mais il n'y a rien de ce côté.

Je fis un geste vers les entrepôts en forme de boîtes qui nous entouraient.

— Les meilleures fêtes se donnent en privé, après le coucher du soleil. Nous aurons de la musique, de la nourriture en grande quantité et de l'alcool. C'est juste après ce grand immeuble.

— Je n'entends pas de voix. Tu es certain que c'est la bonne route? demandai-je en fronçant les sourcils.

— Le centre de la fête. Nous y sommes, dit-il alors que nous atteignions un édifice trapu appelé *Le pouvoir du vélo*.

L'endroit était bondé de vélos à une ou à deux places ainsi que de cabriolets qui étaient couverts de toile et qui pouvaient servir aux plus grands groupes. Une affiche sur la porte indiquait *fermé*.

— Une boutique de location de vélos? questionnai-je.

— Il y a plus de place à l'intérieur qu'il n'y paraît dehors, m'assura Warren en même temps qu'il s'avançait vers la porte.

— Je n'entends aucune musique.

Je restai en arrière, réticente à entrer.

— Tu l'entendras une fois que nous serons à l'intérieur.

Il mit la main dans sa poche et en tira quelques clés. Il s'avança vers la porte, inséra une clé dans une serrure et la secoua légèrement. La porte s'ouvrit en craquant.

— Suis-moi.

Mon instinct me suggérait de faire demi-tour et de courir dans l'autre direction. Mais quelle sorte d'attitude aventureuse était-ce là? L'extravagante Sharayah ne se serait certainement pas comportée ainsi. Et j'étais ici pour avoir du plaisir, n'est-ce pas? Et non pas pour être logique et ennuyeuse. De plus, je me trouvais dans une ville étrangère avec seulement Mauve et Sadie pour me soutenir; il pourrait être désastreux de me séparer d'elles. Étant donné mon fameux mauvais sens de l'orientation, si j'essayais seule de trouver mon chemin vers le condo infect, je finirais probablement par me retrouver dans un autre État.

Donc, même si dans ma tête, la voix logique d'Amber protestait en hurlant, je suivis Warren. La pièce sombre et caverneuse dans laquelle nous entrâmes avait un plancher de ciment dur et une odeur de moisi qui donnait une impression accrue de froid et d'humidité.

— Où est tout le monde?

Je me mordis la lèvre inférieure.

— À l'arrière.

— Cet immeuble n'avait pas l'air si grand.

Je commençais à me sentir mal.

— Un endroit bizarre pour une fête.

— Ça dépend de la sorte de fête.

— Que veux-tu dire? lui demandai-je alors qu'il fermait la porte, supprimant le son et la lumière.

— Pourquoi fait-il si noir?

Il ne répondit pas. J'entendis le mouvement de ses pas, puis le clic d'un commutateur. La pièce fut éclairée de la lumière jaunâtre d'une ampoule suspendue. Marquons un point pour mon intuition, mais soustrayons-en cent pour ma stupidité. Il n'y avait pas de fête, et pas d'autres personnes — seulement un entrepôt froid et humide avec des vélos empilés contre les murs.

— Warren, tu es un imbécile!

Je fis demi-tour, crachant ma fureur.

— Je sors d'ici.

Je me dirigeai vers la porte, mais il fut plus rapide que moi. Il fit un pas de côté pour me bloquer le chemin comme un mur tout en muscles.

— Ne pars pas si vite, dit-il d'un ton paresseux et amusé comme s'il croyait que nous étions plus que des amis. Nous pouvons avoir notre propre fête privée sans nous faire déranger.

— Je ne veux pas de fête avec toi. Je ne peux croire que tu as fait cela ! Es-tu malade ?

— Allez, bébé, sois mignonne.

Agrippant mon bras, il m'attira vers sa poitrine.

— J'ai parlé à des copains et j'ai entendu pas mal de choses à ton sujet.

— Tu ne connais rien sur moi — et tu es un menteur ! Mauve et Alonzo n'ont jamais prévu venir ici.

— Et puis ? Nous sommes ici, et c'est tout ce qui compte. Je sais que tu avais juste besoin de t'éloigner des autres pour que nous puissions mieux nous connaître. Je sais ce que tu veux vraiment.

— Ce que je veux, c'est de ficher le camp loin de toi ! dis-je en étouffant de rage et essayant de me secouer pour m'enlever de sa poigne.

Mais il avait des bras d'acier, et sa poigne me retenait aussi bien que des menottes.

— Ne sois pas comme ça.

— Je serai comme je veux, peu importe ce que ça prendra pour ne plus être avec toi !

J'étais tellement en colère que je ne pouvais penser clairement. D'un mouvement violent, je me libérai de sa poigne, lui donnant un fort coup de pied qui atteignit son genou.

— Ouch ! dit-il en saisissant son genou et en sautant de douleur. Pourquoi as-tu fait ça ?

— J'avais l'intention de frapper plus haut.

— Attends petite gar… jura-t-il tout en s'avançant brusquement vers moi.

Je me précipitai vers la porte, mais avant que je puisse attraper le bouton, il m'agrippa. Cette fois, sa poigne était encore plus dure.

— Tu n'iras nulle part avant que nous n'ayons eu un peu de plaisir.

— Fiche-moi la paix, criai-je, grimaçant pendant que ses doigts gantés me serraient le bras.

Plus que jamais, j'étais certaine que c'était un Condamné des ténèbres, et je devais sortir d'ici avant qu'il n'enlève ses gants.

— Tu le sais que tu aimes ça.

— Pas question ! Même si tu m'intéressais — et ce n'est absolument pas le cas —, j'ai déjà un petit ami.

— Il n'est pas ici.

Il m'attira plus près de lui, et je donnai des coups de pied et me tortillai quand il ajouta :

— Moi, j'y suis.

— Laisse-moi tranquille ! hurlai-je.

— Tu commences à me faire chier.

Il saisit une poignée de mes cheveux et tira brusquement pour que mon visage soit prêt du sien.

— Je ne te demande rien que tu n'as pas fait avant, demanda-t-il d'une voix plus douce et cajoleuse. Tu ne voudrais pas que je croie que tu es simplement une allumeuse, n'est-ce pas ?

— Je me fous de ce que tu penses. Si tu n'ouvres pas cette porte immédiatement, je vais te poursuivre.

— Alors, je ferais mieux de m'assurer que ça en vaille la peine. Allez, bébé.

Il fit un petit rire, son haleine sentant la bière chaude.

— Je savais que tu craquais pour moi dès le moment où nous nous sommes rencontrés. Je pouvais le dire juste à voir la façon dont tu passais ton temps à me fixer. Mais tu ne voulais pas faire de la peine à ton amie, et je respecte ça d'ailleurs. Sadie est correcte, mais elle parle trop. Je préfère quelqu'un avec du cran et pas trop bavarde — comme toi.

— Bien, moi je ne te préfère pas. Fiche-moi la paix !

Je visai un coup de pied qui aurait marqué juste où il aurait eu le plus mal, mais il me bloqua.

— Alors, tu veux jouer les dures ? Moi aussi.

— Tu penses que c'est du jeu ? Tu ne peux pas t'apercevoir que tu ne me plais pas du tout ? Peu importe ce que tu as entendu. Je ne suis pas comme ça et je n'ai pas l'intention de faire quoi que ce soit avec toi.

— Ne fais pas l'allumeuse.

Il pressa son visage près du mien, et je luttai, mais je ne pus me défaire de sa poigne.

Mamie, pensai-je frénétiquement. *Où es-tu quand j'ai besoin de toi ? Je ne peux me sortir de cette situation toute seule. S'il te plaît, envoie-moi de l'aide !*

Mais aucun murmure ne provint de l'Autre côté, seulement l'haleine dégoûtante de Warren qui pressait son visage contre le mien. Je tournai la tête, me tortillant, donnant des coups de pied et hurlant. Je revins à mon rêve de Gabe qui attaquait Sharayah près de l'océan. Je n'étais pas loin de l'océan maintenant, et même si je ne me trouvais pas au sommet d'une falaise, j'étais coincée avec quelqu'un de dangereux. Plutôt qu'un souvenir, ce rêve était-il un avertissement? J'aurais dû avoir la sagesse de ne pas suivre Warren n'importe où.

Ses gants s'enfonçaient dans ma peau et me brûlaient. Le motif du dragon rouge était embrouillé à travers mes larmes. Que se passerait-il s'il enlevait ses gants? Je n'avais aucune chance contre la force brutale de Warren. Il aspirerait mon énergie et mon âme jusqu'à ce qu'il ne reste rien.

— Non!

Je me mis à sangloter alors que ses lèvres s'écrasaient sur les miennes. Me tortillant, j'attrapai les clés dans ma poche et je m'en servis pour m'en prendre violemment à lui.

— Garce!

Il tordit mon bras douloureusement pendant qu'il touchait sa joue, qui saignait maintenant.

— Ça ne faisait pas partie du marché. Recommence ça, et je vais vraiment te faire mal.

Il se jeta sur moi une fois de plus, et je hurlai aussi fort que j'en étais capable en lançant des cris aigus. Mais il ne recula pas, son visage contre le mien, ses lèvres s'écrasant sur les miennes, m'empêchant de respirer. Je suffoquais, mais je continuais de me battre. Ma tête flottait, la douleur et la peur m'étourdissant. Je continuai pourtant à donner des coups de pied et à me débattre…

Puis, la porte s'ouvrit brusquement et quelqu'un cria :

— Laisse-la partir !

— C'est une fête privée — sors d'ici !

La poigne cruelle de Warren s'enfonçait dans mes poignets.

— Je t'ai dit de la laisser partir.

La voix était profonde, masculine avec une touche d'inflexion anglaise.

Déchirée entre la peur et le soulagement, je continuai à m'agripper aux clés que je tenais serrées dans ma main.

— J'ai tellement peur, dit Warren en grognant comme s'il s'agissait d'une bonne blague.

— Tu devrais avoir peur, fut la réponse.

— Tu veux t'en prendre à moi ? demanda Warren en riant d'un air sinistre. J'aimerais te voir essayer.

— Non.

L'inflexion anglaise se transforma en un grognement, et le gars poursuivit :

— Je te garantis que tu n'aimeras *pas* ça.

Puis, mon sauveteur s'avança dans la lumière artificielle de la salle caverneuse ; un jeune homme bronzé aux lèvres pleines et des sourcils noirs épais. Il portait une casquette bleue avec un emblème d'ancre sur une queue de cheval blond foncé qui lui descendait au milieu du dos. Il n'était pas spécialement beau, mais il avait un charisme indéfinissable. Il s'avançait tran-

quillement, une mer de calme au milieu de la turbu-
lence à laquelle il faisait face.

Warren se déplaça, relâchant sa poigne sur moi. Je
saisis ma chance et me détachai de lui avec tellement de
force que je trébuchai contre la roue d'un cabriolet.
Quelque chose de pointu s'enfonça dans ma jambe, et
je criai de douleur. Des larmes remplirent mes yeux
pendant que je m'effondrais sur le béton dur.

— Qui diable es-tu ? demanda Warren.

— Quelqu'un qui va te casser la gueule si tu ne
cesses pas de maltraiter ta petite amie.

— Je ne suis pas sa petite amie ! criai-je.

— C'est ce que j'avais pensé.

Les yeux pâles de l'étranger se rétrécirent avec une
intensité concentrée.

— Va te faire foutre, dit brusquement Warren. Sors
ton cul d'ici — ça ne te regarde pas.

— Maintenant, ça me regarde.

L'étranger avait prononcé les mots d'un ton léger,
mais son regard était sérieux.

Warren se mit à grogner.

— Tu es un idiot si tu crois que tu peux m'avoir. J'ai
au moins vingt kilos de plus que toi et plus de muscles
que tu n'en auras jamais.

— Je suis d'accord. Mais les muscles ne sont pas
tout.

— Ouais, parfait. Comme si j'avais peur. Qu'est-ce
qu'un maigrichon comme toi peut bien me faire ?

— Ceci, dit l'étranger d'un ton bas et menaçant.

Puis, il sortit un couteau en fouettant l'air, ouvrant brusquement une lame qui étincela rouge sang dans la faible lumière, et il fit un brusque mouvement vers l'avant pour poignarder Warren.

M'ÉLOIGNANT PRÉCIPITAMMENT, je me mis à hurler —
plus effrayée de l'étranger que de Warren.

— *Man*, tu es fou !

Warren fit un mouvement rapide pour esquiver le
couteau aiguisé.

— Tu aurais pu me tuer.

— Je peux encore le faire.

— C'est quoi ton problème ? Je ne t'ai pas rien fait.

Avec le côté peu tranchant de son couteau, l'étranger
frotta son menton où une barbe de plusieurs jours d'un
ton doré foncé poussait. Il semblait réfléchir à la question avant de répondre.

— Je ne peux supporter les idiots qui utilisent des
triples négations — et qui font du mal aux filles.

— Triples quoi ? demanda Warren en reculant dans une pile de vélos. Et je ne lui ai pas fait mal.

— Ce n'est pas mon point de vue, dit-il, en tendant brusquement son couteau devant lui alors qu'il s'avançait vers Warren.

— Hé, je dois me tailler ! Je ne veux pas dire tailler — je veux dire partir ! dit Warren.

Warren bredouillait ; sa bravade balayée par une lame fouettant l'air.

— On ne peut pas en discuter ? Je ne faisais de mal à personne. Rayah et moi ne faisions que nous amuser.

— Tu as une définition morbide du plaisir. J'ai la mienne ; tu n'aimerais pas voir comment cette sensation est amusante ?

Le couteau brilla, passant près du bras de Warren en un éclair.

— Ça va ! Ça va !

Warren s'enleva rapidement du chemin.

— Baisse ça, et je ferai tout ce que tu dis.

— C'est vrai ?

— Ouais, ouais, t'énerve pas. Je ne m'en prendrai plus à Rayah.

— Je ne te crois pas, dit l'étranger, la main du couteau balayant en direction de Warren. Convaincs-moi.

— Comment puis-je te convaincre ? Je te donne ma parole que je dis la vérité ! Je ne veux pas de problèmes.

Warren leva ses mains en signe de reddition, frôlant la roue d'un vélo renversé et la faisant tourner.

— Range ton couteau ! Tu es malade, mec !

Avant que l'étranger ne puisse s'avancer à nouveau vers lui, Warren jura et se précipita vers la porte, l'ouvrant violemment, puis partant en courant à une vitesse surprenante — une silhouette floue disparaissant dans le crépuscule.

Et j'étais seule avec l'étranger au couteau.

Hum… devrais-je remercier mon sauveteur ou partir aussi en courant de la salle ?

Mon cœur battait fort, et je me pelotonnai dans mon veston. Je levai les yeux pour le fixer, effrayée, mais intriguée. Il avait replié la lame du couteau qu'il avait rangé dans une poche. Le vent provenant de la porte à moitié ouverte balayait son veston de denim déboutonné autour de son corps mince. Sa peau brillait du bronzage foncé et profond de quelqu'un qui passe de longues heures à l'extérieur. Un surfeur, supposai-je, en admirant comment sa peau baignée par le soleil était agencée à ses yeux et aux vagues de couleur châtain qui parcouraient ses cheveux blond sable. Ses mains étaient calleuses et solides, comme s'il passait beaucoup de temps à accomplir des tâches physiques.

Baissant les yeux vers le plancher, je remarquai sa casquette bleu marine. Je la ramassai et la lui tendis.

— Est-ce à toi ?

— En effet. Je ne m'étais pas rendu compte qu'elle était tombée, dit-il en tendant le bras.

Il ne me toucha pas vraiment, mais il me frôla de telle sorte que les poils de ma peau ont semblé s'électriser.

— J'ai beaucoup voyagé avec cette casquette — c'était un cadeau du capitaine du premier bateau où j'ai navigué. J'aurais été désolé de l'avoir perdue. Merci de l'avoir remarquée.

— C'est moi qui te suis reconnaissante, dis-je. Ce que tu viens juste de faire... hum... je ne sais trop comment te remercier.

— Ce n'est pas nécessaire. Comme dit Cicéron...

Il fit une pause et regarda au loin :

— « La gratitude est non seulement la plus grande des vertus, mais la mère de toutes les autres. »

Des citations littéraires ? D'un gars qui ressemblait à un surfeur, mais se servait de son couteau comme le héros d'un film d'action ? Maintenant, je ne savais plus quoi dire. Je ne connaissais rien de lui. Pas même son nom.

Comme s'il lisait dans mes pensées, il se mit à sourire.

— Au fait, je m'appelle Dyce.

— Je me nomme Amb... Sharayah. Mes amis m'appellent Rayah, et tu peux aussi m'appeler comme ça, si tu veux, ou comme tu préfères.

— Je préfère Sharayah... on dirait le soupir d'un doux vent de mer. « Alors que les vents arrivaient doucement de l'ouest en murmurant, embrassant sans la froisser la sérénité de la profondeur bleue. »

— C'est superbe. De la poésie ? supposai-je.

— Exact. Lord Byron.

— Génial. Les seuls poèmes que je connais sont de petits poèmes bébêtes que ma grand-mère m'a enseignés quand j'étais petite. Comment peux-tu te souvenir de tout cela ? Tu dois avoir une mémoire étonnante.

— Pas si étonnante. Je lis tout simplement beaucoup de livres anciens.

Il posa la casquette sur sa tête en l'inclinant, pour que le motif de l'ancre soit penché sur son oreille droite.

— Moi aussi. En fait, pas des livres anciens, habituellement ce sont des livres d'aide personnelle. Malheureusement, je n'en ai pas lu qui expliquait comment ne pas me faire entraîner dans un entrepôt désert avec un sale menteur.

Je regardai les vélos dans l'ombre et je haussai les épaules.

— Cet endroit me donne la chair de poule. Sortons d'ici.

Je commençai à me diriger vers la porte, mais Dyce fut plus rapide que moi.

— Après toi, dit-il poliment pendant qu'il tenait la porte ouverte — exécutant un geste qui semblait sorti tout droit de ces livres anciens qu'il aimait lire.

Lorsque la porte se fut refermée derrière nous, je me sentis soulagée de respirer l'air frais et salin de la soirée. Je ressentais aussi d'autres émotions, mais je craignais de les analyser.

— Désolé d'avoir brusqué ton ami, me dit Dyce.

Il s'appuya contre le côté de l'immeuble, et la lumière au-dessus de nos têtes fit briller les mèches blondes de ses cheveux.

— Je ne peux supporter les gars qui bousculent les filles. Mais je voudrais que tu saches que je n'avais aucune intention de le couper ; je voulais juste lui faire peur.

— Tu as réussi. Warren avait tellement l'air effrayé qu'on aurait dit qu'il allait pisser dans ses pantalons.

Dyce se mit à rire — un rire bas et séduisant qui fit bondir mon cœur. Séduisant, intelligent et chevaleresque. Wow, quel combo! La plupart des gars ne sauraient même pas ce que le mot chevaleresque signifie — mais Dyce pourrait probablement l'épeler *et* s'en servir dans un poème. Et n'oublions pas le fait qu'il était un gars super bien, de première classe. Je ne pouvais m'empêcher de ressentir un picotement intérieur devant son charme, son intelligence et toute cette histoire de sauvetage.

— Juste pour que tu le saches, Warren n'est pas mon ami, ajoutai-je, ne voulant pas qu'il croie que j'étais chroniquement stupide.

— Je l'avais deviné, dit-il.

— Nous avons fait connaissance aujourd'hui seulement, alors que ma compagne de chambre a rencontré l'ami de Warren. Je ne serais pas venue ici avec lui s'il ne m'avait pas menti en me disant que nous allions rencontrer ma compagne de chambre à une fête. Mais il n'y avait ni fête, ni amie. J'ai été stupide de le croire.

— On ne connaît jamais vraiment qui que ce soit.

— C'est certain, murmurai-je, en baissant les yeux, regardant mon corps.

— Sois sur tes gardes avant de faire confiance à quelqu'un, et tout ira bien.

— Mais je n'ai pas fait confiance à Warren — j'ai eu des soupçons à son sujet dès le départ. Il avait cette façon grossière de me regarder. Mais j'ai essayé d'ignorer mes sentiments parce que nous étions coincés ensemble pendant un long trajet, et mes amies l'aimaient bien — surtout Sadie.

— Ta compagne de chambre ? essaya-t-il de deviner.

— Non, ma compagne de chambre c'est Mauve. Sadie — celle qui parle beaucoup — aimait vraiment Warren, et je pensais que c'était réciproque, jusqu'aux derniers événements.

Je fis un geste vers la boutique de location de vélos.

— Mais pourquoi se serait-il donné toute cette peine pour m'emmener ici quand Sadie voulait vraiment être avec lui ?

— Je peux penser à plusieurs raisons, dit Dyce.

La douce cadence de sa voix aurait paru de mauvais goût chez n'importe qui d'autre, mais chez lui, elle avait de la classe.

Dangereux territoire de conversation devant, me dis-je à moi-même. Donc, au lieu de poser la question la plus évidente, je hochai fermement la tête.

— Si tu avais rencontré Sadie, tu saurais ce que je veux dire. Elle est vraiment mignonne. Warren a été stupide de ne pas rester avec elle pour courir après moi — surtout après que je lui aie dit clairement que je ne pouvais pas le sentir.

— Peut-être cherchait-il un défi, suggéra Dyce.

— Je crois que c'était plus que cela… quelque chose de personnel. Mais tu t'es montré avant qu'il puisse faire… bien, quoi que ce soit.

La brise fraîche de l'océan se faufila à l'intérieur de mon veston, et je m'enveloppai de mes bras. Je regardai autour de moi avec inquiétude, comme s'il se pouvait que Warren soit en train de nous épier en se cachant derrière de sombres buissons, attendant de bondir et de m'agripper. Tout dans son comportement avait été suspect, et j'étais encore plus certaine que jamais que ses gants à motif de dragon n'avaient rien à voir avec la mode et qu'il les portait vraiment pour dissimuler une lueur révélatrice.

J'imaginai Warren qui enlevait ses gants et pressait ses doigts brillants sur ma peau. En prenant conscience de ce qui avait failli arriver, j'eus la nausée. Ou peut-être était-ce la combinaison de manque de sommeil, de repas sautés et de trop de gorgées de gobelets rouges. Je ne m'étais pas rendu compte que j'étais en train d'osciller jusqu'à ce que Dyce se place à côté de moi, glissant son bras autour de ma taille pour me retenir.

— Sharayah, respire profondément, dit-il avec douceur.

Je lui obéis. Au contact de ses mains calleuses, des vagues me traversèrent, et je commençai à me sentir mieux — pour toutes les mauvaises raisons.

— Je vais bien, le rassurai-je alors que je me redressais pour lui montrer que je n'étais pas une mauviette pathétique. Je n'ai pas l'habitude d'être étourdie.

— C'est à cause du choc — l'état de choc s'approche de toi comme une vague endormie et te renverse avant que tu saches ce qui t'arrive.

— Eh bien... je vais mieux maintenant. La journée a été complètement folle.

— Je comprends, dit-il en hochant la tête.

Mais évidemment, il ne comprenait pas — et je ne pouvais lui expliquer.

— C'était censé être amusant de partir pour la semaine de relâche, ajoutai-je, mais rien n'a tourné comme je m'y attendais.

— Tout n'a pas été mauvais, j'espère ? demanda-t-il en levant les sourcils.

— Pas tout, admis-je d'un ton suave qui aurait fait la fierté de la vraie Sharayah, mais qui me rendait mal à l'aise.

Croirait-il que je voulais dire qu'il était la seule bonne chose de la journée ? Que je flirtais avec lui ?

— Ce que je veux dire, me pressai-je de préciser, c'est que j'ai passé de bons moments avec mes amies pendant le trajet jusqu'ici.

En le disant à haute voix, je prenais conscience que c'était la vérité. Le trajet avait été amusant. Pas la partie où j'avais été coincée dans la voiture pendant un milliard de kilomètres. Ce que j'avais aimé, c'était d'avoir été acceptée comme une égale par des filles plus âgées et d'avoir fait l'expérience du côté délirant de l'université, avec une liberté complète de faire et de dire tout ce que je voulais. Aussi, il y avait un sentiment de lien entre filles avec Mauve et Sadie, partageant des histoires, de folles plaisanteries et des ragots. Et je pouvais même admettre (seulement à moi-même) que me pavaner sur une scène sans autre vêtement qu'un T-shirt mouillé et un string n'avait pas été *si* horrible. Embarrassant ? Oui. Terrifiant ? Absolument. Mais l'autre face de la terreur, c'est l'excitation, et le fait de me retrouver dans un corps emprunté m'avait donné la liberté de perdre mes inhibitions et de me livrer à une spontanéité sauvage. J'entendais encore la clameur des applaudissements de la foule.

Je me rendis compte que Dyce me regardait fixement.

— De toute façon, je vais bien maintenant; malgré tout, les choses auraient pu être critiques si tu ne t'étais pas montré.

Je bafouillais comme je le faisais toujours quand je devenais nerveuse.

— Des gars qui se seraient souciés d'aider quelqu'un qu'ils ne connaissent même pas, il n'y en a pas beaucoup. Merci pour le sauvetage et pour n'avoir finalement pas tué Warren.

— Il a eu de la chance.

Dyce haussa les sourcils d'un air machiavélique.

Il n'est pas le seul, pensai-je secrètement, ayant l'impression que Sharayah avait momentanément pris le contrôle en penchant ma tête et en souriant lentement, d'une façon séduisante. La partie logique de moi (appelons-la Amber) s'efforçait de maîtriser la situation, mais à cause de la fatigue, il lui était difficile de se concentrer. Je n'étais plus certaine de ce que je pensais. Ce corps réagissait à Dyce — le rythme rapide du pouls, la tête légère, la chaleur qui m'envahissait comme si j'avais la peau en feu. Amber lui disait d'être sur ses gardes : éloigne-toi de ce gars séduisant. Mais l'insouciante Sharayah l'ignorait.

Dyce n'aidait pas beaucoup, me fixant avec une intensité qui dépassait un flirt normal. Je fis donc ce que ferait toute fille normale avec des désirs normaux si elle était emprisonnée dans le corps aux hormones déchaînées d'une aventureuse vacancière de relâche.

Je l'examinai à mon tour.

Ses cils épais, démesurément longs et courbés pour un gars, m'attiraient dans la profondeur de ses yeux — comme les profondeurs de la mer avec des lueurs de soleil qui brillait à la surface. Je me demandai ce qu'il pensait. Était-il attiré par Sharayah? Pas par moi, bien sûr. Il ignorait totalement qu'une élève d'école secondaire se cachait dans ce corps mature. Mon Amber intérieure hurlait pour que je m'enfuie avant de me faire entraîner dans un torrent de problèmes.

Mais les problèmes semblaient assez amusants.

— Habites-tu dans le coin? lui demandai-je.

— Non, répondit-il en hochant la tête. Simplement en vacances.

— Semaine de relâche?

— Tu pourrais appeler ça comme ça, même si les fêtes ne m'intéressent pas tellement.

J'allais dire «moi aussi» jusqu'à ce que je me rende compte que ce serait Amber qui parlerait et que ça ne correspondrait pas au caractère de Sharayah.

— C'est dommage, dis-je, lui lançant ce que j'espérais être un sourire séduisant. Mes amies et moi sommes venues ici pour avoir du bon temps, alors nous participerons à plusieurs fêtes.

— Tu ne semblais pas t'amuser beaucoup la première fois que je t'ai vue.

— J'ai été idiote d'avoir cru Warren. Grâce à Dieu, tu l'as fait disparaître — mais comment as-tu pu savoir ? Es-tu voyant ?

— Non. J'étais sorti pour ramasser du bois flottant et je t'ai entendue hurler. Alors, j'ai laissé tomber mon bois et j'ai couru jusqu'ici.

— Tu as perdu ton bois flottant ? demandai-je.

— Pas de problème. Je pourrai toujours en trouver d'autre. De toute façon, je n'avais pas ramassé de pièces intéressantes.

Je songeai à lui demander pourquoi il collectionnait du bois flottant, mais cela me sembla quelque peu personnel — et ma libido dansait déjà avec le danger d'être si près de lui. *Bas les pattes ! ma fille*, pensai-je à Sharayah. Ce n'était pas mal de flirter, mais rien d'autre n'était permis. Eli était le seul gars pour moi.

Le problème, c'était que... Eli n'était pas ici.

Et Dyce y était.

Ma peau picotait à mesure que mes pensées défilaient dans la mauvaise direction. Je me dirigeais toujours du mauvais côté dans les pires moments, songeai-je nerveusement. Je baissai les yeux pour fixer mes mains, les serrant ensemble pour ne pas m'abandonner à mon (très mauvais) désir de tendre le bras et de toucher Dyce. Je n'avais jamais rencontré quelqu'un comme lui. Le danger et le mystère tourbillonnaient autour de lui, aussi subtils et séducteurs qu'une brise marine. Profondément en moi, quelque chose de libertin et de sauvage cognait sur les barreaux de cage, désirant vivement être libéré.

— Je dois partir maintenant, dis-je fermement, plus pour moi-même que pour Dyce.

— Puis-je t'accompagner quelque part en marchant? Il commence à faire sombre.

— Il y a beaucoup de lumières, je peux donc trouver mon chemin.

Loin des tentations, songeai-je.

— Mais je n'aime pas te laisser partir seule.

— Warren n'oserait pas revenir — tu l'as tellement effrayé qu'il a probablement quitté la ville. Tout ira bien. Je ne veux pas te séparer plus longtemps de ton, hum, bois flottant. Je dois aller retrouver Mauve et Sadie. Elles m'attendent probablement à la voiture et elles doivent se demander où je suis — d'autant plus que c'est moi qui ai les clés.

Je lui montrai l'anneau de clés.

— Alors, vas-y.

Avec son sourire droit dans mes yeux, ma répugnance à le laisser partir augmenta. Il avait été si gentil avec moi — un vrai héros. Il me dit «au revoir» et commença à se retourner.

— Attends!

Mon cœur battait la chamade lorsque je m'avançai vers lui.

— Qu'y a-t-il, Sharayah?

La façon dont il prononçait son nom ondulait comme de la musique dans mes oreilles et dans mon cœur.

— Après tout ce que tu as fait, je devrais faire quelque chose pour toi — une récompense, ou peut-être t'inviter à manger, bredouillai-je. Je veux dire, tu m'as peut-être sauvé la vie.

— Tu ne me dois rien.

— Mais je veux te remercier. Au moins, laisse-moi te payer un verre.

— J'aimerais bien accepter, mais je ne peux pas. Je dois retourner trouver Emmy, dit Dyce en ajustant sa casquette.

— Oh… je comprends.

Emmy. Bien sûr, Dyce avait une petite amie — un gars extraordinaire comme lui ne serait pas célibataire. Et ce n'était pas comme si je n'étais pas engagée, non plus.

Je tendis le bras pour le saluer, mais Dyce, ayant mal compris, saisit ma main pour la serrer. Quand nos doigts se croisèrent, je tins les siens — son contact ferme soulevant mes émotions déterminées, inondant le feu de la logique Amber. La façon dont nos regards se croisaient — ses yeux fascinants et les légères fossettes qui accentuaient son sourire — suggérait les mystères de « ce qui aurait pu exister » entre nous.

Non pas que je flirtais avec lui ou rien de tel.

J'étais tout simplement polie et je lui montrais ma gratitude, comme n'importe qui aurait fait après avoir été sauvé. Cela n'avait rien à voir avec la passion, le désir, l'envie…

Prends sur toi ! m'ordonnai-je. Dyce était trop âgé pour moi — même si Eli n'avait pas été dans ma vie.

Et ce serait injuste de risquer le cœur de Sharayah sur un gars qui avait déjà une petite amie. Elle n'était pas ici pour prendre des décisions importantes, c'était donc à moi de nous protéger toutes les deux.

De plus, Dyce retournait à son Emmy.

Et j'avais une vie temporaire à reprendre.

Pourtant, je ne pouvais m'empêcher de me demander... le reverrais-je jamais?

13

En revenant sur mes pas, je ne pouvais cesser de penser à Dyce, repassant dans ma tête les choses qu'il avait dites et celles que je lui avais répondues — mes réponses me semblaient tellement cloches que j'en brûlais de honte. À quoi avais-je pensé ? Je m'étais extasiée devant lui et je l'avais littéralement supplié de me laisser lui payer un verre. Des collégiennes matures disent-elles de tels trucs ? D'après moi, non.

En fin de compte, c'était sans doute une bonne chose de ne jamais le revoir.

Comme j'atteignais un secteur de boutiques le long de la plage, je reconnus les nattes foncées de Sadie. Elle marchait d'un bon pas même si elle transportait des sacs d'emplettes bien bourrés.

— Sadie ! criai-je, mais ma voix fut emportée par une brise saline, et Sadie ne jeta même pas un regard de mon côté alors qu'elle entrait dans une boutique de style bohème.

Je me hâtai donc pour la rattraper.

Appelée *La vie est une plage*, cette boutique exposait des chapeaux d'été, des T-shirts, des maillots de bain, et des serviettes de plage aux couleurs vivres. À mon entrée, des carillons éoliens tintèrent, et je me faufilai entre des étagères bondées de souvenirs de plage ringards : des porte-clés personnalisées jusqu'aux sandales qui s'illuminaient dans l'obscurité. Les allées étroites étant congestionnées comme des autoroutes à l'heure de pointe, j'avançais lentement tout en cherchant Sadie. Je finis par la repérer derrière un gigantesque ballon de plage, lestée par trois énormes sacs.

Me déplaçant vers elle, j'allais appeler son nom, mais je m'arrêtai, figée, la bouche grande ouverte. Sadie était en train d'ajuster les courroies de son sac d'une main, mais son autre main se faufilait vers une montre sertie de faux diamants. Il y eut un rapide éclat de doigts, comme un magicien qui faisait disparaître un objet. À un moment donné, on pouvait voir la montre ; l'instant suivant, elle n'était plus là.

Avant que je puisse décider comment réagir, ou même quoi penser, Sadie capta mon reflet dans un miroir posé sur un comptoir de verre.

— Rayah !

Elle pivota sur elle-même pour me faire face, la mine renfrognée.

— Où étais-tu ? Il est à peu près temps que tu te montres.

— Temps que… hum…

Je jetai un coup d'œil vers le plateau de montres aux diamants qui brillaient de rouge et violet arc-en-ciel ; les montres étaient jolies, mais fabriquées de plastique vulgaire, elles coûtaient moins de dix dollars. Comme le temps file — surtout avec l'aide des doigts rapides de Sadie.

Mais étais-je certaine d'avoir bien vu ? Pourquoi Sadie se donnerait-elle la peine de voler ? Elle portait des vêtements super chics, ses cheveux et ses ongles étaient impeccables, et elle sentait le parfum dispendieux. Elle n'avait aucune raison de voler une montre à bon marché.

— J'espère que tu as une bonne explication, m'accusa Sadie d'un air fâché, pinçant ses lèvres lustrées de rouge.

— Moi ? Mais tu viens juste…

— Où étais-tu ?

Elle n'attendit pas que je lui réponde.

— Je suis revenue deux fois à la voiture, j'ai marché la longueur de la plage au moins une centaine de fois, et j'ai même vérifié les toilettes, sérieusement dégoûtantes au fait. Je t'ai cherchée partout.

— Tu m'as cherchée ?

Je hochai la tête, la confusion me donnant mal à la tête. Tout près, un commis avec des sourcils percés plissait ses yeux noirs et m'observait de près, comme si mon attitude anxieuse et ébouriffée par le vent lui donnait des soupçons. Ha ! Elle avait l'œil sur la mauvaise fille. Mais je ne pouvais trahir Sadie.

Les sacs d'emplettes de Sadie se balançaient alors qu'elle agitait les mains et parlait avec excitation.

— Mauve a dit que nous devions nous rencontrer à la voiture, mais personne n'y était. J'avais prévu y laisser mes sacs avant d'aller manger. Mais je n'ai trouvé personne et ça me brûlait les bras de porter tous ces sacs. J'ai donc téléphoné à Mauve, et elle m'a expliqué qu'elle se trouvait toujours avec Alonzo et qu'elle nous rencontrerait plus tard. Elle m'a dit que tu avais les clés de la voiture et que tu devais attendre là-bas. Mais tu n'y étais pas.

— Désolée, mais j'ai eu des… hum… problèmes, dis-je en hésitant.

Devrais-je le lui raconter ? Elle n'avait rien caché de ses sentiments pour Warren et elle serait blessée. Pire — elle ne me croirait peut-être pas. Et il y avait aussi toute l'histoire du vol à l'étalage. Deux sujets dont je n'avais pas l'énergie de discuter au milieu de la boutique bondée.

— Où est Mauve exactement ? demandai-je.

— Dans un restaurant de sushis.

Sadie agita la main. Un anneau turquoise et doré que je voyais pour la première fois brillait à son doigt rose. Était-ce aussi le fruit du vol à l'étalage ?

— Oh, donc elle y est allée, dis-je en hochant la tête. Je croyais qu'elle et Alonzo avaient changé leurs plans.

— Tu t'es trompée. Qui t'a dit cela ?

— Hum… je ne me souviens pas.

À l'intérieur, je bouillais — encore un autre mensonge de Warren, le salaud.

— De toute façon, je suis vraiment désolée que tu n'aies pu te servir de la voiture. Mais je suis ici maintenant, alors allons déposer tes trucs… à moins que tu n'aies pas terminé tes emplettes.

— Il n'y a rien pour moi dans ce piège à touristes.

— Tu es certaine qu'il n'y a pas quelque chose que tu veux acheter ?

Ou payer, pensai-je.

— Non. J'ai terminé mes emplettes — pour aujourd'hui de toute façon, ajouta-t-elle en riant.

Elle me tapota le bras et elle me donna une petite poussée.

— Allez, sortons d'ici.

Je la suivis sans enthousiasme et je sortis de la boutique, le bruit des carillons éoliens résonnant dans ma tête.

— Mauve veut que nous la rejoignions plus tard dans un club de danse appelé Révolution, me dit Sadie pendant que nous marchions vers la rue.

Je transportais maintenant deux de ses sacs.

— Je n'ai pas assez d'énergie pour rester debout. Danser ? Je ne crois pas.

Un camion passa en sifflant près de nous, puant le gaz d'échappement et nous envoyant une brise qui emmêla mes cheveux.

— As-tu déjà dîné ?

— Dîner ? Je ne me souviens même pas d'avoir pris un déjeuner.

— Ce n'est pas le temps de faire une diète. De toute manière, tu es déjà trop maigre. Allons chercher quelque chose à manger.

Mais à mesure que nous nous approchions de la voiture, c'était la culpabilité qui me rongeait bien plus que la faim. Dans la boutique, je n'avais pas essayé de l'arrêter. Est-ce que ça faisait de moi une complice ? Il n'était pas trop tard pour accomplir le bon geste. Tout ce que j'avais à faire c'était de lui dire que je savais qu'elle avait volé la montre et qu'elle devait la retourner. Mais je ne la connaissais pas tellement et je craignais sa réaction. Qu'est-ce que la vraie Sharayah aurait fait dans cette situation ?

À cet instant précis, une fenêtre s'ouvrit dans mon cerveau pour me révéler un souvenir. Ce n'était pas un de mes propres souvenirs ; c'en était plutôt un qui appartenait à Sharayah. Elle passait la nuit dans la chambre de dortoir privée de Sadie pendant que Mauve recevait un « ami » ; elle était étendue sur le sofa de Sadie, un épais manuel appuyé sur sa poitrine pendant qu'elle essayait d'étudier. Mais ses paupières étaient lourdes, et le manuel encore plus lourd ; elle s'était donc abandonnée à une sieste d'après-midi. Elle venait juste de s'installer dans un sommeil relaxant quand Sadie était entrée dans la chambre.

Pas d'humeur à parler, Sharayah avait gardé ses yeux fermés, faisant semblant de dormir. Elle avait écouté les pas de Sadie, s'attendant à ce qu'elle se jette sur son lit pour une séance d'étude ou à ce qu'elle s'attaque à ses devoirs à son bureau. Mais les pas s'étaient arrêtés, puis s'étaient dirigés dans la direction opposée — vers le sofa.

Tout ce que je voyais, entendais et ressentais venait de l'intérieur du corps de Sharayah, comme si les souvenirs nous avaient unies. Ensemble, nous demeurions immobiles, écoutant la douce respiration de Sadie. Intriguées, nous regardions maintenant à travers les cheveux épars couvrant notre visage pour observer Sadie qui se penchait. Lorsque Sadie se leva, je reconnus le sac à main noir dans ses mains — le même sac à main dans lequel j'avais trouvé un étonnant montant d'argent. Sadie avait ouvert le portefeuille de Sharayah. Elle avait ri doucement pendant qu'elle fouillait à travers les billets verts, en retirant brusquement quelques-uns et les glissant dans sa propre poche. Pendant tout ce temps, Sharayah et moi serrions les dents, bouillant silencieusement d'une rage blessée.

Le souvenir s'estompa vers la réalité, mais je continuais pourtant à être piquée par des sentiments de trahison.

Sadie ne volait pas seulement dans les boutiques.

Elle volait aussi ses amies.

• • •

Malgré ma nouvelle perception de Sadie, je ne pouvais la haïr. J'aurais voulu le faire — elle l'aurait vraiment mérité —, mais elle était juste vachement adorable. De plus, je jouais le rôle de Sharayah, qui, tout en étant consciente des vols de Sadie, continuait à la fréquenter.

— Que dirais-tu de manger du mexicain? demanda Sadie alors qu'elle démarrait le moteur et attendait de s'engager sur la rue.

Je haussai les épaules, car ça ne me dérangeait vraiment pas. J'aurais dû avoir faim, mais le fait de changer de corps donnait un coup solide à mon organisme et il m'était difficile de juger des choses ordinaires comme l'appétit.

— Tout ce que tu veux manger, ça va pour moi.

— Sauf des sushis.

— Surtout pas ça, dis-je, incapable de résister à lui rendre son sourire.

Quelques minutes plus tard, nous nous garâmes dans un parc de stationnement entouré de palmiers et nous entrâmes dans un restaurant bondé de style adobe avec un thème de cactus à l'intérieur comme à l'extérieur.

Mon vrai corps adorait toutes sortes de nourriture et en grandes quantités. Des burritos aux fèves, des tacos, des enchiladas... miam. Une fois que je sentis le parfum épicé, un volcan d'appétit éclata en moi, et je mangeai le petit déjeuner, le déjeuner, le dîner et chacun des repas du lendemain. Après le repas, j'étais tellement remplie que je pouvais difficilement bouger ou garder les yeux ouverts. Tout ce que je voulais, c'était de me pelotonner dans un lit chaud et dormir. Donc, quand nous retournâmes à la voiture et que Sadie se glissa dans le siège du conducteur, je la suppliai de me ramener à notre soi-disant condo.

— Tu veux vraiment retourner au condo dégueu ?

— À quel autre endroit veux-tu que nous passions la nuit ? Sur la plage ?

— Ça pourrait être amusant, taquina-t-elle. Mais je pensais à quelque chose de beaucoup plus intéressant.

— Comme quoi ? demandai-je prudemment.

— Mauve a insinué qu'elle resterait avec Alonzo à la maison qu'il a louée avec Warren et d'autres amis. Je prévois aussi voir Warren un peu plus.

— Oh non ! Pas lui ! m'exclamai-je avant de pouvoir me retenir.

— Pourquoi pas ? dit Sadie en se retournant vers moi avec une dangereuse lueur dans les yeux. As-tu le béguin pour Warren ?

— Tout à fait le contraire, répondis-je en hochant la tête avec emphase. Je ne veux pas que tu te fasses du mal en sortant avec un gars que tu connais à peine.

— C'est la fille qui portait la chemise d'un gars hier soir qui parle.

— Ce n'est pas la même ch…

— Tu es vraiment hypocrite — mais c'est gentil de t'inquiéter pour moi. Seulement, fais-moi confiance, je sais ce que je fais avec Warren.

Le feu de circulation tourna au vert, et Sadie cogna fort sur l'accélérateur, nous projetant vers l'arrière.

— Fais attention, lui dis-je.

— Je conduis toujours prudemment.

Mais je ne parlais pas de la conduite.

Soupirant, je m'appuyai contre le siège et je fermai les yeux.

— Ne t'avise pas de t'endormir maintenant, dit Sadie, me claquant l'épaule. Nous avons une bonne nuit devant nous. Tu dois te trouver un gars pour toi, alors aucune de nous n'aura à demeurer dans le dégoûtant condo.

— Peu m'importe l'endroit où je vais dormir, pourvu que ce soit bientôt.

— Il n'est même pas dix-neuf heures ! se plaignit Sadie. C'est comme une règle de faire la fête jusqu'aux petites heures du matin pendant notre première nuit de semaine de relâche.

— Je passerai mon tour. Je suis trop fatiguée.

— Qui es-tu ? Et qu'as-tu fait de la véritable Sharayah ?

Le choc m'envahit. Avait-elle deviné mon secret ?

Puis Sadie se mit à sourire, et je me rendis compte qu'elle plaisantait.

— S'il te plaît, s'il te plaît Rayah, viens avec moi ce soir, insista-t-elle. Ce ne sera pas aussi amusant sans toi — et il y aura du karaoké.

— Et alors ?

— Tu *adores* le karaoké ! Et j'adore t'acclamer à partir de l'auditoire. Quand tu chantes, tout le monde me dit toujours que tu devrais participer à *American Idol*. Tu pourrais être aussi célèbre que Mariah ou Britney si tu avais le cran de faire ce qu'il faut pour devenir une vedette.

Je me souris à moi-même, pensant au concours *Voice Choice*.

Pourtant, je hochai la tête.

— Je suis trop vannée pour aller où que ce soit ce soir.

— Depuis quand choisis-tu de dormir au lieu de faire la fête? Oh, je comprends maintenant.

Sadie me lança un regard débordant de sympathie.

— Je suis en train de parler de mon nouveau gars, alors que le tien est à San Jose. Est-ce que James te manque?

— Qui? répondis-je en haussant un sourcil. Oh! James.

Sadie tendit le bras vers le siège pour me donner une tape enjouée sur le bras.

— Tu dois être vraiment fatiguée pour ne pas te souvenir du nom de ton petit ami.

— Complètement épuisée, répondis-je en bâillant.

— Te sentirais-tu mieux si tu lui téléphonais? Prends mon téléphone.

— Merci, répondis-je, sautant sur l'occasion.

Quand elle me tendit le téléphone, je fis semblant de téléphoner à James (que je ne reconnaîtrais pas s'il s'affalait sur mes genoux!), mais je vérifiai en secret pour voir s'il n'y avait pas de messages vocaux ou des messages texte provenant d'Eli. Malheureusement, il n'y en avait pas. Et quand j'essayai à nouveau son numéro, j'obtins sa boîte vocale. Diable, que se passait-il avec lui?

— Pas de chance, dis-je à Sadie en lui retournant son appareil. Mais de toute façon, je suis trop fatiguée pour parler. Je peux à peine soulever le téléphone. Je serai plus en forme demain.

— Je m'attends à ce que tu tiennes cette promesse. Je te couvrirai quand je verrai les autres.

Elle fixa à travers le pare-brise et fit un soupir rêveur.

— Ce sera tellement extraordinaire de revoir Warren.

Elle continua à parler de… vous l'avez deviné! Warren. Chaque fois qu'elle prononçait son nom, j'avais des nœuds dans l'estomac et j'aurais voulu l'avertir. Mais si je lui racontait que Warren m'avait attaquée, soit qu'elle m'accuserait de mentir ou d'avoir essayé de le séduire. Sharayah avait la réputation de voler les petits amis des autres filles.

D'ailleurs, pour réussir ma mission, il me fallait rester en bons termes avec Sadie. Suivant une importante partie de mon plan pour faire de Sharayah une vedette de la chanson, je devrais me rendre en voiture pour l'audition à Beverly Hills. Si Eli se montrait, il pourrait m'y emmener. Mais je ne pouvais compter là-dessus. Si je n'avais pas de nouvelles de lui d'ici demain, il faudrait que j'aie recours au plan B — ce qui signifiait de ne pas faire chier Sadie, pour qu'elle m'emmène à l'audition.

Sous le vacillement d'une lumière court-circuitée, et dans l'obscurité d'une nuit brumeuse, l'affreux condo était encore moins invitant. Il n'y avait aucune lumière sauf une mince lueur qui traversait la fenêtre du salon, augmentant l'effet maison hantée créé par la véranda affaissée, la peinture qui pelait et l'œil de verre de la fenêtre du grenier qui baissait les yeux comme un fantôme épiant.

Heureusement, j'avais une bonne relation avec l'Autre côté, et les personnes mortes ne m'effrayaient pas.

Les bras remplis de valises et de sacs d'emplettes, nous entrâmes, donnant un coup de pied sur une boîte et passant par-dessus une pile de vêtements sales. Sadie découvrit une note sur le réfrigérateur nous indiquant de dormir dans la chambre à l'extrémité opposée du couloir. Pas vraiment une chambre luxueuse avec vue sur l'océan, mais elle semblait décente. Un grand lit avec un couvre-lit fleuri et quatre oreillers agencés occupait la plus grande partie de l'espace, et un lit pliant sur roulettes d'allure inconfortable était plié contre un mur. Il y avait deux commodes, un bureau, un meuble à bibelots à porte vitrée remplie de chats de céramique, et plusieurs peintures de chats encadrées qui décoraient les murs. En tant qu'amoureuse des chats, j'étais tout à fait à l'aise avec ce décor félin. Tout ce qui m'importait, c'était d'aller dormir... le lit paraissait tellement invitant.

Laissant tomber ma valise, je me dirigeai vers le lit.

Sadie m'attrapa le bras.

— Pas tout de suite — il pourrait y avoir des germes dégueulasses sous tout cela. Attends que je nettoie ici.

J'ai des draps, des taies d'oreiller et du liquide de nettoyage.

— Tu as acheté tout cela aujourd'hui? demandai-je, sérieusement impressionnée.

— Cela et plus.

— Impressionnant. Tu penses à tout.

— J'essaie, dit-elle fièrement. Souviens-toi de cela la prochaine fois que tu me traites de maniaque des emplettes.

— Moi? Critiquer ton obsession du magasinage? la taquinai-je. Jamais!

— Mon œil. Et ce n'est pas une obsession. C'est un talent. Regarde ce que j'ai acheté.

Sadie était en train de me montrer des bouteilles de nettoyants et des draps quand soudain, une créature multicolore au poil lustré sortit de dessous le lit et bondit sur ses genoux.

Jurant, Sadie sauta à au moins un pied du sol.

Le chat dégringola et atterrit de façon experte sur ses quatre pattes.

— Un chat!

Sadie tendit le bras pour ramasser une bouteille de nettoyant qui était sortie de son sac et avait roulé par terre.

— Qui l'a laissé entrer dans notre chambre?

— C'est plutôt l'inverse. Je crois que c'est sa chambre et que nous sommes les envahisseuses.

Je me mis à rire pendant que le chat tacheté nous tournait le dos et se pelotonnait entre deux des oreillers du lit.

— Je ne crois pas qu'elle ait l'intention de partir.

— Vraiment génial. Nous aurons du poil de chat partout sur nos vêtements, et il me faudra — elle éternua — prendre des pilules contre l'allergie.

— Tu es allergique aux chats?

— Évidemment, tu sais que je le suis. Les chats, les chiens, les furets et les gens avec une mauvaise hygiène.

Elle se frotta les yeux.

— Et tu peux parier que ma cousine le sait aussi. Elle a fait cela par exprès! Tout de cet endroit a été un désastre! Si tous les hôtels des alentours n'étaient pas remplis, j'irais m'y enregistrer immédiatement.

— Les hôtels sont vraiment dispendieux, fis-je remarquer.

— Alors, je le ferais charger sur mon compte. Ou tu pourrais payer. As-tu des billets de cent dollars avec lesquels tu ne sais pas trop quoi faire?

Elle me le demanda sur le ton de la plaisanterie, mais ses mots m'étonnèrent. Je répondis presque «Oui, j'ai justement un gros paquet de cent dollars dans mon sac à main.» Mais je ravalai l'idée d'être honnête et je m'efforçai de cacher ma panique. Était-elle au courant de l'argent caché? Et de toute façon, pourquoi Sharayah transportait-elle autant d'argent? Surtout après avoir découvert la mauvaise habitude de Sadie. Cela me semblait si imprudent, comme si elle provoquait Sadie pour qu'elle la vole de nouveau.

Bien que je fus lourde de culpabilité et de secrets, Sadie ne le remarqua même pas.

— Je ne peux vraiment pas dormir dans une chambre couverte de poil de chat, dit-elle, regardant le chat endormi d'un air de reproche.

— Donc, où...

Je bâillai.

— ... vas-tu dormir?

— Si ça ne marche pas avec Warren, je camperai dans la voiture.

J'essayai d'écouter en même temps que je me laissai tomber dans le lit, mais mon cerveau nous avait déjà quittées. Sommeil, bienheureux sommeil, c'était tout ce que je voulais... J'eus peu conscience de la présence de Sadie qui se coiffait et se changeait dans une robe moulante noir jais. Je fus heureuse qu'elle parte — soulagée de rester tout à fait seule.

Sauf pour le chat. Elle (j'avais déjà deviné que c'était une « elle », étant donné que les mâles tachetés sont rares) jetait un coup d'œil à partir de sa caverne luxueuse entre les oreillers, une tache de fourrure blanche sous son nez orange. Ses grands yeux verts m'examinaient, et sa queue orange me donnait des petits coups au visage, me chatouillant. Je ne la repoussai pas. Je me mis plutôt à la gratter doucement en dessous de son cou doux, et elle se mit à ronronner. Elle se pelotonna contre ma poitrine; c'était en fait très bon de sentir son corps de fourrure doux et chaud se presser contre moi. Fermant les yeux, je m'imaginai être à la maison avec mon propre chat, me reposant dans ma chambre avec mes parents à portée de voix et mes petites sœurs qui jouaient dans la maison.

Ces souvenirs étaient pour moi une douce berceuse, me transportant encore plus profondément dans le sommeil. Je ne bougeai qu'une seule fois pour déplacer ma main alors qu'elle recevait des baisers prodigués par une langue rude de chat.

J'ignorais depuis combien de temps j'étais profondément endormie quand j'entendis siffler, cracher et grogner.

Quelque chose de lourd avait bondi sur le bout du lit.

Je me redressai brusquement, et la bouche grande ouverte, je regardai autour de la chambre assombrie. Seule une tranche de lumière de lune brillait à travers les fentes du rideau. Près de moi, prête à attaquer, le dos arqué, les oreilles aplanies et le poil dressé, la chatte tachetée continuait à siffler vers la forme sombre.

Suivant son regard, je vis une bête deux fois la taille du chat.

Des dents aiguës et féroces brillaient.

Vers moi.

14

J'ALLAIS HURLER, MAIS JE REFERMAI MA BOUCHE en la
claquant. Mes yeux s'étant adaptés à l'obscurité, je me
rendis compte que ce n'était pas les dents de la bête qui
luisaient, mais plutôt un collier chatoyant autour de son
cou. Ce n'était pas un collier ordinaire, c'était un Directeur des tâches ; une sphère brillante et irréelle tour-
noyant avec des images holographiques. En réalité, la
bête était simplement un chien à la fourrure noire et
bouclée, aux oreilles tombantes et à la queue qui fré-
tillait en montrant qu'il était heureux de vous voir. Il
avait été mon fidèle compagnon lorsque j'étais une
petite fille — jusqu'à sa mort à un âge mûr et vénérable.

— Cola ! m'écriai-je, faisant sursauter la chatte qui
courut pour descendre du lit en feulant avant de disparaître. Je suis tellement contente de te voir.

Ce qui semblait un aboiement ordinaire se traduisit dans mon cerveau par :

Je suis venu parce que j'ai entendu dire que tu avais des problèmes.

— Et quels problèmes ! J'ai perdu le MEBO et je ne peux rien trouver au sujet de ma mission. Ça me rend folle d'essayer de vivre la vie de quelqu'un d'autre sans en savoir beaucoup sur cette personne. J'ai quand même appris des trucs et j'ai un plan pour aider Sharayah.

Ça ne te regarde plus.

— Bien sûr que ça me regarde. Avant que j'aie perdu le MEBO, j'ai lu les Neuf règles divines, je sais donc qu'une partie de mon travail est de guider mon Corps Hôte vers de meilleurs choix.

Le secret fait aussi partie de ton travail, dit Cola d'un ton désapprobateur.

— Je ne l'ai appris qu'après en avoir parlé à Eli.

Je n'ajoutai pas qu'Eli n'avait pas gardé le secret non plus.

— Mais depuis que j'ai lu les règles du MEBO, j'ai suivi les plans de Sharayah et je n'ai eu ni tatou ni perçage. J'ai même imaginé comment je pouvais aider Sharayah. Il y a une audition dans deux jours…

Tu ne seras plus là dans deux jours.

Les yeux sombres de Cola brillaient en me regardant.

— Pourquoi ? demandai-je nerveusement.

Ta grand-mère a changé d'idée au sujet de ta mission.

— Qu'est-ce que tu veux dire ?

Ta grand-mère est désolée pour tous les problèmes et elle regrette de t'avoir envoyée dans cette mission sans formation ou expérience. Elle s'excuse de son erreur.

— Mais ce n'était pas une erreur — j'ai aidé Sharayah.

Des arrangements ont été faits pour renverser l'échange des âmes. Tu retourneras demain dans ton propre corps physique.

— Demain? criai-je, hochant la tête.

N'est-ce pas assez rapide? As-tu besoin de faire l'échange plus tôt?

— Non! Ce n'est pas cela du tout. Je ne suis pas prête à y retourner.

Cola pencha la tête, ressemblant beaucoup moins à un messager des anges et beaucoup plus à un chien ordinaire à qui on avait donné un ordre qu'il ne comprenait pas.

Tu ne veux pas retourner dans ton vrai corps?

— Oui, je le veux — mais pas avant l'audition. Cela donnera un coup d'envol à la carrière de chanteuse de Sharayah et à son estime de soi. Ce type, Gabe, lui a brisé le cœur et a détruit son amour-propre; elle s'est donc laissée aller. Maintenant tu comprends pourquoi je ne peux pas partir?

Non. Mais je ne suis qu'un messager — ta grand-mère est la patronne.

— Alors, donne-lui un message disant que j'ai besoin de rester deux jours de plus.

Ça ne donnera rien. Elle veut t'éloigner du danger.

— Du danger?

Serrant mon oreiller sur ma poitrine, je jetai un rapide coup d'œil dans la chambre sombre.

— De quoi parles-tu ?

Un Condamné des ténèbres a été repéré dans le secteur.

— Je le savais ! Je soupçonnais Warren depuis que je l'ai rencontré. Personne ne porte des gants à la plage à moins d'avoir quelque chose à cacher. Mais comment l'avez-vous découvert ?

Le Directeur des tâches de Cola commença à clignoter de lumières rouges et vertes en même temps qu'il commençait à tournoyer.

Il y a des Attachés à la Terre — des humains comme toi — qui sont sensibles aux changements d'énergie.

— Veux-tu dire des voyants ? supposai-je.

C'est un des mots qu'on utilise pour décrire ceux qui possèdent cette habileté. Certains d'entre eux travaillent pour nous et ont rapporté une activité inhabituelle. Tu as donc rencontré ce Condamné des ténèbres ?

— Oui, admis-je. Warren a usé de ruse pour m'emmener dans un immeuble désert et je crois qu'il m'aurait attaquée si on ne l'avait pas interrompu.

La réponse de Cola fut un grognement de colère qui était probablement l'équivalent d'un juron dans le langage mental de chien.

— Je n'ai pas été blessée, dis-je rapidement, pour le calmer. Je me suis éloignée avant qu'il puisse enlever ses gants et voler mon énergie.

Lorsqu'il sera capturé, il sera sévèrement puni.

Cola leva son nez noir, reniflant tout près de moi.

Ceci explique l'odeur nauséabonde autour de toi.

— Tu peux sentir un Condamné des ténèbres sur moi ? demandai-je, surprise (et un peu mal à l'aise), alors que je m'assoyais plus droit, rentrant mes jambes en dessous de moi.

Quelle sorte de chien serais-je si je ne pouvais détecter l'essence nauséabonde d'un Condamné des ténèbres ? dit Cola, semblant insulté.

— Est-ce que je sens mauvais maintenant ? lui demandai-je.

Pas pour les autres humains, mais pour moi, c'est répugnant.

Il retourna s'installer à l'extrémité du lit.

— Désolée, dis-je en reniflant, mais ne sentant rien hors de l'ordinaire.

Mon renifleur est tellement bien entraîné que même les odeurs de Condamnés des ténèbres de seconde main sont désagréables. Pourtant, pour être loyal à ta grand-mère, je fais parfois de la recherche pour elle. J'ai besoin d'une description du Condamné des ténèbres.

— Warren est vraiment musclé et....

Pas cette sorte de description.

Cola s'approcha plus près de moi, son Directeur des tâches éclata de lumières dans des tons éblouissants d'arcs-en-ciel. Les couleurs fusionnèrent dans une brillante irisation tandis qu'elles tourbillonnaient ; elles se déplaçaient si rapidement que j'en étais étourdie. Puis le collier se transforma, s'étirant et s'élevant. Il se glissa par-dessus les oreilles pendantes de Cola et s'éleva au-dessus de sa tête comme un dirigeable qu'on allait lancer dans l'espace.

Mais au lieu de voler au loin, l'objet naviguait vers moi et voleta juste au-dessus de ma tête, projetant sur moi un jet de vent énergisé si doux et si léger qu'on aurait dit une douche de baisers d'air. Instinctivement, je tendis le bras pour toucher le collier, mais mes doigts reçurent un picotement d'énergie électrique. J'ai reculé, surprise, mais je n'avais pas été blessée.

Assieds-toi, m'ordonna mon chien, un brin d'irritation dans le ton de sa voix mentale.

— Pourquoi ? Que se passe-t-il ? dis-je en pointant l'espace au-dessus de ma tête.

Le Directeur des tâches se prépare à numériser tes souvenirs.

— Ce sera douloureux ?

Tu ne sentiras rien pendant qu'il accède à l'information. Assieds-toi et reste immobile.

J'obéis à mon chien, ce qui me paraissait être un renversement des rôles assez ironique. Assise sur le lit avec les jambes croisées, je tins mon dos droit et ma tête levée alors que le Directeur des tâches tourbillonnait au-dessus de moi comme un ventilateur et que Cola m'examinait de ses yeux noirs et brillants. C'était tellement bizarre et surréaliste — être assise sur le lit d'un étranger, bavardant avec mon chien mort dans une chambre décorée d'images de chats.

Il est prêt maintenant, dit Cola mentalement. *Quand as-tu vu le Condamné des ténèbres la dernière fois ?*

— Aujourd'hui.

Je jetai un coup d'œil à une horloge.

— Je veux dire, hier.

Où étais-tu quand tu l'as vu ?

Assez facile. Je pensai à nouveau à l'entrepôt sombre où les vélos encerclaient les murs et Warren me bloquait le passage vers la porte. Dissimulées dans du cuir, les mains de Warren se tendaient vers moi, si dangereusement près, qu'à ce simple souvenir, j'avais chaud tellement j'avais peur de ce qui aurait pu se passer.

Je l'ai ! Bonne fille !

La voix de Cola se mit à applaudir.

Le sifflement au-dessus de ma tête s'interrompit en même temps que le collier tourbillonnant s'éloignait de moi en flottant. Il tournait paisiblement en cercles dans les airs.

— Tu as terminé ? Déjà ?

Levant le bras prudemment, je touchai le dessus de ma tête.

— Qu'as-tu fait exactement ?

J'ai copié l'image vivante du Condamné des ténèbres de tes souvenirs. Puis le Directeur des tâches a distribué les images aux membres de l'Équipe d'élimination des Condamnés pour aider à capturer l'âme renégate.

Je hochai la tête, me souvenant de mon expérience avec l'ÉÉC. Portant des complets ordinaires, un homme et une femme étaient apparus du néant et avaient capturé un Condamné des ténèbres dangereux avec leurs cordes argentées à l'allure de serpents. Puis, en un éclair, ils étaient repartis, emmenant leur prisonnier.

— Ils vont donc se débarrasser de Warren ? demandai-je, pleine d'espoir.

Ils essaieront — il leur sera utile de connaître son appa-rence temporaire. La plupart des Condamnés des ténèbres sont des âmes troublées qui courent parce qu'elles ont peur. Ces Condamnés des ténèbres sont faciles à appréhender. Celui avec lequel tu es venu en contact la semaine dernière était de ce type.

— Sa capture a été rapide, convins-je.

C'est le cas de la plupart des Condamnés des ténèbres. Mais il y a aussi les vieilles âmes, des Condamnés des ténè-bres qui changent de corps depuis des siècles et qui sont intel-ligents et difficiles à atteindre.

— Warren ne semblait pas tellement intelligent quand il courait pour s'éloigner d'un couteau, me moquai-je.

Il avait raison d'être effrayé. Si un corps emprunté est blessé et saigne, le Condamné des ténèbres à l'intérieur est éjecté et il ne dispose que de dix minutes pour trouver un nouveau corps avant que l'ÉÉC ne découvre où il ou elle se trouve. Sans la protection d'un corps humain, les âmes brillent si fort qu'elles peuvent être vues à partir de l'Autre côté. Même un Condamné des ténèbres néophyte saurait qu'il faut s'enfuir devant un couteau.

— Mais si les Condamnés des ténèbres peuvent se cacher dans les corps humains, comment pouvez-vous les trouver ?

Quatre-vingts pour cent des Condamnés des ténèbres ont peur après s'être cachés dans un corps emprunté. Dix-neuf pour cent sont facilement attrapés parce qu'ils font des erreurs idiotes qui attirent l'attention sur eux.

Mon chien mort faisait des mathématiques mainte-nant. Allez donc imaginer.

— Et le un pour cent qui reste? demandai-je, curieuse.

C'est la partie difficile. S'ils soupçonnent que nous nous approchons d'eux, ils s'empressent de s'en aller dans un autre corps.

Cola laissa échapper un soupir de chien.

Il n'y a qu'un seul moyen sûr de les capturer.

— Comment?

Le subterfuge. L'Équipe d'élimination des Condamnés doit les attraper sans qu'ils s'y attendent — mais c'est diffi-cile sans l'aide d'une personne vivante.

— Je suis vivante — et j'aimerais aider, offris-je. Si Warren n'est pas bientôt attrapé, il s'attaquera à mon amie Sadie. Je ferai tout ce qu'il faut pour l'arrêter.

Je ne peux permettre une telle chose. Risquer ton corps est contre les Règles divines. Si ce Condamné des ténèbres est une vieille âme, il peut avoir la force et les connaissances néces-saires pour épuiser ton énergie jusqu'à ce que tu ne puisses plus respirer. Les plus chanceux en meurent.

— Mourir! Tu veux dire mourir vraiment... comme toi et Mamie Greta?

Pire. Ta grand-mère et moi avons terminé nos longues vies naturellement et nous sommes arrivés de l'Autre côté de façon sécuritaire avec des âmes en santé.

— Qu'arrive-t-il à celles qui sont «malchanceuses»?

La folie — elles perdent la tête.

Cola pointa une patte de fourrure vers moi.

D'ailleurs, ta grand-mère ne le permettrait jamais.

— Alors, tu ne lui en parles pas.

Je ne ferais jamais rien contre ses ordres — et je t'avertis de ne pas le faire non plus. Pour la sécurité de ton âme, reste loin des Condamnés des ténèbres.

Puis, Cola remit son Directeur des tâches et disparut.

15

ÊME SI J'ÉTAIS COMPLÈTEMENT ÉPUISÉE, je dormis très mal cette nuit-là.

Tourmentée, je me suis tournée et retournée — mes pensées tourbillonnaient dans des tornades de confusion. J'étais déchirée entre revenir à mon vrai corps et demeurer dans celui de Sharayah assez longtemps pour l'emmener à l'audition. Si je pouvais faire démarrer sa carrière, cela l'aiderait à régler tous ses problèmes. Je devais lui montrer qu'elle valait mieux qu'un gars quelconque qui lui avait brisé le cœur, et qu'elle avait le talent qu'il faut pour devenir une vedette. Il fallait qu'elle cesse de se jeter sur des gars au hasard et qu'elle revienne vers sa famille. Pour guérir un chagrin d'amour, rien de mieux que des admirateurs. Elle serait tellement occupée qu'elle oublierait complètement Gabe. Et Eli retrouverait sa sœur.

Mamie avait tort quand elle croyait que c'était une erreur de m'avoir donné cette mission. Peu importe ce que cela prendrait, je prouverais que j'étais douée pour ce travail. J'étais capable de m'occuper d'une mission de donneur de vie temporaire tout aussi bien qu'une âme morte pouvait le faire.

Pourtant, tandis que j'allais et venais entre l'état de rêve et l'état de veille, je songeais à ma famille et à mes amis et à combien ils me manquaient. Dérivant dans mes souvenirs, je revécus une journée parfaite où tous ceux qui m'étaient chers s'étaient réunis pour célébrer un triple anniversaire.

Si on pouvait évaluer les journées, celle-là méritait un dix-plus-que-parfait. Ils étaient tous là — mes parents, mes sœurs, mes meilleurs amis, mon voisin Dilly, mon cousin Zeke (moins tante Suzanne), tous souriaient et s'amusaient beaucoup. Il y avait même ma saveur préférée de glace — Délice royal.

Quand je me réveillai, le goût de la glace persistait dans ma bouche, et une larme traçait un chemin sur ma joue.

M'assoyant sur le lit, toujours vêtue des vêtements de la journée précédente, j'étais seule, à l'exception de la chatte pelotonnée près de moi. Je saisis le petit corps de fourrure et je le pris dans mes bras, luttant encore contre la vague de solitude qui m'envahissait.

— Tout le monde me manque tellement, chaton Calico, murmurai-je. Mais je ne peux retourner tout de suite.

Seulement, comment pourrais-je convaincre Mamie ?

J'avais vraiment besoin de parler à quelqu'un — et pas juste à n'importe qui, mais à la seule personne qui connaissait tous mes secrets et qui me comprenait mieux que toute autre : ma meilleure amie pour toujours, Alyce. Je pouvais toujours compter sur elle pour m'écouter sans m'interrompre pendant que je laissais libre cours à mes émotions, et pour me rassurer que tout irait bien. Chaque fois que j'étais un chaos d'émotions et que je broyais du noir, je laissais mes émotions se déverser sur Alyce, et elle savait exactement ce qu'il fallait me dire pour que je me sente mieux. Mais dernièrement (depuis mon expérience de mort imminente et mon changement de corps), nous n'avions pas eu la chance de nous parler à cœurs ouverts.

Eh bien, pourquoi pas maintenant ?

Un élan d'espoir me fit m'envoler du lit, causant un miaou plaintif de la part de chaton Calico, qui trottina à toute vitesse pour s'enlever de mon chemin, tandis que je sortais en hâte de la chambre.

Je cherchai partout jusqu'à ce que je trouve un téléphone perché sur une étagère dans la salle de bain (un de ces anciens appareils avec un cadran, si vous pouvez le croire !). Je composai le numéro familier (notant mentalement de laisser de l'argent pour rembourser l'appel). Puis je croisai les doigts de chacune de mes mains, espérant que la mère d'Alyce soit déjà partie travailler.

Le croisement de doigts fut efficace !

— Qui est-ce ? demanda Alyce d'une voix si sèche que je me sentis blessée — jusqu'à ce que je me souvienne qu'elle ne pouvait pas reconnaître ma voix.

Que je suis bête, je commençais à peine à m'y habituer moi-même.

— C'est moi ! m'écriai-je avec joie.

— Et tu es… ?

— … aux anges de pouvoir enfin te parler ! répondis-je avec une hâte excitée. Je suis tellement heureuse que tu sois là, même si j'aurais souhaité que tu sois ici ou que je sois là-bas avec toi, peu importe, juste pour que nous puissions parler ensemble, même si cela signifie de se tenir près d'affreuses tombes pour que tu puisses prendre encore plus de photographies « morbides » pour ton journal de photographies.

Silence, puis un halètement.

— Amber ?

— Oui, c'est vraiment moi.

— Mais ta voix me paraît tellement… tellement pas la tienne.

— Je te jure que sous ce corps de collégienne, je suis la même meilleure amie pour toujours qui s'est un jour habillée comme un vampire, qui a fait couler du faux sang de mes fausses canines et qui a prétendu mordre Dustin pour que tu puisses prendre une photographie pour ta collection.

— La photographie était fantastique, oh mon Dieu… Amber… dit-elle.

Sa voix se cassa.

— Exactement, dis-je, enchantée qu'on m'appelle par mon véritable nom. Tu ne croiras pas tout ce qui s'est passé.

— Dustin m'en a appris un peu, et il m'a aussi raconté ce qu'avait dit Eli. Je veux tout entendre, mais je ne peux parler ici, dit-elle dans un murmure. Attends que j'aille dans ma chambre pour que maman ne puisse pas m'entendre.

— Elle est à la maison? Je croyais qu'elle serait au travail.

— Non… Elle s'est rapportée malade.

J'entendis le bruit d'une porte qui se fermait.

— Je suis dans ma chambre, dit Alyce, nous pouvons donc parler librement. Où es-tu?

— À Venice Beach. Dans l'affreux condo, dis-je en riant ironiquement. Je suis ici seule avec une chatte calico. Je ne connais pas son nom, mais elle a dormi avec moi la nuit dernière. Non que j'étais vraiment capable de dormir après une journée complètement débile. Que t'a raconté Dustin au juste?

— Seulement que ta grand-mère t'avait envoyée dans le corps de la sœur d'Eli et que tu étais à Venice Beach pour la semaine de relâche. C'est vrai?

— Aussi ridicule que cela puisse paraître — oui.

Je commençai à tout lui expliquer, ne dissimulant même pas les détails les plus embarrassants, comme me réveiller en portant la chemise d'un gars, dégueuler dans un parc de stationnement et me pavaner sur la scène pour le concours de T-shirts mouillés. J'étais toujours tout à fait honnête avec Alyce, tout comme elle l'était avec moi.

Et comme elle le faisait toujours, elle m'écouta simplement

— Ensuite, la nuit dernière, Cola m'a raconté que Mamie me retirait de la mission, rouspétais-je. Comment peut-elle me faire cela ? Ma grand-mère est plus protectrice de l'Autre côté qu'elle l'était quand elle était vivante. Elle dit que c'est trop dangereux pour moi de rester dans le corps de Sharayah. Mais c'est plus que cela. J'ai échoué en perdant le MEBO — c'est le livre d'instructions. Et maintenant je vais aussi décevoir Sharayah. J'ai vraiment échoué cette fois-ci, Alyce.

— Tu as fait de ton mieux. Parfois les choses ne fonctionnent pas comme on voudrait qu'elles fonctionnent.

— Mais je *pourrais* les faire fonctionner si j'avais plus de temps, soupirai-je. Qu'est-ce que je vais faire ?

— Reviens à la maison, dit-elle simplement.

— Crois-moi — je veux le faire !

— Alors, fais-le.

— Je ne peux revenir comme une ratée.

Je me mis à grogner, tordant la corde du téléphone entre mes doigts.

— Si je peux convaincre Mamie de me laisser rester pour l'audition, tout fonctionnera. Sharayah est la chanteuse la plus incroyable — meilleure que n'importe qui parmi ceux qui ont apparu à *American Idol*. Kelly Clarkson l'envierait ! Sharayah pourrait être encore plus célèbre qu'elle, à moins qu'elle manque sa grande chance. Si seulement Eli pouvait se montrer avec le MEBO, alors je pourrais contacter Mamie directement. As-tu eu des nouvelles d'Eli?

— Pourquoi ton petit ami me téléphonerait-il?

— Je l'ignore... je suppose que je suis tout simplement inquiète parce qu'il ne m'a pas rappelée. Bien sûr, il a peut-être essayé maintenant, mais je ne le saurai pas avant de revoir Sadie. Et je ne sais pas du tout comment la trouver; ni elle ni Mauve. Mais ce qui me dérange le plus, c'est de ne pas avoir de nouvelles d'Eli.

Le cordon du téléphone était maintenant enroulé si serré que ma circulation commençait à être coupée. Je le déroulai, libérant ma main; mais mon cœur était encore complètement noué.

— Je ne sais tout simplement pas quoi faire, Alyce, qu'en penses-tu?

J'attendais qu'elle m'encourage, mais il y eut alors une longue pause.

— Je crois que tu devrais revenir à la maison maintenant. Mais tu ne sembles pas t'intéresser à ce que je dis, dit-elle finalement, d'un ton sec, très peu du genre ma meilleure amie pour toujours.

— Bien sûr que ça m'intéresse.

— On ne dirait pas.

— Qu'est-ce qui se passe, Alyce? demandai-je.

— Rien, dit-elle brusquement, sur un ton qui voulait dire «quelque chose».

— Alyce, es-tu fâchée parce que la dernière fois, quand j'étais dans le corps de Leah, je ne t'ai pas dit immédiatement que je n'étais pas morte ? Je t'ai déjà expliqué cela.

— Pourquoi as-tu l'impression d'être le centre du monde ?

Son hostilité me choquait. Chaque fois que je tombais trop dans le drame, elle me disait d'arrêter, et m'appelait du nom qu'elle avait inventé, « Dramber ». Mais elle le faisait toujours avec un sourire et sur un ton taquin et sans malice.

Cette fois-ci, son ton n'avait rien de taquin.

— Je ne peux croire que tu viens de dire cela, lui dis-je, piquée au vif.

— C'est parce que ça ne t'arrive jamais de penser que les autres gens pourraient aussi avoir des problèmes.

— Comme toi ? demandai-je, essayant désespérément de comprendre pourquoi elle semblait tellement en colère. Quelque chose ne va pas ?

— Si c'était le cas, le remarquerais-tu ? rétorqua-t-elle.

— Bien sûr que je m'en apercevrais.

— Pourtant quand je t'ai dit que maman n'est pas allée travailler, tu ne m'as même pas demandé pourquoi. Tu ne penses jamais à ce que je traverse. Il y a une semaine, j'ai cru que tu étais morte — peux-tu même imaginer comment c'était terrible ? Je me promenais comme un zombie, incapable de dormir ou de manger ou de parler à qui que ce soit, parce que tu étais la seule à qui je voulais parler et tu n'étais pas là.

Sa voix craqua.

— Quand nous avons enfin pu parler, j'ai dû faire semblant que je n'avais pas vécu l'enfer pendant quelques jours. Mais avant que nous puissions avoir une vraie conversation, tu es partie à nouveau, et c'est Dustin — pas toi — qui me raconte que tu as changé de corps.

— J'ai téléphoné, tentai-je d'expliquer. Ta mère a dit que tu n'étais pas disponible.

— Mais tu as d'abord appelé Eli — un gars que tu viens tout juste de rencontrer — plutôt que moi.

Je ne pouvais la contredire parce qu'elle avait raison.

— Je suis désolée.

— Tu es toujours désolée. Je devrais maintenant y être habituée et ne pas m'attendre à plus. Mais dernièrement, je me suis sentie tellement seule.

— Je ne peux lire dans tes pensées. Je ne savais pas du tout que tu étais préoccupée.

— Tu ne portes pas attention.

Elle fit un léger bruit comme un sanglot. Alyce, pleurer ? Mais elle était la personne la plus solide que je connaissais, et elle ne pleurait jamais.

— Maintenant, je porte attention. Parle-moi, Alyce.

— Je ne peux pas… pas au téléphone. Rentre à la maison, le plus tôt possible.

— Mamie a l'intention de me changer de corps aujourd'hui, admis-je. Mais je veux qu'elle attende à demain pour que je puisse aller à l'audition. Je ne peux tout simplement abandonner Sharayah alors que je suis si près de lui donner sa chance de devenir une vedette. Tout ce dont j'ai besoin, c'est une journée.

— Certainement, aide-la. N'est-ce pas ce que tu espères que je te dise?

— Je n'attends rien d'autre de toi que tu me dises que la vérité.

— Tu ne veux pas entendre la vérité. Je ne sais même pas pourquoi tu as pris la peine de me téléphoner.

Sa voix se brisa.

— Va… va t'amuser avec tes nouvelles amies.

— Mauve et Sadie? C'est ridicule! Je les connais à peine, et elles ne savent pas qui je suis vraiment.

— Pourtant, vous avez eu beaucoup de plaisir ensemble — danser, flirter, passer du temps sur la plage. C'est tellement intéressant de t'entendre en parler encore et encore et *encore*. Merci de partager.

— Alyce, ne fais pas ça! Tu es ma seule meilleure amie, et je préférerais être avec toi plutôt qu'avec n'importe qui d'autre. Tu le sais.

— Je le sais? demanda tranquillement Alyce.

— Je peux être stupide parfois, mais je n'ai jamais cessé d'être attachée à toi. Je serai à la maison demain — je le promets. Alors, nous aurons une de nos conversations double A. Juste nous deux, comme toujours.

— Ouais. Comme toujours.

Mais la façon avec laquelle elle avait dit «toujours» semblait plutôt être une accusation.

Avant que je puisse autre chose — même au revoir —, elle avait raccroché.

• • •

Rien ne pouvait s'approcher de ce que je ressentais maintenant, à part l'immense chagrin que Sharayah avait ressenti quand Gabe lui avait attaché les mains et l'avait traitée d'« idiote ». Il nous était déjà arrivé de nous disputer, Alyce et moi, mais nous avions toujours continué à parler jusqu'à ce que les choses s'arrangent. Jamais — pas une fois pendant toutes nos années d'amitié — ne m'avait-elle raccroché la ligne au nez.

Je rappelai Alyce, mais elle ne répondit pas. Par exprès, j'en étais sûre, ce qui me faisait encore plus mal. Comment tout ceci était-il arrivé ? Quel péché avais-je commis pour mériter tant de colère ? Je songeai de nouveau à la dernière semaine : ce terrible moment où je m'étais éveillée dans le premier mauvais corps, terrifiée et incapable de contacter qui que ce soit. Mais je n'avais pas été la seule à souffrir. J'avais été tellement enveloppée dans ma propre douleur que je n'avais pas beaucoup songé à ce qu'avaient traversé mes amis. Durant cette terrible semaine, Alyce avait cru que j'étais en train de mourir — et tous les jours, elle rendait visite à mon corps à l'hôpital. Elle avait été une amie loyale, mais moi qu'avais-je fait pour elle ? Je l'avais laissée croire que j'étais morte.

Ce n'était pas surprenant qu'elle fût en colère.

J'avais échoué à être une meilleure amie pour toujours.

Et la seule chose à laquelle je pouvais penser pour arranger les choses avec elle c'était de revenir à la maison aujourd'hui.

Je détestais vraiment quitter Sharayah, mais Alyce était ma meilleure amie pour toujours et passait en premier. Elle avait besoin de moi.

Décision prise.

Retournant dans la chambre, je déposai ma valise sur le lit. J'y trouvai un T-shirt teint par nœuds et je l'enfilai par-dessus mes jeans. Puis, j'emballai les vêtements sales de la veille dans un sac à part et je me préparai à partir.

Mentalement, je passai à travers une liste de vérification de mes options.

Je n'avais pas intérêt à contacter Sadie et Mauve. Je leur laisserais simplement une note expliquant que j'avais dû rentrer à la maison pour une urgence familiale. Je ne mentirais pas. Alyce était plus près de moi que toute famille.

Je me servirais de l'argent de Sharayah pour prendre un taxi jusqu'à l'aéroport et je m'envolerais dans le premier avion pour rentrer à la maison. Si tout allait bien, je serais avec Alyce cet après-midi. Puis nous parlerions, et je découvrirais ce qui la dérangeait vraiment. Alors que je savais qu'elle était inquiète de me voir temporairement morte, je doutais que ce soit le problème principal. Non, il y avait quelque chose de plus profond… et je l'aiderais à passer à travers ce qui la troublait, peu importe ce que c'était.

La chatte se mit à miauler, sautant du lit pour se frotter contre mes jambes.

— Au revoir, chaton Calico, dis-je doucement.

Puis j'attrapai ma valise et je la sortis de la chambre en la roulant.

Dans la cuisine, je trouvai un stylo sur un comptoir, mais pas de papier pour écrire de note d'«au revoir». Je déchirai un carré d'une serviette de papier, et j'écrivis un court au revoir à Sadie et à Mauve, m'excusant de devoir couper mes vacances et leur promettant de leur expliquer plus tard. (Pas la vérité, bien sûr, mais quelque chose d'assez près pour les satisfaire.)

Lorsque j'atteignis le salon, je triai une épaisse pile d'annuaires téléphoniques (quelques-uns étaient si vieux qu'ils appartenaient à l'ancien millénaire) et je feuilletai les pages jaunes pour trouver un numéro pour appeler un taxi. Le répartiteur me répondit qu'un taxi arriverait trente minutes plus tard. Je ramassai ma valise, et avec un profond soupir, j'atteignis la porte et je l'ouvris...

Et je fus surprise en voyant que quelqu'un montait les marches de la véranda.

Eli était arrivé.

— T OI ! CRIAI-JE EN LAISSANT TOMBER MA VALISE avec un
bruit sourd sur le plancher de bois dur.

— Amber ! C'est toi ?

Il pencha la tête d'un air hésitant.

— Oui ! C'est moi… et c'est toi… ici ! J'ai peine à y
croire ! Je n'ai jamais été si heureuse de voir qui que ce
soit !

Je me précipitai vers lui les bras grands ouverts,
prête à lui montrer exactement à quel point il m'avait
manqué, mais au lieu de m'ouvrir les bras, il les replia
contre sa poitrine, avec une expression de rejet, comme
si j'avais des poux ou que je sentais mauvais.

— Non, dit-il fermement. Je ne peux pas te toucher.

— Pourquoi pas ? demandai-je, piquée au vif.

— Parce que je ne peux pas.

Il fronça les sourcils.

— Amber, ce serait mal de se toucher. Tu n'es plus toi.

— Bien sûr que je le suis. Qu'est-ce que ça peut faire si j'ai l'air différente ?

— Tu es plus que différente. Tu ressembles à ma sœur. Tu *es* ma sœur.

— Mince. J'avais oublié.

Je baissai les yeux pour me regarder.

— Donc, je suppose qu'il est exclu de s'embrasser.

— C'est tellement exclu que l'idée vient juste de quitter la planète. Désolé, mais c'est comme ça que je me sens. Ce n'est pas que je ne voudrais pas… tu sais…

— Ça va, je comprends.

Il semblait tellement déçu que cela me fit sourire. C'était mignon de voir son air tellement sérieux alors qu'il fronçait les sourcils, comme si tous les problèmes du monde étaient tombés sur ses épaules. Il tenait vraiment à moi.

Ramassant ma valise, Eli entra dans la maison et ferma la porte derrière nous. Il me regarda fixement, puis lentement, il se mit à sourire.

— Je crois que ce serait correct si nous nous serrions la main, dit-il.

— Es-tu sûr que c'est permis ?

— Si c'est de manière platonique, répondit-il en hochant la tête.

— Bien sûr, acceptai-je en tendant la main.

La poignée de main désinvolte fut loin d'être désinvolte et me bouleversa. Eli aussi devait avoir senti un peu de ce bouleversement, car d'un accord silencieux, nous laissâmes immédiatement tomber nos mains et reculâmes. Je regardais partout sauf vers lui, remarquant un ressort lâche sur le sofa, un téléviseur brisé qui s'était transformé en jardinière avec des vignes vertes suspendues parmi des fils lâches, et un commutateur sur le mur qu'un peintre abstrait avait transformé en pièce d'art moderne.

Lorsque je trouvai le courage de lever les yeux, Eli fixait ma valise avec une expression perplexe.

— Allais-tu quelque part ?

Je fis signe que oui.

— Je m'en allais à l'aéroport pour prendre un avion pour rentrer à la maison.

— Pourquoi ? N'es-tu pas censée demeurer ici pour la semaine de relâche ?

— Changement de plans : ma mission est terminée.

— C'est fantastique ! Ma famille sera tellement soulagée quand Sharayah sera de retour et que tout reviendra à la normale.

— Je l'espère, dis-je avec un sentiment de culpabilité, car rien n'avait été résolu, et je n'avais aucune idée de la réaction qu'aurait Sharayah quand elle reprendrait sa vie.

Mais Eli semblait tellement heureux que je ne voulus pas l'inquiéter.

— Je suis heureux que cela se termine pour d'autres raisons aussi, ajouta Eli, se mordant la lèvre inférieure pendant qu'il croisait mon regard. Je te regarde et je vois ma sœur — ce qui est vraiment dérangeant. Une fois que tu ne seras plus elle, nous pourrons faire plus que nous serrer la main. Oh, ce n'est pas ce que je voulais dire. Mince, je ne suis pas ce genre de gars.

— Je sais exactement quelle sorte de gars tu es — ma sorte.

Je touchai légèrement son bras.

— Et quand tout ceci sera terminé, j'adorerais sortir avec toi.

— C'est un rendez-vous, répondit-il en hochant la tête.

Je hochai aussi la tête, sentant des fourmillements partout. Je voulais vraiment, vraiment l'embrasser.

Mais j'étais capable d'attendre.

— Je ne comprends pas pourquoi tu te rends à l'aéroport.

Me lançant un regard perplexe, Eli se frotta le menton.

— Qu'est-ce que tu veux dire ?

— Le changement de corps ne se produira-t-il pas, peu importe l'endroit où tu es ? Donc, pourquoi ne pas laisser Sharayah ici pour qu'elle profite de ses vacances ?

— Je dois rentrer à la maison le plus tôt possible pour parler à Alyce. C'est aujourd'hui qu'elle a besoin de moi. Et puisque je ne sais pas exactement quand aura lieu le changement, je m'envole immédiatement vers la maison. Un taxi arrivera bientôt.

— Annule-le, dit Eli avec fermeté.

— Je ne peux pas.

Ma gorge se serra alors que je me souvins des accusations d'Alyce.

— Je dois arranger les choses avec Alyce.

— Mais tu n'as pas besoin d'un taxi pour te rendre à l'aéroport. Je peux te conduire.

— Tu pourrais faire cela pour moi ?

— J'ai fait tout le chemin jusqu'ici, n'est-ce pas ?

— Oui, répondis-je en le regardant dans les yeux. Tu l'as fait.

Il croisa mon regard avec tant d'honnêteté que je lui faisais totalement confiance.

Après avoir annulé le taxi, nous libérâmes un espace sur le sofa et nous nous assîmes pour parler. La maison était paisible, il n'y avait même pas le son de pattes de chat qui trottinait.

— Tu restes dans un endroit intéressant.

Les lèvres d'Eli se courbèrent avec amusement en même temps qu'il faisait un geste vers les meubles mal assortis, les boîtes et autres bizarreries éparpillées dans la pièce.

— Pas tout à fait un hôtel cinq étoiles.

— Plutôt un taudis sans étoiles. Mais ça vient avec un chat, alors, je ne peux pas me plaindre.

— J'ignorais que tu aimais les chats.

— Nous en avons un à la maison, en partie siamois, avec beaucoup de caractère. Et j'adore aussi les chiens, dis-je sincèrement, pensant à Cola.

— Des chats, des chiens… j'adore presque tous les animaux, dit-il.

— Presque ? Quels sont les animaux que tu n'aimes pas ?

— Bien… c'est un peu embarrassant à admettre.

Je fis semblant de me fermer les lèvres avec une fermeture à glissière.

— Je ne le dirai à personne. Quoi ?

— Les oiseaux — ils me font angoisser. Mon grand-père avait ce vicieux perroquet qui m'a mordu l'oreille un jour. Je n'avais que quatre ans, mais c'est une sorte de douleur que tu n'oublies pas. J'ai encore une cicatrice ici, ajouta-t-il pointant vers son oreille gauche.

Je me penchai plus près pour examiner la minuscule cicatrice irrégulière sur le lobe de son oreille. J'étais consciente des quelques centimètres à peine qui nous séparaient, et je fis attention de ne pas le caresser avec les mains de sa sœur. C'était plus sûr de parler des animaux que de ce qui se passait vraiment dans nos têtes.

Mais il était temps d'être sérieux.

— Eli, l'as-tu apporté ? lui demandai-je.

Il savait exactement ce que je voulais dire et il mit la main dans la poche de son manteau.

— Tiens, dit-il, me tendant un petit livre.

Je pris mon MEBO, fronçant un peu les sourcils parce que maintenant que j'avais fini par le récupérer, je n'en avais plus besoin, ma mission était terminée — que je le veuille ou non. Mais je ressentais un certain réconfort à tenir mon mince lien vers l'Autre côté.

— Merci d'avoir fait tout ce trajet pour me l'apporter, dis-je à Eli.

— Je t'avais dit que je le ferais — même s'il n'a pas été facile de me rendre jusqu'ici.

— Je me suis demandé pourquoi tu ne me rappelais pas.

— Désolé, dit-il d'un air penaud. J'aurais voulu le faire, mais je ne pouvais pas. Tu te souviens que je t'ai dit qu'une fille du dortoir m'aidait ?

Comment aurais-je pu oublier ?

— Ouais. Katelyn, répondis-je en serrant les dents.

— Bien, il s'est avéré que nos cellulaires étaient du même modèle — et elle a pris le mien par erreur. Je n'ai donc pas obtenu le message où tu me donnais ton adresse jusqu'à ce qu'elle se rende compte de l'erreur et me téléphone. Et j'ai eu d'autres problèmes. Papa était fâché que je ne sois pas revenu avec la voiture qu'il m'avait prêtée, et il m'a ordonné de « rapporter mon derrière à la maison, sinon… »

— Es-tu retourné ?

— Tu parles — personne ne défie papa. Je l'ai déjà déçu en refusant de travailler au concessionnaire et je ne voulais pas empirer les choses. D'ailleurs, en retournant à la maison, j'ai eu la chance de parler à maman. Elle avait été tellement inquiète au sujet de Sharayah.

Elle a bien raison, pensai-je, mécontente.

— Lorsque je lui ai dit que j'essayais d'aider Sharayah, elle était aux anges, continua Eli. J'ignore ce qu'elle a dit à papa, mais peu de temps après, il me tendait les clés d'une toute nouvelle voiture et m'offrait une carte de crédit pour l'essence. J'ai finalement reçu un appel de Katelyn qui m'a expliqué le mélange de téléphones, et une fois que j'ai eu l'adresse, j'ai roulé jusqu'ici.

— Un grand merci — surtout pour mon MEBO.

Je frottai la couverture lisse du livre avec ma main.

— Bien que maintenant, il ne m'est plus vraiment utile.

— En es-tu certaine? demanda-t-il, fronçant les sourcils. Il pourrait contenir une information qui aiderait Sharayah. Que lui arrivera-t-il lorsque vous changerez de corps?

— Elle reprendra sa propre vie.

— Mais ira-t-elle bien?

Je voulais lui répondre «oui», mais le lien intuitif que je partageais avec Sharayah me disait autre chose. Endormie dans mon corps physique, son âme fragile prenait un repos dont elle avait besoin, mais ce n'était qu'un pansement sur une blessure bien plus profonde. Il lui faudrait transcender la cruauté de Gabe et recommencer à avoir confiance en elle-même.

Malheureusement, je ne pouvais plus l'aider.

Mais Eli avait raison quand il me disait de ne pas me précipiter vers l'aéroport. En fait, pourquoi même prendre un avion? Je pouvais voyager à des niveaux plus mystérieux. Tout ce que j'avais à faire c'était d'attendre que Mamie me fasse retourner à mon propre corps. L'instant d'un changement d'âme, et je traverserais plus de 650 kilomètres pour me réveiller dans un lit d'hôpital. Une fois que je serais moi-même de nouveau, je me rendrais directement chez Alyce et je resterais avec elle toute la nuit si c'était ce qu'il fallait faire pour raccommoder notre amitié.

— Ne vas-tu pas l'ouvrir? demanda Eli, faisant un geste vers le livre.

— Non, dis-je avec ironie. Ma mission est terminée.

— Pas officiellement. Tu es toujours ma sœur.

— Pour quelques heures. De toute façon, ce n'est pas assez long pour terminer mon travail. J'ai totalement échoué comme donneuse de vie temporaire.

— Tu as fait de ton mieux dans une situation incroyable. Et après le changement, je resterai avec ma sœur pour l'aider. Avec ton information d'initiée, ce sera plus facile pour moi de la convaincre de revenir à la maison avec moi.

— Mais elle ne peut rentrer à la maison avant d'avoir passé l'audition de *Voice Choice* demain, insistai-je. Tu dois l'y emmener — et tu dois arriver tôt parce qu'il y aura probablement une longue file.

— Je le ferai, promit Eli. Même si cela signifie de la kidnapper.

— Ne la fais pas hurler — ce serait terrible pour ses cordes vocales.

Il me regarda fixement, avec inquiétude.

— Tu plaisantes… n'est-ce pas ?

Je le fixai avec un regard très sérieux, puis je laissai mon visage se détendre en un sourire.

— Bien sûr que je plaisante. D'ailleurs, tu ne devrais avoir aucun problème à convaincre Sharayah. Tu es son frère, elle t'écoutera.

— Son *petit* frère. Habituellement, c'est elle qui me dit quoi faire, pas le contraire.

— Oh. Alors, il est préférable que je consulte le MEBO pour me faire conseiller.

Je baissai les yeux vers le petit livre.

— J'y trouverai ce que nous devrions faire à propos de l'audition et j'apprendrai si l'Équipe d'élimination des Condamnés a attrapé le Condamné des ténèbres.

— Quel Condamné des ténèbres?

Eli faillit bondir du sofa.

— Oh, je ne t'en ai pas parlé?

— Non, tu ne m'en as pas parlé, dit-il d'un ton accusateur.

Je n'avais pas envie de lui dire ce qui s'était passé, mais Eli avait tellement fait pour moi que je lui devais la vérité. Je lui ai donc tout raconté — sauf l'épisode de mon sauvetage par Dyce. Je ne sais trop pourquoi, mais cela me semblait être une mauvaise idée.

— De toute façon, c'est terminé maintenant, ajoutai-je. L'Équipe d'élimination des Condamnés se débarrassera du type mort qui se cache dans Warren.

— Et qu'en sera-t-il du vrai Warren? Que lui arrivera-t-il?

— Je ne sais pas trop. Je suppose qu'il ira bien. Il se réveillera probablement avec des souvenirs confus, mais il mettra sa confusion sur le compte d'avoir trop fêté.

— Pauvre gars, sympathisa Eli. Cela me rappelle un film à l'eau de rose sur des zombies et des enlèvements de corps. Pourtant, cela se produit vraiment et les Condamnés des ténèbres semblent te poursuivre.

— Peut-être qu'ils me poursuivent encore, dis-je, de plus en plus agitée.

Sortant le MEBO, je l'ouvris. Je ne fus pas surprise cette fois-ci de ne trouver que du papier vierge. Mais je savais ce qu'il fallait faire.

— MEBO, pourrais-tu me parler du Condamné des ténèbres qui habite Warren ? demandai-je. L'a-t-on déjà capturé ?

Pendant que je regardais fixement le papier, il se mit à se transformer, bougeant en ondulant comme des doigts raides qui s'étiraient, puis devenant tellement lumineux qu'il semblait luire.

Un seul mot se boucla sur la page, dans une parfaite écriture cursive.

Non.

— Il n'a pas été capturé ?

Mon cœur fit un bond.

— Pourquoi pas ?

Incapable de localiser le Condamné des ténèbres.

— Mais j'avais dit à Cola qu'il demeurait à Venice Beach. Si Cola pouvait sentir son essence sur moi, pourquoi l'ÉÉC ne peut-elle le trouver ?

Il nous faut un lieu exact.

— Il habite dans une maison près de la plage avec son ami Alonzo. Je ne connais pas l'adresse.

Trouve-la.

— Comment suis-je censée y arriver ? rétorquai-je. Je ne suis qu'une donneuse de vie temporaire novice qui a échoué ma première vraie mission. Qu'attendez-vous de moi ? Un miracle ?

Un mot de trois lettres se mit à scintiller sur la plage — large, gras et exigeant.

OUI.

Puis, sans que je fasse quoi que ce soit, le livre se referma en claquant.

— Pourquoi l'as-tu fermé déjà? demanda Eli, jetant un coup d'œil par-dessus mon épaule. Nous n'avons pas demandé des conseils pour savoir comment aider ma sœur.

— Le livre fait ce que bon lui semble, dis-je, un peu ennuyée de me faire donner des ordres par un paquet de papiers. Mais je lui poserai des questions sur ta sœur après.

— Après quoi? demanda-t-il en fronçant les sourcils.

— Après que nous soyons allés à la plage.

Je déposai le MEBO dans ma poche. Mamie et Cola m'avaient avertie de ne pas m'impliquer, mais comme donneuse de vie temporaire, il me fallait obéir au MEBO.

— Pourquoi à la plage? demanda Eli en me suivant vers la porte.

Je ne pus m'empêcher de sourire.

— On dirait que je suis encore sur le cas.

• • •

Semaine de relâche : jour deux.

La folie de la circulation, des piétons fourmillant sur les trottoirs, des surfeurs en combinaison de plongée noire et des arcs-en-ciel de bikinis partout. Et l'action à la plage était encore plus débile. Trouver un Condamné des ténèbres, c'était comme essayer de repérer un vairon dans les profondeurs de l'océan.

Malheureusement, je n'avais pas le talent de Cola pour renifler.

— À quoi ressemble ce gars ? demanda Eli, qui bien sûr, avait insisté pour m'accompagner même si je l'avais averti que ça pourrait être dangereux.

Et je ne faisais pas seulement référence au Condamné des ténèbres, songeai-je en mon for intérieur alors que je fixais des filles bronzées et séduisantes qui montraient beaucoup de peau et de courbes. Eli n'était qu'un jeune de l'école secondaire et il était trop confiant. Je devais demeurer près de lui pour le protéger des créatures prédatrices vêtues de bikinis.

— Warren est blond, avec de gros muscles et un ego encore plus gros, expliquai-je. Il porte des gants de cuir.

— Des gants ? Bizarre.

— Exactement, répondis-je en hochant la tête. Je crois qu'il cache des ongles gris et des mains brillantes.

— Ce sera quand même difficile de le trouver avec tant de gens sur la plage.

— Lui et Alonzo devraient se trouver avec Sadie et Mauve. Sadie est petite avec de longues tresses noires et Mauve a des cheveux rose clair. Ça devrait donc être facile de — la voilà ! Mauve ! criai-je, courant vers les cheveux roses qu'on ne pouvait manquer.

Elle était assise sur une serviette de plage, appliquant de l'écran solaire sur sa peau, tout en regardant une partie de volley-ball où tous les joueurs étaient

(a) mâles (b) bronzés (c) des gars de plage délicieusement séduisants.

— Hé, Rayah, dit paresseusement Mauve, en fermant le bouchon de la bouteille d'écran solaire. Je suppose que tu as survécu au condo hideux — ou bien as-tu trouvé un autre endroit pour passer la nuit ?

Son regard dériva vers Eli.

Suivant ses pensées, je hochai fermement la tête.

— Non !

— Pas besoin d'être sur la défensive, répondit-elle avec un petit rire. Alors, ça fait quoi s'il est un peu jeune ? Il est assez mignon et…

— … mon frère.

— Oh… cela explique pourquoi j'avais l'impression de l'avoir déjà vu.

Elle s'étendit sur le ventre, nous souriant.

— Il a beaucoup grandi depuis le portrait de famille. Alors vas-tu nous présenter ?

— Mauve, voici Eli.

Eli hocha la tête, rougissant comme s'il éprouvait soudainement de la gêne devant une jolie fille plus âgée.

— Heureux de te rencontrer, murmura-t-il.

— Mignon et poli ; évidemment, tu ne ressembles aucunement à ta sœur.

Mauve fit un petit sourire satisfait.

— Alors, qu'est-ce qui t'amène ici, Eli ? Tes parents t'ont-ils envoyé pour espionner Rayah ?

— Je suis venu rendre visite à des amis.

Le regard d'Eli dériva sur les mains de Mauve, qui étaient en train d'appliquer la lotion solaire plus profondément sur ses cuisses. C'était un gars après tout, je ne pouvais donc pas le blâmer. Mauve n'était pas exactement le type voisine-collet-monté ; elle ressemblait plus à une fille-qui-cherchait-n'importe-quoi-pour-s'amuser.

Mais cela ne nous menait nulle part, et nous perdions du temps.

— Mauve, as-tu vu Warren ?

Je repliai mes bras sur ma poitrine, impatiente de commencer à bouger.

— Tu viens tout juste de le manquer. Il est parti avec Sadie et Alonzo pour voir le concours de sculpture sur sable. Ils voulaient que j'aille avec eux, mais je veux perfectionner mon bronzage. Le concours est de ce côté.

Elle pointa au loin sur la plage, où une masse sombre et massive de gens s'était rassemblée près du rivage.

Ne donnant pas la chance à Mauve de poser une seule question, je pris la main d'Eli et je m'éloignai sur la plage. J'entendais ses baskets claquer sur le sable, alors je savais qu'il suivait. Le soleil était plus fort aujourd'hui, avec moins de nuages et pas de vent, l'air semblait épais et lourd. La sueur coulait de mon front et de mes aisselles alors que je me précipitais vers l'avant.

— Quel est le plan ? demanda Eli, se mettant au pas à côté de moi.

— Je trouve Warren et ensuite je transmets son emplacement au MEBO, qui est juste ici, dans la poche de mes jeans.

Les jeans étaient épais et chauds, mais les poches étaient pratiques et me donnaient la liberté de ne pas transporter de sac à main.

— J'espère seulement que l'ÉÉC réagira rapidement, pour que Warren ne puisse pas s'enfuir quand je le trouverai.

— Fais attention quand tu es près de lui, avertit Eli.

— Je ferai attention.

Je pensai à l'entrepôt de vélos qui ressemblait à une tombe et je frissonnai.

Jetant un coup d'œil à Eli, je pensai à lui donner plus de détails sur ma rencontre effrayante avec Warren. Mais j'avais l'impression que s'il était au courant de tout, il pourrait devenir macho et agir stupidement. Et j'avais une répugnance coupable à lui parler de Dyce. Eli pourrait en avoir une mauvaise impression.

De toute façon, nous ne pouvions pas beaucoup parler, étant donné que le bruit des cris et des conversations s'intensifiait à mesure que nous nous approchions de la foule qui entourait le concours de sculpture de sable. Il y avait de grandes sections séparées où des groupes travaillaient ensemble — et rapidement — pour transformer le sable mouillé en créations qui auraient mérité d'être exposées dans des musées. Dès le lendemain, l'eau aurait anéanti les sculptures de sable, comme si leurs vies étaient aussi temporaires.

Passant devant un groupe de petits garçons qui fabriquaient un bateau de pirate en sable, j'entendis de la musique tout près et je suivis le son jusqu'à un groupe de vacanciers de la relâche qui dansaient sur la plage. Je vis d'abord Alonzo, assis sur le sable. Son regard se perdait sur l'océan. Il leva les yeux avec étonnement lorsque j'interrompis sa méditation, puis il pointa vers le plancher de danse impromptu. Au beau milieu des corps qui tournoyaient, Sadie et Warren se déhanchaient et se balançaient avec un tel abandon que je soupçonnai qu'ils avaient commencé à boire tôt, ou qu'ils n'avaient jamais arrêté et continuaient la fête de la nuit dernière.

Me retrouver près de Warren me donna la chair de poule; et je trouvais encore plus sinistre de voir ses gants de dragon. Ne les enlevait-il jamais? Il devait se rendre compte qu'il se faisait remarquer avec un style aussi particulier.

— Est-ce lui? cria Eli près de mon oreille.

Je fis signe que oui, rejetant une peur nerveuse qui me poussait à vouloir courir dans la direction opposée. Mais j'étais trop près de mon but d'aider l'ÉÉC à capturer Warren pour partir maintenant. Peut-être n'aurais-je pas le temps de résoudre le problème de Sharayah, mais je pouvais faire ceci et donner à ma grand-mère un moment de fierté.

Mais il y avait un problème : Sadie était tout près de Warren. Je devais la sortir de là avant de contacter l'ÉÉC.

— Sadie! criai-je.

Mais je pouvais difficilement entendre ma propre voix par-dessus l'assaut du bruit. Elle ne se retourna même pas vers moi.

— Je vais la chercher, dis-je à Eli.

— Non! cria-t-il, assez fort pour que je l'entende.

— Mais il pourrait la blesser.

— Ou te blesser toi, dit Eli. J'irai la chercher.

— Attends, je sais ce qu'il faut faire, dis-je même si je n'étais pas certaine qu'il pouvait m'entendre.

Je hochai la tête et je pointai vers Sadie. Alors que Sadie bougeait au rythme entraînant, ses tresses, qui se balançaient comme des cordes noires, frappaient sur quiconque était assez malchanceux pour être à sa portée. Même Warren gardait ses distances, faisant balancer ses épaules, mais gardant ses gants de malheur le long de son corps.

Cola m'avait avertie de me tenir éloignée des Condamnés des ténèbres. Mamie ne serait pas contente non plus si je m'approchais trop près de Warren. D'accord, j'agirais selon les règles.

Je mis donc la main dans ma poche et j'en sortis le MEBO.

Malgré le bruit de l'océan et de la musique, lorsque j'ouvris le livre et lui dis que j'avais trouvé le Condamné des ténèbres, un flot de mots excités s'écoula sur la page.

Superbe travail! L'ÉÉC est en route.

J'avais à peine lu le message qu'il y eut un scintillement éclatant.

Juste devant moi, trois personnes apparurent : deux hommes en complet et une femme portant une jupe bleu marine convenable, avec un chemisier blanc. Entourés de bikinis et de jeans ordinaires, ils ne semblaient pas du tout à leur place. Mais seules quelques personnes semblèrent les remarquer.

La femme se pencha tout près de moi, mais ne me posa aucune question. Elle pointa le MEBO, puis moi — son regard avait une intensité qui m'étourdit un peu.

Puis, le trio s'avança sur Warren, de minces fouets argentés drapés sur leurs bras.

Il était en train de plier les genoux, se trémoussant sur le sable, quand l'ÉÉC l'entoura. Sadie continuait à danser, agitant les mains tout en tourbillonnant. Mais Warren s'arrêta de danser et fit un bond en arrière comme s'il avait été pincé par un crabe de sable. Lorsque l'ÉÉC l'encercla, je vis la panique sur son visage.

Mais avant qu'ils ne puissent le prendre au lasso avec leurs cordes d'argent pour le ramener de l'Autre côté, Warren se mit à hurler et passa devant eux en les bousculant.

Il décolla, s'enfuyant pour sauver sa vie... sa vie des ténèbres.

— W ARREN ! REVIENS ! CRIA SADIE, qui, d'un air cons-
terné, le regardait fixement s'enfuir.

Une fois le danger parti, je me précipitai à ses côtés
et je la serrai dans mes bras.

— Sadie, je suis tellement contente qu'il ne t'ait pas
blessée.

— As-tu perdu la tête ?

Elle me repoussa avec colère.

— Warren ne me ferait jamais de mal.

— Grâce à Dieu, il n'en a pas eu la chance !

Je fixai la plage où les silhouettes qui couraient
devenaient de plus en plus petites, et plus petites
encore… jusqu'à ne devenir que de petites taches à
l'horizon. Il y eut un reflet argenté qui aurait bien pu
être l'une des cordes, et puis, plus rien.

Tous les quatre avaient disparu.

Sadie ajusta une courroie d'épaule de son bikini et enroula une serviette autour de sa taille, recouvrant le bijou rouge brillant de son nombril percé. Les mains sur les hanches, elle me lança un regard noir.

— Que diable se passe-t-il? Et qui es-tu?

Elle planta un de ses doigts sur Eli.

— C'est mon frère. Il vient tout juste d'arriver.

— Alors, c'est une affaire de famille de ruiner ma vie.

Sadie se détourna de nous, fixant plus loin sur la plage, avec inquiétude.

— Warren va-t-il revenir? Et qui étaient ces habits qui le pourchassaient?

— Je ne sais vraiment pas.

— Que sais-tu?

— Seulement que Warren attire les ennuis, dis-je, élevant la voix pour me faire entendre par-dessus la musique. Je te dirai ce que je sais, mais pas ici où j'ai de la difficulté à entendre mes propres pensées.

Elle hocha la tête, se plaignant pendant tout le trajet de la plage jusqu'à un secteur ombrageux où il y avait des bancs.

— C'est vraiment merdique. Juste au moment où les choses vont bien avec Warren, ces gens se montrent et ruinent tout. Warren allait m'emmener ce soir dans un endroit de villégiature intime et romantique.

— Ça ne t'aurait pas plu, lui dis-je avec un regard menaçant.

— Qui parle ? Tu es tout simplement jalouse parce que j'ai eu Warren et que toi tu dois traîner avec ton petit frère.

Elle avait parlé brusquement, mais sa lèvre inférieure tremblait alors que nous nous assoyions sur le banc de ciment le plus éloigné du sentier de jogging.

— Pourquoi Warren est-il parti en courant ?

Eli leva les sourcils vers moi comme pour dire *Que vas-tu lui dire ?* Je lui répondis par un petit hochement de tête *Comme si je le savais !* Toutes sortes de réponses se bousculaient dans ma tête, mais chacune me semblait plus ridicule que la précédente. Pendant que je me creusais la tête, les yeux de Sadie se mouillèrent comme si elle allait pleurer… mais pas parce qu'elle était inquiète au sujet de Warren. Elle était inquiète bien sûr — mais pour elle-même. Et j'avais une bonne idée de la raison.

— Sadie, ça peut être difficile à croire, dis-je prudemment, posant ma main sur son bras. Ces gens qui pourchassaient Warren étaient des policiers en civil.

— Tu as raison — je ne le crois pas.

— C'est vrai, ajouta Eli.

Elle se tourna vers lui, lui lançant un regard noir.

— Comment le sais-tu ?

— Ils nous ont montré leur insigne quand ils nous ont questionnés.

Eli paraissait tellement convaincant que j'étais presque tentée de le croire.

— Vous vous êtes fait questionner, et tu ne m'en as pas parlé ? s'exclama Sadie en me lançant un regard accusateur.

— Nous étions tenus au secret sous la foi du serment, répondis-je d'un ton sérieux.

— Oh. Mon Dieu ! C'est tellement ridicule ! Pourquoi courent-ils après Warren ?

Elle serra son sac à main designer garni de perles entre ses mains.

— Qu'est-ce qu'il a fait ?

— Vol d'identité, dit Eli.

— Vol à l'étalage, dis-je en même temps.

— Lequel ? demanda Sadie.

— Les deux, répliquai-je avant qu'Eli ne puisse dire quelque chose de complètement différent.

— Donc, tout ce qu'il m'a raconté... est un mensonge ?

Sadie frotta les yeux rougis.

— S'appelle-t-il même Warren ?

— J'en doute. Il porte plusieurs noms, improvisai-je. Je me rappelle que la police a mentionné Mark, Bradley et Alejandro. C'est pour cette raison que je t'ai avertie de t'éloigner de lui.

— Mais voler n'est pas si grave que ça, insista Sadie. Tout le monde l'a fait au moins une fois.

— Pas tout le monde, dit Eli.

Sadie posa ses mains sur ses hanches et fit face à Eli d'un ton sceptique.

— Comme si tu n'avais jamais rien volé.

Eli hocha la tête.

— Jamais.

— Pas même à tes parents ? Pas de bonbon, d'argent ou de voiture ?

— Bien...

Ses épaules s'affaissèrent un peu.

— Il m'est arrivé quelques fois d'emprunter une voiture sans permission.

— Emprunter n'est qu'un autre mot pour dire voler. Alors, arrête de te vanter d'être meilleur que Warren tout simplement parce qu'il a commis quelques erreurs. Ce n'est pas correct la manière dont on l'a pourchassé comme un animal. De toute façon, que peuvent-ils prouver?

— Il était sous surveillance depuis qu'il s'était servi d'une carte de guichet volée hier, répondis-je en mentant.

— Hier?

La bouche de Sadie s'ouvrit toute grande.

— Mais j'étais avec Warren... croyez-vous qu'ils m'ont épiée, moi aussi?

— C'est certain. Mais tu as simplement passé du temps sur la plage et dans les boutiques, donc tu n'as pas à t'inquiéter. Exact, Sadie?

— Exact, répondit-elle trop rapidement, rongeant son pouce givré de rose.

Elle souleva son sac à main pour l'ajuster sur son épaule et jeta un coup d'œil à la montre néon sur son poignet.

— Je viens juste de me souvenir de quelque chose que je dois faire.

— Aller faire des emplettes? devinai-je.

— Non!

Elle hocha la tête, paraissant assez malade pour vomir.

— Je n'irai probablement plus jamais faire des emplettes.

• • •

Eli pencha la tête avec curiosité alors que Sadie se mit à courir comme si elle était pourchassée par l'ÉÉC.

— Qu'est-ce qu'elle a? demanda-t-il.

Mais je me contentai de hausser les épaules et de lui répondre que je l'ignorais. Même si je n'étais pas vraiment l'amie de Sadie, je me sentais loyale envers elle. Et j'entretenais des espoirs optimistes que la conscience de Sadie (ou la crainte des minables salopettes orange de prison) lui ferait retourner les trucs qu'elle avait volés et qu'elle abandonnerait le vol pour toujours. Un livre que j'avais lu — *L'infernale optimiste* — conseillait de toujours s'attendre au mieux des gens parce qu'ils pourraient vous surprendre en répondant à vos attentes.

Nous regardâmes longuement vers l'océan. Du centre de la plage, on dansait maintenant jusqu'au rivage écumant. Les mouvements d'aller-retour des vagues forçaient les vacanciers pieds nus à patauger dans l'eau de mer ou à donner des coups de pied dans le sable. Comme on avait ajouté un animateur et une chaîne stéréophonique sur la plage, les ondes acoustiques rivalisaient avec le bruit des vagues de l'océan qui se balançaient avec suffisamment de puissance pour renverser les sculptures de sable. Les gens qui ne dansaient pas observaient les danseurs ; personne ne semblait conscient du drame qui venait tout juste de se produire.

Sauf Eli et moi.

En marchant, nous nous dirigeâmes vers un affleurement rocailleux, où l'écume tourbillonnait dans des cuvettes de marées, et de minuscules crabes se précipitaient dans des trous sablonneux et des crevasses sombres. Nous escaladâmes les rochers jusqu'à ce que la musique devienne étouffée en un bourdonnement lointain, noyée par le son des vagues qui s'écrasaient rythmiquement et par les mouettes qui hurlaient tout en faisant des boucles et en plongeant. Assis sur une paisible motte sablonneuse située entre des rochers, nous étions tous les deux silencieux, enveloppés dans nos propres pensées. Je me demandais à quoi pensait Eli ; peut-être se posait-il la même question à mon sujet. Nous avions été tellement concentrés sur les problèmes de l'Autre côté qu'il n'y avait pas eu de temps pour nous. Maintenant que nous avions un peu de temps, un silence inconfortable s'installait entre nous.

— Bien... finit par dire Eli, me jetant un coup d'œil avec l'air d'attendre quelque chose. Maintenant, qu'est-ce qui se passe ?

— Je ne suis pas certaine. Je pourrais être transférée d'une minute à l'autre.

Il hocha la tête, paraissant déçu. Je me sentais déçue aussi. J'étais là avec le gars dont j'étais peut-être amoureuse, me détendant près de l'océan avec des brises salines vives et un océan bleu gris qui se recourbait dans un horizon infini. Nous avions même de la musique de fond pour ajouter à l'ambiance romantique. Et à part le «je ne peux l'embrasser parce que c'est mon frère», c'était le moment romantique parfait.

Mais d'une minute à l'autre, Mamie emporterait mon âme sans avertissement. Alors, adieu la semaine de relâche et la plage. Paf! De retour dans un lit d'hôpital et dans mon propre corps.

Mais ne devrais-je pas avoir le choix du moment et de l'endroit où voyageait mon âme?

Il me fallait l'admettre, dans mon rôle de donneuse de vie temporaire, j'avais commis un certain nombre d'erreurs, mais j'avais fait beaucoup d'efforts. J'avais même aidé à traquer un Condamné des ténèbres. Si je pouvais éliminer un Condamné des ténèbres (ou du moins, montrer l'endroit où il se trouve), pourquoi ne me permettrait-on pas de terminer ma mission?

N'étant pas le type de fille à rester à ne rien faire quand je pouvais agir, j'en arrivai à une décision radicale.

Eli était en train de fixer les corps qui se déhanchaient sur la plage quand je lui donnai une tape sur l'épaule. Je lui fis signe que j'allais me chercher quelque chose à boire d'un chariot de casse-croûte tout près.

— Je reviens tout de suite, dis-je.

— J'attendrai ici, promit-il, puis il continua d'observer les danseurs.

J'achetai une boisson (non alcoolisée, merci beaucoup) du chariot. Buvant de l'eau à petites gorgées, je jetai un coup d'œil tout autour de moi pour m'assurer que personne ne me regardait. Puis, je retirai le MEBO de ma poche.

Je me penchai très bas, l'ouvris à la première page, et murmurai :

— MEBO, peux-tu donner un message à Mamie Greta ?

Un *OUI* éclata sur la page.

— J'ai pensé que ce serait possible. S'il te plaît, dis-lui qu'il faut que nous parlions.

C'est ce que tu fais maintenant.

Alors que je fixais le livre, une vidéo du doux visage souriant de Mamie éclata sur la page. Au lieu de voir des mots étincelants, je sentis une pression dans mes oreilles comme si quelqu'un m'avait collé un écouteur, et j'entendis nettement Mamie.

— Salut, ma chérie.

C'était ahurissant de voir comment je pouvais lire sur ses lèvres dans le MEBO en même temps qu'elle se diffusait dans mes oreilles.

— Mamie ! C'est tellement bon de t'entendre ! murmurai-je, les larmes me venant aux yeux ; car peu importe combien de fois je l'avais vue depuis son décès, elle était morte et elle me manquait.

— J'ai entendu dire que tu avais découvert l'emplacement du Condamné des ténèbres. Travail fantastique, dit-elle fièrement.

— Tu le penses vraiment ? Même après que j'aie tout gâché en perdant le MEBO et en ne sachant aucunement comment me comporter en étant Sharayah ?

— Tu as très bien fait et c'est moi qui te dois des excuses pour t'avoir placée dans une situation aussi difficile, sans aucune formation. J'admets avoir agi sous l'impulsion quand j'ai découvert que tu connaissais le frère de Sharayah. À ce moment, la mission me semblait simple, mais je n'étais pas au courant au sujet du Condamné des ténèbres. Je suis vraiment désolée.

— Ne sois pas désolée. C'était une mission extraordinaire, et sauf pour les trucs effrayants, c'était amusant. J'ai compris beaucoup de choses sur Sharayah et j'ai même récupéré mon MEBO — Eli a roulé plus de six cents kilomètres pour me l'apporter. Je crois que tu l'aimerais vraiment, Mamie.

— Je l'aime déjà beaucoup, dit-elle en soulevant un sourcil d'un air entendu. C'est un très gentil garçon — et je tiens de bonne source que tu passeras beaucoup de temps avec lui.

— C'est vrai?

Je sentis que mes joues devenaient brûlantes.

— Des événements futurs sont inscrits dans la Salle des registres, et il m'arrive d'être curieuse au sujet des gens que j'aime. Je sais donc que plusieurs choses merveilleuses t'attendent une fois que tu seras dans le bon corps — ce qui m'amène ici. C'était bien calculé que tu me contactes juste au moment où je me préparais à prendre contact avec toi.

— C'est vrai?

Ma gorge se serra, et je fus tentée de refermer le livre brusquement et de partir en courant.

— C'est le moment, Amber. Tes parents seront si heureux de voir que tu te réveilles.

Je songeai à maman et à papa et à ce qu'ils avaient dû traverser à cause de moi. Il était égoïste de ma part de résister à mon retour. Pourtant, c'était ce que je ressentais en moi. Peut-être que ma résistance était un restant de l'âme de Sharayah, une sorte de système de défense qui s'accrochait très fort à moi comme quelqu'un qui se noie et qui s'agrippe à un gilet de sauvetage. J'étais le gilet de sauvetage de Sharayah.

— Mamie, il y a quelque chose que je dois te dire, à propos de ma mission, dis-je en prenant une profonde respiration.

— De quoi s'agit-il, ma chérie?

— Autant je veux revenir à ma propre vie, autant je ne peux partir maintenant. Je dois terminer ma mission. Je sais comment résoudre les problèmes de Sharayah.

— Les donneurs de vie temporaire sont des remplacements, pas des anges gardiens.

— Ne puis-je être les deux?

— Oh, Amber, je suis fière de toi.

Je me sentis étreinte par le ton de sa voix, aimant et chaleureux, mais le sourire qu'elle m'offrit me sembla un peu triste.

— Malheureusement, tu ne peux pas faire grand-chose pour Sharayah. Elle doit vivre sa propre vie.

— Mais je pourrais rendre sa vie plus heureuse si j'avais plus de temps. De toute façon, la raison pour laquelle tu voulais me retirer aujourd'hui, c'était à cause du Condamné des ténèbres, mais l'ÉÉC s'occupe de Warren, il n'y a donc pas de danger.

— Le danger porte plusieurs visages, dit-elle.

— Ne t'inquiète pas pour moi, Mamie. J'irai bien, mais je n'en suis pas aussi sûre pour Sharayah. Je crains qu'elle n'aille pas à l'audition si je ne suis pas elle.

— Je suppose que tu as raison.

— Alors, tu vois pourquoi je ne peux faire le changement immédiatement? Mamie, donne-moi — donne à Sharayah — une autre chance.

— Ce n'est pas si simple, argumenta-t-elle, mais avec moins de ferveur.

— Seulement vingt-quatre heures. Ensuite, je serai très heureuse de faire le changement.

— Tu n'as aucune idée de ce que tu demandes.

— Mamie, laisse-moi le faire. C'est important pour Sharayah… et pour moi aussi.

— Bien…

Sa voix était hésitante.

— S'il te plaît, dis-je doucement.

Des nuages s'élevèrent, blancs et brumeux autour du visage de ma grand-mère

— Bien… d'accord. Un autre jour — mais pas une minute de plus.

Je crus entendre ma grand-mère soupirer.

Puis le MEBO se referma en claquant.

18

ELI ET MOI CÉLÉBRÂMES MON « JOUR DE PLUS » en nous permettant du chocolat.

Nous errâmes dans les rues jusqu'à ce que nous trouvions une boutique appelée *Lots de choco!* L'Amber en moi était passionnément en extase. Comme il nous semblait impossible de ne choisir qu'un bonbon, nous les divisâmes en catégories et nous choisîmes mathématiquement un échantillon de chaque sorte de chocolat pour le partager. Lorsque je m'apprêtai à présenter ma carte de crédit « empruntée », Eli hocha la tête et paya en argent comptant.

— Tu es le meilleur des frères, dis-je alors que nous quittions la boutique avec deux sacs.

— Je ne me sens pas du tout fraternel avec toi. Mais alors, je te regarde et je vois ma sœur. Comme cette cicatrice sur ton bras.

Il pointa une petite ligne blanche sous mon coude.

— Je parie que tu ne sais pas ce qui s'est passé.

— Aucune idée, répondis-je en hochant la tête.

— Mais moi je le sais. J'avais six ans, et tu étais en train de m'enseigner comment faire du vélo.

— J'étais une gentille sœur, observai-je, me rangeant à côté d'Eli pour faire de la place à un couple avec une poussette.

— Tu étais la meilleure, convint-il un peu triste. C'était à l'époque où papa venait de démarrer sa concession et maman l'aidait en s'occupant de la tenue de livre. On nous laissait alors souvent avec des gardiennes. C'est Sharayah qui m'a installé sur un vélo, m'a expliqué ce qu'il fallait faire et m'a poussé dans la rue. Mais une voiture a tourné sur notre rue et se dirigeait vers moi. Sharayah a couru après moi, a attrapé le vélo et nous a projetés hors du chemin. Je suis tombé sur la pelouse, mais elle a dû se rendre à la salle d'urgence pour se faire faire des points. C'est la Sharayah qui me manque.

— Elle n'est pas loin, elle se cache seulement, dis-je. Elle reviendra.

— Je l'espère.

— En attendant, je suis là.

— Ouais, dit-il, souriant. J'aime bien.

— Tu sais ce que j'aime ?

— Quoi ?

Il me lança un regard qui n'avait rien de fraternel.

— Quoi d'autre?

Je fouillai dans le sac, et nous partageâmes une fraise recouverte de chocolat.

Cet après-midi-là passera probablement à la postérité comme le non-rendez-vous platonique le plus romantique de l'histoire. Aucun baiser, pas de mains qui se tenaient, ni même un contact corporel quelconque. Nous avons marché le long de la plage sans même nous toucher le bout des doigts. Nous avons trouvé un petit parc d'attractions et, séparés par une «distance frère et sœur» sécuritaire, nous avons fait des tours de manèges rapides. Même si nous ne nous touchions pas, je me sentais plus près que jamais d'Eli.

Après un déjeuner tardif de hot-dogs au chili et de rondelles d'oignons, je me suis mise à fixer un endroit sur sa bouche où il restait de la sauce chili, souhaitant pouvoir l'embrasser juste à cet endroit, mais Eli jeta un coup d'œil à l'horloge de son cellulaire et me dit qu'il devait partir. En fin de compte, il n'avait pas menti quand il avait dit qu'il devait rendre visite à des amis. Il m'invita à l'accompagner, mais je trouvais qu'il était déjà assez difficile de continuer à faire semblant de jouer à la grande sœur dans l'intimité, ce serait complètement insensé avec des gens qui connaissaient vraiment Sharayah.

Je retournai donc sur la plage en flânant.

Mauve était exactement à l'endroit où je l'avais laissée, assise sur la serviette avec ses coudes sur ses genoux. Elle penchait la tête contre ses mains d'une façon nostalgique, observant un type d'environ trente ans et une petite fille qui avait à peu près l'âge de mes sœurs triplées. Le type, probablement le père, enseignait à la petite fille comment creuser dans le sable avec une pelle de plastique. Mauve était tellement absorbée à les regarder qu'elle ne me remarqua pas avant que je m'assoie lourdement sur le sable chaud à côté d'elle. Lorsqu'elle leva le visage, je fus stupéfaite de voir des larmes qui coulaient sur ses joues.

— Mauve, que se passe-t-il ? lui demandai-je inquiète. Pourquoi pleures-tu ?

Elle s'essuya les yeux.

— Je ne pleure pas. C'est simplement quelque chose dans mon œil.

— Ouais ; des larmes.

— Oublie ça, dit-elle d'un ton brusque. Je vais bien.

— Non, ça ne va pas. S'est-il passé quelque chose avec Alonzo ?

— Non. C'est *cool* entre nous.

— Alors pourquoi pleures-tu seule sur la plage ? Et tu avais cette expression très bizarre quand tu les observais.

Je pointai la petite fille qui riait tandis que son père lui pelletait du sable sur les orteils.

— Les connais-tu ?

— Non.

Maintenant, elle semblait en colère.

— Et arrête d'agir comme si tu ne savais pas ce qui se passe. Nous en avons parlé quand tu as vu la photographie. J'aime beaucoup que tu t'inquiètes de moi, mais je t'ai avertie de ne plus jamais m'en parler. Tu voudrais que j'en parle, et je t'ai déjà dit que je n'allais pas le faire.

Hum, tout cela commençait à devenir intéressant. Malheureusement, je n'avais jamais vu de photographie, je n'avais donc aucun indice au sujet de ce qui se passait.

— J'ai déjà lu un livre, *La thérapie par la conversation*, qui disait à quel point il était sain de parler de ses problèmes. Tu peux les cacher aux autres, mais pas à toi-même — ça faisait partie des conseils qu'on y donnait.

— Les livres d'aide personnelle, c'est nul! Et depuis quand lis-tu des livres où il n'y a pas d'hommes à moitié nus sur la couverture?

Elle nettoya le sable de sa serviette, et me tourna le dos.

— Va-t-en, Rayah. Va traîner avec ton frère si tu t'ennuies.

— Eli est parti rendre visite à ses amis.

— Alors, va trouver Sadie. Elle aime parler de n'importe quoi.

— Sauf des problèmes qu'elle essaie de cacher, dis-je.

— Ne me compare pas avec elle, m'avertit Mauve. Mes problèmes n'ont rien à voir avec ceux de Sadie. Je ne suis pas kleptomane.

— Tu es au courant de ses vols?

Je poussai un lourd soupir.

— Al-lo ? C'est moi qui t'ai avertie que Sadie t'avait volé ta carte de guichet et que tu ferais mieux de transférer tout ton argent dans une autre banque.

Je songeai à tout l'argent comptant dans mon sac à main, et je compris enfin. Sharayah ne transportait pas tout cet argent pour de vils motifs. Elle avait l'intention de le déposer dans un autre compte dans une banque différente — mais je l'avais interrompue en prenant le contrôle de son corps.

— ... et ne laisse jamais ton sac à main traîner quand Sadie vient dans notre chambre, ajouta Mauve. Quand elle voit des bijoux, des cartes de crédit ou de l'argent comptant, elle est incapable de s'en empêcher. C'est mon amie et tout, mais c'est une voleuse. Au moins, il y a eu une légère amélioration depuis qu'elle s'est fait arrêter...

— Arrêtée !

Ma main se précipita jusqu'à ma bouche, et je goûtai le sable. Beurk !

— Chut ! Pas si fort, m'avertit Mauve, regardant nerveusement autour d'elle. Nous avons promis de n'en parler à personne tant que Sadie continue à suivre sa thérapie. Mais elle a manqué sa séance cette semaine, je m'inquiète donc qu'elle fasse une rechute. Nous devons la surveiller soigneusement. L'as-tu vu prendre quelque chose ?

— Une montre sertie de faux diamants, dis-je en hochant la tête.

— Merde ! s'exclama Mauve, d'un air renfrogné. Quand est-ce arrivé ?

— Hier.

— Et c'est maintenant que tu m'en parles?

Mauve me lança un regard de dégoût.

— Tu m'avais promis de me le laisser savoir immédiatement pour que je puisse empêcher que quelque chose de grave arrive.

Je la regardai fixement, m'émerveillant de ce nouvel aspect de Mauve. On aurait presque dit qu'elle avait un cœur.

— Tu te fais vraiment du souci pour Sadie, n'est-ce pas?

— C'est mon amie, répondit Mauve en haussant les épaules. Et toi aussi, même si parfois tu peux vraiment être garce.

— Moi? haletai-je.

— Tu ne parles jamais de ton passé, mais parfois on dirait que tu es en mode autodestruction. Je ne peux pas toujours être là pour ramasser les morceaux — même si j'essaie. Tu dois être responsable. Les gars, c'est amusant, mais ils ne restent pas autour quand tu as besoin d'eux.

— Pas tous les gars, fis-je remarquer. Eli... — je veux dire, mon frère — est du type loyal.

— Ton frère est trop jeune pour moi, dit-elle avec ironie.

Mais pas pour moi, songeai-je.

— Et qu'en est-il d'Alonzo? demandai-je à Mauve, essayant de comprendre. Les choses semblent bien progresser avec lui.

— Dès que la semaine de relâche sera finie, ce sera la même chose pour nous — si jamais ça dure aussi longtemps. Il s'est fâché quand je n'ai pas voulu aller danser, il est donc probable qu'il soit déjà parti avec une autre fille. Je me garde bien de m'attendre à quoi que ce soit de sa part. Nous les filles, nous devons être là les unes pour les autres — les gars ne veulent qu'avoir du plaisir sans prendre de responsabilité.

Sa voix était imprégnée d'une trahison si profonde qu'un appareil de radiographie aurait probablement montré une cicatrice sur son cœur. Et quand son regard erra de nouveau sur le père et sa fille, je me suis demandé si elle avait des problèmes avec son propre père. Sauf que ce n'était pas l'homme qu'elle regardait fixement — c'était la petite fille. J'eus un soupçon. Mais je ne pouvais tout simplement lui demander quelque chose de si personnel — surtout quelque chose que j'étais censée déjà savoir. Comment allais-je le découvrir ?

— Cette petite fille est mignonne, dis-je d'un ton prudent. Elle a à peu près le même âge que mes... hum... les petites sœurs triplées d'une fille que je connais.

— Des triplées ! Je ne peux imaginer porter trois bébés en même temps. La mère doit avoir d'horribles vergetures.

— Elle a eu une césarienne, et elle est restée au lit à se reposer pendant des mois.

— Quel cauchemar ! Je ne voudrais jamais devoir passer à travers cela.

Et simplement, par la façon dont elle avait prononcé ces paroles, je connaissais son secret sans que Mamie, Sharayah ou même le MEBO m'en parlent.

— Mauve, peux-tu me montrer la photographie encore une fois? lui demandai-je doucement. Celle de ta fille.

• • •

On ne connaît jamais vraiment les gens, même lorsqu'ils habitent dans leur véritable corps.

Mauve avait semblé tellement garce et irresponsable, mais ce n'était qu'une façade. À l'intérieur, elle aimait tellement que lorsqu'un gars lui avait brisé le cœur et l'avait laissée enceinte, elle avait renoncé au bébé et l'avait laissé à une famille adoptive qui avait besoin de donner de l'amour autant que le bébé avait besoin d'en recevoir.

Lorsque Mauve me montra la photographie d'elle tenant un bébé, j'aurais pu pleurer. Le bébé avait deux ans maintenant et se nommait Jenna, et le seul contact que Mauve avait avec cette enfant, c'était une photographie qu'elle recevait chaque année par la poste à l'anniversaire de Jenna. Sur un plan intime, Mauve était une héroïne authentique, et je la respectais — peut-être même que je l'aimais beaucoup. J'éprouvais moins de respect pour Sadie — qui semblait si amusante et si gentille la première fois que nous nous étions rencontrées, mais à qui il était impossible de faire confiance.

Pour la première fois depuis que je vivais dans le corps d'une collégienne, mon âme avait rattrapé le retard au niveau de l'expérience. Je me sentais même plus âgée que Sharayah. Les choses qui semblaient importantes il y a une semaine — fabriquer des paniers de bienvenue pour les offrir aux nouveaux élèves de l'école, réussir à obtenir une moyenne de notes de 4,0 et essayer de ne pas montrer à quel point je n'étais pas *cool* malgré tous les livres d'aide personnelle — ne me semblaient plus importantes. Lorsque je redeviendrais moi, j'aurais la même apparence, mais à l'intérieur, j'aurais changé pour toujours.

Mes émotions étaient encore à fleur de peau quelques heures plus tard, lorsque nous nous rencontrâmes toutes les trois au condo miteux. Aucune d'entre nous n'avait planifié la réunion, mais voilà, nous étions toutes là. Ensemble de nouveau, faisant semblant que rien n'avait changé.

— J'en ai vraiment fini avec Warren, insista Sadie, alors qu'elle fouillait dans sa valise jusqu'à ce qu'elle trouve une robe tube vert jade. Allons passer une soirée de fille au club Révolution.

— Je suis partante, dit Mauve alors qu'elle essayait de comprendre le fonctionnement du loquet sur le lit pliant. Et je vais porter ma robe la plus aguichante, comme ça lorsqu'Alonzo me verra, il regrettera d'être parti avec cette aguicheuse en bikini rose.

— Au moins, Alonzo n'est pas en prison, dit tristement Sadie.

— C'est mieux lui que toi, dit Mauve avec un regard entendu. As-tu réglé ce que tu devais régler ?

— J'ignore de quoi tu parles, rétorqua Sadie, les yeux grands ouverts et l'air innocent.

— Tu sais exactement ce que je veux dire, dit Mauve en plissant les yeux. Est-ce que tu t'en es occupée ?

— Qu'est-ce que tu crois ? Que je suis stupide ? J'y verrai quand je serai prête, d'accord ?

Sadie lança un regard mauvais à Mauve, puis elle ferma sa valise brusquement.

— Je vais prendre une douche.

Elle partit en coup de vent, claquant la porte si fort derrière elle que je sursautai.

— Ça s'est bien passé, dit Mauve avec un sourire sinistre.

— Tu crois ?

Je hochai la tête, certaine qu'elles étaient folles toutes les deux.

— À vrai dire, oui. Ce soir, elle oubliera qu'elle me hait et me parlera du nouveau gars qui l'intéresse. Ce n'est pas qu'elle a besoin de voler — ses parents sont tous les deux avocats et pleins de fric. Elle le fait tout simplement pour attirer l'attention, donc je lui donne l'attention qu'elle demande et ça ira. Certains problèmes sont faciles à régler.

La voix de Mauve était tellement triste lorsqu'elle prononça ces mots que je savais qu'elle était à nouveau en train de penser à sa fille.

Mais on ne parlerait plus de cette chose, ni de tout autre problème ce soir.

Ce soir, on sortait entre filles — et nous allions faire la fête.

• • •

Le club Révolution était situé derrière une église et un magasin de vins et spiritueux, presque caché derrière la ruée de corps qui s'apprêtaient à y entrer. Quand nous arrivâmes, l'endroit vibrait au son d'une musique déchaînée. Et les gens ne dansaient pas seulement à l'intérieur de la boîte, mais aussi à l'extérieur, sur la terrasse ; des mains s'agitaient et les rires ondulaient comme du champagne qu'on venait de déboucher.

Marchant entre mes compagnes, je me sentais mal à l'aise ; me demandant si tout le monde nous comparait. La superbe Mauve aux cheveux roses portait un haut bain-de-soleil avec des pantalons de cuir noir ; la petite Sadie avait coiffé ses cheveux hauts sur sa tête, et ils tenaient en place à l'aide d'un diadème scintillant qui lui donnait l'air d'une princesse exotique ; et la grande et mince Sharayah, excitée mais nerveuse, portait un haut de tricot blanc à manches longues sur une jupe évasée — ce qui était un peu ennuyeux pour aller en boîte de nuit, mais il y avait une poche cachée qui était parfaite pour dissimuler le MEBO.

Ma dernière nuit dans le corps de Sharayah, songeai-je, ressentant à la fois du soulagement et du regret. J'avais planifié de m'amuser — mais raisonnablement. Et c'est pourquoi lorsque mes amies m'offrirent d'aller me chercher un verre, je leur répondis que j'irais moi-même, et je m'achetai un coca-cola. (Rhum & Coke, dirais-je à quiconque me le demanderait.)

Nous nous frayâmes un chemin jusqu'à une table et nous assîmes avec nos verres. Immédiatement, un gars blond avec des verres à montures d'acier vint vers nous et demanda à Maude de danser. Elle l'examina, sourit comme si elle aimait ce qu'elle voyait, puis termina son verre en une gorgée et nous fit signe de la main alors qu'elle se dirigeait vers le plancher de danse.

Sadie la regarda avec envie et elle me dit quelque chose, mais la musique était si forte que je n'ai pu l'entendre. Elle fit un geste vers moi et puis vers la foule qui dansait, penchant sa tête dans un geste signifiant *Tu veux danser ?*

Je hochai la tête et articulai « Non ».

Sadie haussa les épaules, puis partit toute seule, se mêlant à la foule des danseurs.

La musique était tellement fantastique, comme un aimant invisible qui attirait mon corps. Peut-être devrais-je rejoindre Sadie. Ce n'était pas comme si j'avais besoin d'avoir un gars avec qui danser. Il était très fréquent de voir des filles danser ensemble. Ou je pouvais tout simplement rester assise, boire mon verre tranquillement et penser à une « stratégie » pour le concours *Voice Choice*.

Eli avait accepté de m'y conduire, et nous devions partir avant le lever du soleil. Je ne m'attendais pas à ce que ce soit un énorme concours, ni d'y voir des milliers d'individus en file, comme c'est le cas pour *American Idol* — il n'y aurait probablement que quelques centaines de candidats. Pourtant, je devais m'assurer que Sharayah se fasse remarquer. Heureusement, j'avais lu des tas de livres sur l'industrie de la musique et je savais que des trucs comme se montrer dans un costume ne convenaient qu'aux amateurs. La clé, c'était le professionnalisme et le ton parfait. Sharayah avait déjà une voix extraordinaire ; je lui fournirais l'attitude professionnelle.

Ce serait délicat de choisir des chansons. J'avais quelques idées, mais je n'étais pas certaine de ce qui conviendrait le mieux à la voix de Sharayah. Eli pourrait m'aider à décider, songeai-je, prenant une autre gorgée de coca-cola.

C'était comme si le destin pavait le chemin pour la célébrité de Sharayah en tant que chanteuse. Elle avait la voix, j'avais le savoir-faire, et Eli serait là pour la soutenir.

Qu'est-ce qui pouvait mal aller ?

Comme si le fait de penser à Eli avait quelque chose de magique, je levai les yeux, et il était là, devant moi.

— Comment as-tu fait pour entrer ? N'es-tu pas mineur ? le taquinai-je.

— Pas plus jeune que toi, dit-il, assez fort pour que je puisse l'entendre même dans le club bruyant.

— Mais ma carte d'identité indique que j'ai vingt et un ans.

— Ce n'est pas trop difficile de se procurer une carte d'identité... d'une façon ou d'une l'autre.

Son sourire était toujours en coin, ce qui était tellement mignon. Il portait des pantalons noirs et une chemise boutonnée beige — probablement trop habillé pour un club au thème de plage où la moitié des danseurs portaient des maillots de bain ou des bikinis, mais je pensai qu'il était parfait.

Je lui fis signe de s'asseoir, mais il hocha la tête et pointa vers le plancher de danse.

— Tu veux danser?

Mes pieds tapaient et mon corps se balançait, donc la réponse fut oui. Je voulais vraiment danser, et particulièrement avec lui. Je me levai et lui claquai la main; sa douce mais ferme, chaude et confortable main que je voulais tenir pour toujours.

Alors que nous nous approchions des danseurs, une tête familière à cheveux roses se glissa hors de la foule et se précipita vers nous.

— Je vois que tu as changé d'idée à propos de la danse.

Même si le son était plus fort sur le plancher de danse, l'acoustique devait être meilleure, car je pouvais bien entendre Mauve.

Je hochai la tête.

— Ouais, Eli me l'a demandé.

— Tu vas danser avec *lui*? dit-elle d'un ton incrédule.

Eli et moi laissâmes immédiatement tomber nos mains et nous nous écartâmes.

Mauve roula des yeux, puis regarda Eli de plus près.

— Trop jeune, mais assez mignon pour s'amuser. Va trouver quelqu'un qui ne partage pas ton ADN, Rayah, et je danserai avec ton petit frère.

Puis, elle s'empara de la main d'Eli et l'attira brusquement vers elle. Eli me lança un air impuissant *que puis-je faire ?* avant de se faire avaler par la foule, et je le perdis de vue. Mal à l'aise, je restai là — pas trop certaine si je devais retraiter vers la table ou me joindre aux danseurs.

Après m'être assise seule pour ce qui me sembla des heures, mais qui n'avait probablement été que quinze minutes, je sentis quelqu'un tapoter mon épaule.

— Devine qui ? murmura une voix profonde dans mon oreille.

Je ne l'avais entendu qu'une fois auparavant, mais avec mon épaule qui frissonnait du doux contact, je savais exactement qui était derrière moi.

Lentement, je me retournai.

19

DYCE PORTAIT SA CASQUETTE légèrement penchée sur un côté, de même que des pantalons bleu foncé, un coupe-vent gris et un sourire satisfait.

— Je ne m'attendais pas à te revoir.

— Moi non plus, lui dis-je. Mais j'espère que tu n'as pas l'intention de me demander de danser. J'en avais envie tout à l'heure, mais maintenant je n'en ai plus envie.

— Qui veut danser dans un club de danse ?

— Tu me taquines, protestai-je, rougissant. Et ce n'est pas que je n'aime pas danser. J'aime vraiment danser, vraiment. C'est simplement que…

Alerte au babillage étincelant dans ma tête, je m'arrêtai avant de perdre toute ma fierté.

— Peu importe, qu'est-ce qui t'amène ici ?

— Je suis venu avec des amis, mais ils m'ont laissé tomber, et je commence à être fatigué de les attendre.

Je fronçai les sourcils vers le plancher de danse tortillant.

— Je sais ce que tu veux dire.

— Toi aussi, on t'a laissée tomber ? supposa-t-il.

— Pas exactement. C'est que tous les autres avaient envie de danser.

— Sauf toi, devina-t-il avec un hochement de tête sympathique. Ce groupe de musique n'est que du bruit sans aucune étoffe. Je ne peux rester ici une minute de plus. Viens, allons à l'extérieur.

Je n'étais pas d'accord avec Dyce au sujet du groupe — la musique avait un rythme torride qui me soulevait presque de ma chaise. Je jetai un coup d'œil vers les corps qui se déhanchaient, cherchant Eli ou mes amies, mais une lumière stroboscopique tourbillonnante déformait les couleurs et les formes, et j'en avais mal aux yeux. J'aurais voulu danser — mais seulement avec Eli. Même s'il n'avait pas eu l'intention de me laisser, cela me dérangeait qu'il soit parti avec Mauve, qui le trouvait mignon. Et pourquoi n'étaient-ils pas revenus maintenant ? Le groupe commençait une nouvelle pièce, et pourtant il n'y avait aucun signe que Sadie, Mauve ou Eli viennent me rejoindre ; et je ne voulais pas plonger dans cette foule pour les chercher. J'étais lasse de les attendre — ils n'avaient qu'à venir me trouver.

Je suivis Dyce en passant devant le bar et ses tabourets rembourrés, je franchis une porte et me retrouvai à l'extérieur. Le vent soufflait violemment, déplaçant rapidement les nuages et me gelant les os. J'eus envie de retourner vers la chaleur en courant. Mais comme s'il lisait dans mes pensées, Dyce retira son coupe-vent et l'enveloppa autour de moi.

— C'est mieux ? demanda-t-il.

— Ouais. Merci.

De nouveau, je fus traversée par cette sensation que j'avais remarquée hier — une chaleur profonde qui me secouait.

— Hum... ce n'était pas une bonne idée. Je devrais retourner à l'intérieur.

— Pourquoi ? Tu vas manquer à tes amis ?

— Oui, à la longue.

— Alors jusqu'à ce qu'ils te cherchent, reste et parle avec moi.

— Bien... pour quelques minutes. Tu m'as sauvé la vie hier.

— J'ai eu la chance de me trouver dans les parages au bon moment. N'importe qui aurait fait la même chose.

— Pas tout le monde, fis-je remarquer. Tu as été vraiment courageux.

— Et tu es vraiment magnifique ce soir, dit-il, d'une façon tellement sincère que j'en oubliai de respirer pendant une seconde.

— Hum... c'est juste que j'ai froid.

Je me frottai les mains.

— Si tu as trop froid, nous pouvons rentrer.

Je jetai un coup d'œil derrière moi, incapable de voir plus que des reflets et de la lumière à travers les vitres teintées. La musique bruyante semblait secouer l'immeuble et le bourdonnement de voix — cris, rires, hurlements de rires — se répandait dans l'air. Sharayah ne serait jamais partie, elle aurait dansé comme une force de la nature jusqu'à ce qu'elle s'écroule. C'est ce que j'aurais dû faire aussi. Mais je ne pouvais tout simplement pas trouver l'énergie nécessaire. Me tenant à l'extérieur, sous les nuages qui se déplaçaient et nous offraient des aperçus de la demi-lune, je me sentais heureuse. Le vent m'ébouriffait les cheveux et goûtait l'écume saline — à la fois amère et sucrée. Sous ma robe de fête et mon maquillage, j'étais toujours moi. Et j'avais toujours aimé les moments paisibles, seule avec la nature.

Mais j'étais loin d'être seule — Dyce se penchait tout près de moi, examinant mon visage comme si c'était une carte routière.

Je haussai les épaules.

— Je resterai un moment à l'extérieur.

— Alors, tu devrais bouger, faire circuler ton sang pour ne pas geler.

Il pointa au-delà du parc de stationnement où la lumière des lampadaires scintillait au-dessus des toits et du pavé.

— Allons marcher sur le sentier.

Je suivis son regard vers un sentier de gravier menant jusqu'à la marina ; de hauts mats et des voiles se balançaient au loin comme de pâles fantômes. Marcher était l'exercice le moins déplaisant ; je le suivis donc.

Nous marchâmes le long du sentier jusqu'à un quai de bois qui se balançait légèrement avec le souffle ondulant de l'océan. Des vagues claquaient contre le bois et crachaient des gouttelettes.

— Magnifique, n'est-ce pas ? dit Dyce, se penchant contre une rampe et fixant l'océan de nuit.

Me tenant à côté de lui, je fixai moi aussi et je hochai la tête. Magnifique décrivait à peine la lueur brillante de la demi-lune sur les vagues. J'enveloppai son coupe-vent plus serré autour de moi, respirant la mer saline et une bouffée de quelque chose qui selon moi ne pouvait se définir que comme « Dyce » — musqué, épicé et mystérieux.

— Cette soirée me rappelle les fameuses lignes de Robert Browning, dit-il. « Et la demi-lune jaune, large et basse ; et les petites vagues étonnées qui sursautent. En boucles fougueuses de leur sommeil. »

Il se retourna pour regarder mon visage.

— Je sens quelque chose en toi, Sharayah, une sorte de feu. Parle-moi de toi.

— Quoi dire ? Je suis ici pour la semaine de relâche, tout comme des milliers d'autres filles.

— Mais tu es différente des autres filles.

— Ça peut être bien ou mauvais.

Bon, je flirtais un peu, mais c'était inoffensif puisqu'il avait une petite amie et moi (je l'espérais), j'avais un petit ami.

— De mon point de vue, tout est bien. Tu as une âme de poète, dit-il.

— Moi? Je suis incapable de réciter un poème, sauf un poème idiot qui parle d'un ours en peluche.

Je me mis à rire, prenant tout son bavardage fleuri comme un jeu. Je veux dire, vraiment! Quel gars normal parlait ainsi? C'était comme s'il me ramenait à l'époque de la Renaissance. Pourtant, j'avais assez d'ego pour aimer cette flatterie.

— Je peux t'enseigner des poèmes, et bien plus, dit-il d'une voix rauque.

— Holà! dis-je hochant fermement la tête. Tout ceci est bien amusant, mais nous savons tous les deux que ça ne nous mène nulle part. Il y a un gars que j'aime beaucoup, et tu as déjà une petite amie.

— Moi?

Il arqua ses sourcils d'un air interrogateur.

— Allez, Dyce, tu m'as dit hier que tu ne pouvais attendre pour retourner la voir. Ta petite amie — Emmy.

— Oh… Emmy.

La confusion sur son visage se transforma en un sourire éblouissant.

— Exact, elle est étonnante, et j'ai tellement hâte de retourner vers elle.

— C'est ce que j'avais pensé. Elle t'attend probablement en ce moment. Tu devrais donc partir.

— Je le ferai, et toi aussi tu devrais le faire. Viens avec moi. Je veux que tu la rencontres.

— Tu n'es pas sérieux.

— Tout à fait sérieux.

Il tendit le bras pour me prendre la main, et alors que je savais que je devrais résister, je ne le fis pas. Nos doigts se touchèrent avec un picotement tellement délicieux que j'oubliai presque comment penser.

— Je… je ne peux pas.

Il me fallut toute mon énergie pour retirer ma main, et quand je le fis, la douce chaleur disparut pour se transformer en un vague frisson.

— Je ne peux vraiment pas. J'ai déjà été partie trop longtemps, ajoutai-je pour me convaincre moi-même.

Je levai les yeux vers les lumières brillantes du club de danse en haut de la colline.

— Mais cela ne prendra que quelques minutes. Emmy est tout près d'ici.

Il pointa vers la marina.

— Tu l'adoreras autant que moi.

— Je te le garantis — ta petite amie n'aimera pas me rencontrer.

Les gars pouvaient être tellement bouchés parfois… pourtant, c'était mignon.

— Maintenant, je dois vraiment retourner avec mes amis.

— Cinq minutes, c'est tout ce que ça prendra, persista-t-il.

Il y avait quelque chose de tellement vulnérable et sincère à son sujet que j'hésitai ; j'étais touchée de voir à quel point il aimait sa petite amie. Et je lui devais beaucoup après qu'il m'ait sauvée hier. Si c'était tout ce qu'il voulait en retour, comment pourrais-je refuser ?

Donc, avec un soupir, je hochai la tête.

Je le suivis en descendant un sentier de gravier, et en contournant un terrain de réparation de bateau et des marches escarpées jusqu'à la marina. Nous passâmes devant des bateaux et deux énormes yachts, puis il s'arrêta abruptement devant un bateau de taille moyenne. Dyce pointa fièrement.

— La voici.

Sous la lumière jaunâtre qui provenait d'une lampe tout près, je regardai aux alentours, cherchant une fille, mais je ne vis que des bateaux. Puis, je remarquai le nom du bateau auquel nous faisions face : Emmeline.

— Emmy, dis-je, comprenant enfin.

— C'est ma fille, me dit-il. Et ma maison.

— Tu habites ici ? demandai-je, surprise devant le bateau qui ne paraissait pas avoir plus de neuf mètres, et ne semblait pas assez profond pour avoir plus qu'une pièce étroite sous le pont.

— C'est temporaire, répondit-il. Je ne dors pas bien sur la terre, peut-être parce que je proviens d'une longue lignée d'hommes de mer et que j'ai de l'eau salée dans mon sang. Même si ce n'est pas vraiment mon bateau. Je ne fais que le louer, mais c'est vraiment une merveille. Un Bayliner Cierra Sunbridge 1991 — une coquerie tout équipée avec cuisinière, réfrigérateur, évier, douche, sonde de profondeur numérique, volant à pignon, et chaînes stéréophoniques AM/FM avec quatre haut-parleurs encastrés.

Je hochai la tête en signe d'appréciation, même si je ne comprenais qu'une partie de ce qu'il disait.

— Viens donc à bord, et je te fais visiter, m'invita-t-il, avec un sourire si séduisant et si intrigant que j'étais fortement tentée — ce qui est exactement la raison pour laquelle je refusai.

— Je ne peux pas, lui dis-je. Mes amis vont s'inquiéter si je ne reviens pas bientôt.

— Ce ne sera pas long. Et je pense que tu seras intéressée à certains trucs hors de l'ordinaire que je possède — un livre de poésie qui appartenait à mon arrière-arrière-grand-père et qui date du milieu des années 1800.

— Wow ! — c'est ancien.

— Reliure de cuir et signée par l'auteur. C'est une œuvre d'art.

— C'est sécuritaire de voyager avec un livre aussi précieux ? Ne devrait-il pas être sous verre ?

— Les livres sont faits pour être lus. De plus, je le range dans un coffre spécial qui ferme hermétiquement, avec plusieurs autres livres d'ailleurs.

Il pencha la tête, m'observant avec l'air d'attendre quelque chose.

— Non. Tout cela semble intéressant, mais je dois partir maintenant. Merci pour le sauvetage et pour tout le reste.

— Allez, Sharayah, dit-il sur un ton aussi apaisant qu'une douce vague.

— Je suis déjà restée plus longtemps que j'aurais dû le faire.

Comme je reculais, il pointa derrière moi.

— Attends ! cria-t-il. Regarde où tu…

Tout se produisit trop rapidement. Je ne sais pas trop comment mes pieds ont pu se mêler dans l'épais rouleau de corde, mais je sentis mon talon aiguille s'accrocher, puis mes bras battirent l'air. Dyce fit un mouvement brusque vers l'avant pour m'attraper. Comme je tombais à la renverse, mon épaule claqua sur la barrière d'une échelle qui descendait vers un quai bordant l'océan, craquant les charnières avec un son métallique aigu. Criant de douleur, j'essayai de me redresser, mais je ne puis rien attraper de solide, et je basculai vers l'arrière…

— Sharayah! Prends mon bras!

Dyce m'attrapa, mais lui aussi sembla perdre l'équilibre, et je tombai à travers une ouverture où il devait y avoir eu une barrière un jour. Hurlant, je chancelai et tombai…

Dans l'océan.

Transpercée par des aiguilles d'eau glacée, je descendis et descendis, abasourdie au-delà de la pensée. L'eau salée remplissait ma bouche et la douleur m'envahissait. Je ne pouvais ni respirer ni penser; le monde se brouillait avec une horreur paralysante. La panique explosa; mes propres hurlements se noyaient dans ma tête. Quelque part à l'intérieur de moi, une voix criait : *Donne des coups de pied! Nage! Bats-toi!*

Mais mes bras étaient des poids lourds enveloppés dans du tissu et mes chaussures des ancres qui me traînaient vers le bas. Étranglée par l'eau salée. Je ne peux respirer, j'ai besoin d'air, je m'enfonce… quand soudain, quelque chose plongea dans l'eau à côté de moi, et des mains solides me tirèrent et me soulevèrent ; et je pus enfin avaler de l'air.

— Ne lutte pas, les mots de Dyce tournaient dans ma tête.

Je ne m'étais pas rendu compte que je luttais, et j'arrêtai. Puis je fus littéralement transportée dans ses bras. Mes dents claquaient de froid. Je ne pouvais cesser de frissonner. Toussant, haletant, crachant de l'eau salée. Puis, alors que nous descendîmes un escalier, le froid diminua, loin du vent mordant, et finalement dans un bateau. Emmeline, réalisai-je.

Dyce se pencha légèrement, ouvrit une porte et me transporta en descendant un escalier pliant qui menait à une cabine sombre, mais douillette et chaude. Puis, il me déposa doucement sur un banc à coussin. Il y eut un clic alors qu'il tournait un petit commutateur, et la lumière inonda la pièce.

— Est-ce que ça va, me demanda-t-il, se penchant au-dessus de moi. Je suis tellement désolé que ce soit arrivé — j'ai essayé de t'avertir au sujet de la corde, mais tu es tombée trop vite, et je n'ai pu t'arrêter. Maudite corde. Puis-je t'offrir quelque chose ?

— J'ai teeellement froid, dis-je en claquant des dents.

— Je vois.

En deux pas, il traversa la chambre compacte jusqu'à un meuble encastré et ouvrit un tiroir. Il me lança une serviette bleue rayée.

— Tiens.

Je pris la serviette.

— Merci.

Retirant le manteau qu'il m'avait prêté, je frottai la serviette sur ma blouse et ma jupe trempées, remarquant, un peu mal à l'aise, la flaque d'eau que je faisais sur son banc à coussin.

— D... désolée, j... je suis en train de tout mouiller ton bateau, frissonnai-je.

— Ce n'est pas important, mais tu l'es et tu attraperas une pneumonie si tu ne mets pas des vêtements chauds.

— J... je n'ai rien d'autre... et il ne me reste qu'une seule chaussure.

Je pointai l'unique chaussure noire à pointes. L'autre devait être encore accrochée à la corde ou coulée au fond de l'océan.

— Heureusement, je garde des vêtements supplémentaires dans un placard en haut. Je reviens dans une minute.

Il grimpa l'escalier et passa par l'entrée étroite.

Je continuai d'éponger mes vêtements avec la serviette, mais lorsque des gouttes d'eau de mer brûlantes tombèrent dans mes yeux, j'enveloppai la serviette comme un turban autour de mes cheveux.

Puis, je m'enfonçai à nouveau, épuisée, mais reconnaissante envers Dyce. C'était la seconde fois qu'il me secourait, comme s'il était un superhéros déguisé. Je ne me serais pas noyée — je peux nager —, mais j'avais été tellement choquée par la froideur de l'eau de la mer et tellement surprise par la façon dont le poids de mes vêtements mouillés me tirait vers le bas que j'avais paniqué. J'avais eu de la chance que le seul sacrifice ait été la perte d'une chaussure.

Ou était-ce le cas ?

Où était mon MEBO ?

— Non, gémis-je, me souvenant de la fois où je me laissais tremper dans un bain à bulles et où j'avais laissé tomber un livre dans la baignoire.

L'eau avait fait gonfler le livre, et les pages avaient collé ensemble, et même après l'avoir séché avec un séchoir à cheveux, il était resté gauchi.

Je sautai si brusquement que mon turban de serviette se défit et tomba sur le sol. Je fouillai dans la poche de ma jupe et j'en sortis un livre complètement sec.

Stupéfaite, j'ouvris rapidement le MEBO, et les pages blanches familières produisirent un doux froissement qui semblait me réprimander d'avoir douté de leur magie. Une goutte d'eau de mer glissa de mes cheveux trempés et tomba sur le papier virginal, le tachant pour seulement une seconde puis disparaissant jusqu'à ce que la page brille comme si elle était neuve. J'avais aussi de moins en moins froid, maintenant que j'étais hors de la nuit froide et que je me réchauffais dans la cabine douillette.

Fixant le petit livre, je songeai à tout ce que j'avais traversé depuis les deux derniers jours. Plusieurs choses n'étaient pas encore résolues, et je pouvais vraiment profiter de certaines réponses, mais il était difficile de savoir quoi demander d'abord à mon MEBO :

- Qu'est-il arrivé à Warren après sa capture?
- Sharayah gagnera-t-elle le concours *Voice Choice*?
- Alyce me pardonnera-t-elle de ne pas être revenue aujourd'hui?
- Eli a-t-il remarqué que j'étais partie ou est-il encore en train de danser?

Déchirée entre les questions pratiques qu'il me fallait poser, et celles plus émotionnelles desquelles mon cœur brûlait de connaître les réponses, je commençai par la première question.

— Qu'est-il arrivé à Warren? murmurai-je au MEBO.

Il est retourné à sa résidence.

Hein? Qu'est-ce que cela voulait dire? Peut-être que le livre avait mal compris et croyait que je voulais savoir ce qui était arrivé à l'innocente victime dont Warren avait possédé le corps. Je reformulai donc ma question, spécifiant cette fois-ci que je voulais savoir ce qui était arrivé au Condamné des ténèbres qui se faisait passer pour Warren.

Incapable de localiser le Condamné des ténèbres.

Bon, maintenant j'étais vraiment perplexe. J'avais observé l'ÉÉC capturer Warren, pourtant le livre disait qu'ils ne pouvaient «localiser» le Condamné des ténèbres. Leur avait-il échappé ? J'ouvris la bouche pour le demander quand je restai figée sur place. Des pas s'approchaient !

Rapidement, je remis le MEBO dans ma poche.

— Et voici ! cria Dyce de la porte en forme d'écoutille en haut de l'escalier, alors qu'il me lançait des vêtements. Appelle-moi quand tu auras terminé de t'habiller, et je reviendrai.

La porte se referma derrière lui avec un doux claquement, et j'étais reconnaissante d'avoir les vêtements — de même que pour le comportement de gentleman de Dyce. La plupart des gars seraient restés autour, attendant un spectacle gratuit. Mais Dyce ne ressemblait pas à la plupart des gars.

Rapidement, j'enlevai mes vêtements et je les pliai en une pile sur la table oblongue qui se dressait comme un parapluie plat sur un poteau de métal. Puis, je tendis le bras pour prendre les vêtements, m'attendant à trouver des vêtements d'hommes inconfortables et trop amples, mais j'eus le plaisir de découvrir une blouse rose à col arrondi, des jeans fuselés, un soutien-gorge de dentelle, et une culotte style bikini en satin rouge… tous ces vêtements étaient de taille parfaite pour Sharayah.

Attendez un instant ! Pourquoi un célibataire avait-il par hasard des vêtements de fille dans son bateau loué ? Tous les bateaux loués venaient-ils équipés avec des vêtements de rechange assortis ? Ou était-ce une coïncidence bizarre… non que je crus aux coïncidences. D'après mon expérience, les choses arrivaient habituellement pour une bonne raison ou pour une raison suspecte. Et mon intuition me laissait fortement entendre qu'il s'agissait de la seconde option.

Puis je remarquai quelque chose qui compliquait le puzzle — une étiquette de prix qui pendillait des jeans. Je sifflai en voyant le prix — une somme que j'aurais mis six mois à gagner en faisant du gardiennage. Pourquoi Dyce avait-il des vêtements de femme dispendieux? Avait-il menti à propos d'une petite amie?

J'étais en train d'essayer de trouver un moyen diplomatique de lui poser la question quand il revint avec de la nourriture. Mon appétit d'Amber se souleva comme une bête féroce, respirant les arômes délicieux et prête à bondir sur les fraises fraîches, le fromage et les gaufres à la vanille. Mais je résistai à l'impulsion de « m'empiffrer » et je le remerciai poliment. Il y avait aussi, sur son plateau, une tasse de porcelaine remplie de thé chaud à l'arôme sucré mais acide.

Comme il déposait le plateau, je remarquai une entaille décolorée sur son avant-bras. Cela n'y était pas avant qu'il ne me tire de l'eau. Instantanément, la culpabilité m'envahit. Je ne lui avais pas demandé comment il allait après qu'il eut sauté dans l'eau pour me sauver. Il m'avait apporté des vêtements, mais n'avait pas pris le temps de se changer pour sortir de ses propres vêtements mouillés. Il était probablement inconfortable, et pourtant, tout ce qui semblait le préoccuper, c'était moi. J'étais une empotée égoïste et ingrate.

— Merci. Je le pense vraiment, lui dis-je immédiatement et avec sincérité.

— Pas de problème.

Il déposa le plateau sur une petite table.

— J'espère que tu aimeras la nourriture. C'est tout ce que j'ai pu trouver.

Je reniflai le thé, détectant un parfum d'amandes et d'épices.

— C'est un parfum délicieux.

— Reconnais-tu la saveur?

— Non, dis-je, mais c'est très bien. Qu'est-ce que c'est?

— Du thé noir aux amandes et aux épices.

Il pinça les lèvres comme si quelque chose le dérangeait.

— Es-tu certaine de ne jamais y avoir goûté?

— Jamais, mais je l'aime bien maintenant.

Je pris une gorgée, réchauffée par la chaleur et intriguée par le goût amer des amandes.

— Merci pour le thé chaud et les vêtements secs. À propos des vêtements, je me demandais, ils paraissent neufs. Comment ça se fait que tu les avais?

Il haussa les épaules.

— Je les avais achetés pour quelqu'un de spécial.

— Tu as donc une petite amie.

Je pris une autre gorgée.

— Je n'en ai plus.

— Oh... désolée que ça n'ait pas fonctionné.

— Les déceptions nous permettent d'apprendre, dit-il. Je suis plus sage et je ne referai plus la même erreur.

La colère subtile dans le ton de sa voix me rendit mal à l'aise. Je déposai la tasse de thé et je me levai brusquement.

— Je dois vraiment partir maintenant. Laisse-moi ton adresse, et je te renverrai les vêtements par la poste.

— Tu peux les garder.

Il pointa l'assiette à laquelle je n'avais pas touché.

— Au moins, mange quelque chose avant de partir.

— Je n'ai pas tellement faim.

— Mais ce sont tes aliments préférés.

— Pardon ?

Je m'arrêtai et le regardai fixement.

— Comment le sais-tu ?

— Tu l'as mentionné plus tôt.

— Non, je suis certaine que non.

Mon malaise s'intensifiait, et je me rendis compte à quel point j'étais vulnérable dans un bateau avec un type étrange. Personne ne savait même où je me trouvais.

— Il faut que je parte maintenant.

Il me bloqua le chemin vers l'échelle.

— Profite de ton thé. Je sais que c'est ton préféré, juste comme je sais à propos des gaufres et des fraises. Et tu devrais aussi reconnaître les vêtements.

— De quoi parles-tu ?

— Ne l'as-tu pas déjà deviné ? J'ai attendu un long moment pour être avec toi.

Dyce frotta son menton mal rasé.

— Nous avons tellement à nous dire.

— Nous ne nous sommes rencontrés qu'hier. Je ne te connais pas.

— Mais je connais tout sur toi.

— Tu me prends pour quelqu'un d'autre.

— Non, dit-il simplement, avec un sourire sinistre et confiant.

Mais ce qui me donna encore plus la chair de poule que son sourire, ce fut ce qui me sauta soudainement aux yeux. Dyce avait raison à propos des vêtements — je reconnaissais la blouse rose et les jeans fuselés. Je ne les avais jamais portés, mais ce corps l'avait fait. Ils étaient identiques à ce que portait Sharayah dans le rêve que j'avais fait de son escalade sur le rocher près de l'océan, alors que ses espoirs romantiques avaient été écrasés par la cruauté de Gabe.

— C'est Gauguin qui l'a dit le mieux, me dit Dyce avec un calme sinistre. «La vie étant ce qu'elle est, on rêve de revanche.»

Puis, il tendit la main vers un rouleau de ruban à conduit.

20

DU RUBAN À CONDUITS !

C'est ce qu'avait utilisé Gabe avec Sharayah !

Complètement paniquée, je reculai sur le banc, désespérée à l'idée de ne jamais pouvoir sortir d'ici. Mais je ne pouvais aller nulle part. Cette pièce, dont les murs étaient recouverts de boiseries, n'avait que de minuscules hublots ; et à part l'écoutille au-dessus de l'escalier, il n'y avait aucune autre porte.

Et Dyce bloquait l'escalier.

— Que fais-tu ? criai-je, regardant autour de moi pour trouver quelque chose pour me défendre, mais rien n'était à ma portée sinon des coussins.

— Nous avons un ami commun.

Son ton était accusateur et rempli de colère, et il tordait le rouleau de ruban à conduits autour de ses doigts, d'une façon qui m'en disait plus que ses paroles.

— Tu veux dire… Gabe?

— Et la jolie fille gagne un prix.

Il fit un petit rire noir.

— Tends les mains.

— Je connais la chanson. Je ne tombe plus dans ce piège.

Je lançai mes mains derrière mon dos.

— Laisse-moi sortir d'ici.

— Après m'être donné autant de peine pour t'emmener ici? Je ne pense pas.

Je reçus ses paroles comme une décharge électrique.

— Tu as planifié ceci?

— Oui, mais tu n'as pas agi comme je m'y attendais, j'ai donc dû improviser.

— Improviser? m'exclamai-je furieusement. Tu m'as jetée dans l'eau par exprès?

— Je ne fais rien par accident.

— Pourquoi me laisser tomber dans l'eau, et ensuite sauter pour m'en sortir?

— Pour te faire entrer dans mon bateau et terminer le travail qui avait été commencé il y a quelques mois.

— Mais nous nous sommes rencontrés hier seulement. Je ne comprends pas ce que tu veux de moi.

— Je ne m'attends pas à ce que tu comprennes. Je me suis préparé pendant des mois, me confessa-t-il avec une expression de suffisance. Je t'ai examinée méthodiquement; j'ai appris la poésie de tes auteurs préférés, j'ai rempli le garde-manger avec les aliments et les boissons que tu préfères. Je connais tes pires secrets.

Il y avait quelque chose de familier dans ses paroles.

— Les menaces! lançai-je d'une voix étranglée. C'était toi qui les envoyais?

— C'est possible.

Il s'approcha avec le rouleau de ruban à conduits.

— Alors la rousse n'était pas ma harceleuse — c'était toi!

— Quelle rousse?

— Une fille de mon école, mais maintenant ce n'est plus important. Laisse-moi seulement partir. Je n'engagerai aucune poursuite contre toi et je n'en parlerai à personne. Je ferai semblant que ça n'est jamais arrivé.

— Mais je veux que tu te souviennes. Les menaces, c'était pour te rappeler ce que tu avais fait. Ne joue pas l'idiote. Tu sais de quoi je parle.

Oui, je m'en souvenais. Mais seulement parce que j'avais revécu le souvenir de Sharayah concernant ce qui s'était passé l'hiver dernier sur la falaise orageuse. Même maintenant, je tremblais au souvenir de Gabe en train de tomber, pour se retrouver étendu et immobile sur les rochers déchiquetés.

— Je sais ce qui s'est passé, dit Dyce, avec un regard noir. Gabe me l'a raconté.

— Impossible! Comment aurait-il pu te le dire quand il est…

— Mort? Désolé de te décevoir, mais il a survécu.

— Je ne suis pas déçue, je suis tellement heureuse!

Je m'affaissai de soulagement.

— Ce sont d'extraordinaires nouvelles ! Je suis si heureuse qu'il soit vivant.

— Pas grâce à toi, cracha Dyce. Tu l'as laissé là et tu es partie en courant.

— Je voulais trouver une corde ou bien trouver quelqu'un pour l'aider.

— C'était sûrement ton intention, se moqua-t-il.

— Mais c'est ce que j'ai fait ! Mais quand je suis revenue, Gabe n'était plus là. Et la marée était arrivée, j'ai donc cru qu'il s'était noyé.

— Pourtant, tu n'as rien fait d'autre.

— Que pouvais-je faire ? J'ai essayé de faire un rapport, mais personne ne m'a crue.

— Tu voulais qu'il soit mort.

Je hochai la tête, me souvenant de l'amour passionnel de Sharayah pour Gabe. Même après qu'il l'eut traitée de folle et qu'il soit devenu violent, elle avait continué à avoir confiance en lui. S'il n'était pas tombé, il aurait fait quelque chose d'horrible. J'en étais certaine, et j'étais heureuse qu'il soit tombé. Mais ce n'est pas ce que ressentait Sharayah. Je n'avais pas besoin de consulter le MEBO pour savoir que toute sa transformation en fille vilaine était une réaction à la douleur. Une partie importante d'elle était morte quand il était tombé. Et maintenant, ce sale type essayait d'empirer les choses. Alors là, il n'avait pas affaire à la bonne Sharayah. Peut-être que je ne connaissais pas la vie de collège, mais j'en savais beaucoup sur la survie et je n'avais pas peur de me battre pour obtenir ce que je voulais.

— Si Gabe est vivant, pourquoi n'en a-t-il parlé à personne? demandai-je. Où est-il allé pendant tout ce temps?

— Tu t'en soucies vraiment? demanda-t-il d'un ton sceptique.

— Je ne devrais pas m'en soucier — pas après ce qu'il a fait.

Ma peur se transforma en colère.

— Tu m'accuses d'avoir essayé de blesser Gabe, quand c'est lui qui m'avait attaquée. Sais-tu ce qu'il a fait ce soir-là?

Dyce me regarda avec méfiance et hocha la tête.

— Bien sûr que tu le sais, sinon tu ne serais pas ici avec ce ruban à conduits. Que t'a-t-il raconté? Un mensonge sur la manière avec laquelle je l'ai poussé en bas de la falaise? La seule raison pour laquelle il est tombé, c'est qu'il s'est soudainement conduit en Jekyll et Hyde, et qu'il m'a attaquée. Pendant que nous luttions, il est tombé, et je n'ai pu l'aider parce que mes mains étaient attachées avec du ruban.

— Tu l'as laissé en plan pendant qu'il saignait et souffrait.

— Ce n'est pas juste! Ce qu'il a fait était pire — tuer l'espoir et la confiance d'une fille qui l'adorait. Quelle que soit la vengeance malade que tu as planifiée, ça ne peut pas faire plus mal que de penser que l'homme que tu aimes plus que ta vie est mort.

— Es-tu certaine de ça?

Il me lança un regard qui jeta des frissons à travers ma peau déjà frissonnante.

J'avalai difficilement ma salive, jetant un coup d'œil à l'escalier et évaluant les chances que j'avais de réussir à m'échapper. J'avais moins que cinq pour cent de chance de pouvoir passer devant lui avant qu'il ne m'attrape. Personne ne savait que j'étais ici, et un sauvetage de mon « sauveur » était hors de question. La seule option valide était de le convaincre de me laisser partir.

— Dyce, quelle est la vraie raison qui te fait agir ainsi?

Il tourna le ruban à conduits entre ses doigts en cercles délibérés en même temps qu'il se penchait plus près de moi.

— Gabe avait des plans ce soir-là qu'il n'a pas pu terminer. Je le ferai donc pour lui.

— Je ne crois pas que Gabe aurait voulu que tu blesses quelqu'un qu'il aimait.

— Tu ne l'as jamais vraiment connu.

— Et toi tu le connais? me moquai-je.

Il hocha la tête.

— Comme si nous étions la même personne.

— Et il approuve ce que tu fais? demandai-je avec dégoût, faisant un geste pour montrer la pièce qui me donnait maintenant l'impression d'une prison. Se venger de moi ne l'aidera pas.

— La vengeance a différents degrés et l'honneur a aussi son mérite, même si je ne m'attends pas à ce que tu comprennes.

Il parlait d'un ton dur et cérémonieux qui faisait contraste avec la façon dont il parlait la première fois où nous nous sommes rencontrés. Son maniérisme s'était modifié de façon subtile mais décisive : il parlait moins comme un adolescent et plus comme quelqu'un qui était plus âgé même que mes parents.

— Tu as raison — je ne comprends pas.

Je me forçai à demeurer calme. La leçon la plus importante que j'avais apprise de tous mes livres d'aide personnelle, c'était de rester confiante et de ne jamais admettre ma faiblesse. Qu'il s'agisse d'un enlèvement ou du domaine de la musique, il n'était pas permis d'avoir peur.

— Si Gabe va bien, pourquoi t'a-t-il envoyé au lieu de venir lui-même?

— Il ne peut bouger dans son corps.

— Il est paralysé? Il est donc en fauteuil roulant? Oh mon Dieu! murmurai-je d'une voix rauque. C'est horrible. Pourquoi ne m'en a-t-il pas parlé? Je l'aurais aidé.

— Comme tu l'as aidé en haut de la falaise?

— C'était un accident, et j'étais horrifiée quand ça s'est produit. Je suis désolée qu'il ait été blessé, mais rien de tout ceci ne le guérira. Ne te rends-tu pas compte qu'un enlèvement, c'est grave? Est-ce que ça vaut la peine d'aller en prison?

— La vie est ma prison, dit-il avec un sourire amer.

Puis, il me tira et me mit debout sur mes pieds nus.

— Tends les bras, Sharayah.

— Non!

Ça me rappelait trop quelque chose, comme si le cauchemar de Sharayah se répétait, sauf que ça se passait près d'une autre plage avec un gars différent.

Je hurlai, mais même si ma voix était forte, mes bras ne l'étaient pas ; il me serrait violemment avec ses doigts, et il attacha mes poignets avec du ruban. Je luttai, envahie par un étourdissement soudain. Je me demandai si le thé que j'avais bu n'avait pas été drogué.

— Laisse-moi partir ! criai-je, luttant pour garder la tête claire.

— C'est ta faute si je dois être dur, dit-il, me poussant de nouveau contre le siège. J'allais faire en sorte que tu tombes amoureuse de moi d'abord.

C'était confirmé — il était fou.

— Tu ne peux faire en sorte que quelqu'un t'aime, argumentai-je.

— Oh, je ne peux pas ?

Il se mit à rire.

— Dire des trucs comme « tu es différente des autres filles » est une bonne façon de commencer. C'est triste, vraiment, de voir comment il est facile de manipuler les filles naïves. Tout ce que ça prend, ce sont des compliments, de la poésie et une façon de se rencontrer qui soit romantique. J'ai donc payé ce garçon une centaine de dollars pour qu'il t'attaque.

— Ce garçon ?

La pièce autour de moi sembla tourner.

— Tu veux dire… Warren ?

— Exact. Tout a été mis en scène, bien sûr, et il a suivi mon scénario. Je me suis montré juste à temps pour te sauver. Je t'ai ensuite éblouie avec mon geste héroïque, et il ne me restait plus qu'à te regarder dans les yeux d'une façon qui ne pouvait manquer de te faire désirer autre chose. Tout a bien fonctionné. Tu voulais me revoir, n'est-ce pas?

— Non! mentis-je, ne voulant pas lui donner cette satisfaction.

J'avais été intriguée, reconnaissante et désireuse de revoir Dyce. Mais je me sentais aussi coupable; comment pouvais-je être attirée par Dyce, quand j'étais en train de commencer quelque chose de tellement merveilleux avec Eli?

Mais maintenant, je découvrais que son sauvetage était écrit à l'avance! Incroyable!

Le rôle de Warren dans toute cette histoire était encore plus surprenant. Pourquoi un Condamné des ténèbres se soucierait-il d'argent? Ou m'étais-je trompée au sujet de Warren? Les gants ne voulaient peut-être rien dire, peut-être étaient-ils simplement un mauvais choix de style. Est-ce la raison pour laquelle mon MEBO m'avait dit qu'il était retourné où il habitait?

— Ne le nie pas, me dit Dyce. Nous savons tous les deux que tu me désirais.

— Tout ce que je veux c'est m'enfuir loin de toi.

— Ce n'est pas comme ça que tu te sentais hier quand je t'ai laissée sur la plage. Tu étais tellement en extase devant mon héroïsme que tu aurais fait tout ce que je voulais.

Il prononça ces mots d'une manière tellement arrogante que si mes mains n'avaient pas été attachées, je lui aurais donné une claque qui aurait effacé le sourire de son visage de trou de cul effronté.

Au lieu de cela, je crachai sur lui.

— Va te faire foutre !

Il sauta vers l'arrière et leva le bras avec colère.

J'eus un mouvement de recul, m'attendant à ce que sa main s'écrase sur moi. Mais il se servit du dos de sa main pour essuyer sa joue.

— C'était dégoûtant et vulgaire. Pourquoi compliques-tu tellement les choses ? Ça aurait été bien plus facile si tu étais tombée amoureuse de moi comme tu l'avais fait avant.

— Avant ? haletai-je.

— J'ai pensé que ce comportement de fille farouche était faux, et je m'attendais à ce que tu sois la même âme innocente qui était tombée amoureuse de Gabe. Je t'ai emmenée ici en planifiant gagner ton cœur avec des cadeaux, de la poésie et de la romance. Mais tu n'as même pas reconnu ma poésie ; et ensuite, au lieu de tomber dans mes bras, tu as même refusé d'entrer dans mon bateau.

Il me lança un regard mauvais, comme si c'était ma faute que l'enlèvement ne fonctionne pas bien et qu'il croyait que je doive lui présenter des excuses pour avoir ruiné ses plans.

Ouais, comme si ça allait arriver, je lui lançai moi aussi un regard noir.

— Je m'attendais à ce que tu sois reconnaissante et malléable, pas aussi méfiante. N'as-tu pas peur de ce que je vais faire ? railla-t-il. Je pourrais t'emmener loin

dans l'océan et te jeter par-dessus bord. Puis je t'aban-
donnerais tout simplement — comme tu as fait avec
Gabe.

Je demeurai silencieuse, trop entêtée pour lui
donner la satisfaction de voir que j'avais peur.

— Tu ne supplies pas et tu ne cries pas ?

Il m'examina, ses yeux sous le rebord de sa
casquette se bridèrent de curiosité.

— Parfait. J'en ai terminé ici. Ceci devrait te retenir
pendant que je monte.

D'un mouvement rapide, il arracha une longue
bande de ruban à conduits et le coupa avec ses dents.
Il saisit mes jambes avec son autre main et tendit le
ruban autour de mes chevilles, le mettant si serré que je
grimaçai de douleur. Puis, il me jeta un coup d'œil
comme s'il s'attendait à ce que je le supplie de me
laisser partir. Et je l'aurais fait — sauf que quelque
chose de plus surprenant attira mon attention. Je
regardai fixement la joue de Dyce, puis sa main ; et
lentement, je commençai à comprendre.

À l'endroit où j'avais craché sur sa joue, son teint
s'était éclairci. Lorsqu'il avait frotté cet endroit, son
bronzage... il devait s'agir de bronzage en aérosol...
s'était enlevé. Baissant les yeux, je vis qu'une ecchy-
mose près de son poignet n'était en fait qu'un morceau
de peau plus pâle — qui luisait d'un gris menaçant.

Dyce était un Condamné des ténèbres.

21

J E RETINS MON SOUFFLE, ne voulant pas qu'il devine ce que je savais.

Pourtant, je crois qu'il soupçonnait quelque chose puisqu'il replia ses bras sur sa poitrine et me regarda fixement. Je détournai les yeux, l'ignorant totalement même si je le surveillais du coin de l'œil. Après un long et terrifiant moment, il hocha la tête, de toute évidence perplexe, mais incapable de me découvrir. Puis, il se retourna brusquement et grimpa l'escalier. Lorsque la porte de la trappe se referma en claquant, je m'effondrai sur le banc.

J'avais envoyé l'ÉÉC vers la mauvaise personne.

Ce n'était pas Warren.

C'était *Dyce*.

Soudainement, des détails commençaient à avoir du sens — comme lorsque je me sentais étourdie chaque fois que Dyce me touchait. Ce n'était pas du désir, mais plutôt une réaction à son énergie obscure. La sensation de fourmillement n'avait rien à voir avec les hormones ou du thé empoisonné ; le seul fait d'être près de lui m'affaiblissait, probablement plus que chez les filles ordinaires, parce que je n'étais pas si différente de lui.

Une âme temporaire dans le corps de quelqu'un d'autre.

Était-il au courant ? Comment pouvait-il ne pas savoir ? Quand je l'avais rencontré, je devais afficher l'énergie luisante dont Mamie m'avait parlé.

J'y réfléchis, mais je décidai que non. Pour quelque raison que ce soit, il ne le savait vraiment pas. Mon rôle de donneuse de vie temporaire n'était pas en cause. La vengeance de Dyce concernait Sharayah personnellement. Il avait attendu des mois pour qu'elle soit seule et vulnérable. Il avait admis avoir étudié ses préférences en poésie, et même ses goûts alimentaires. Mais pourquoi était-il tellement obsédé par elle ?

Je songeai à ce que je savais des Condamnés des ténèbres. C'étaient des âmes de personnes décédées qu'on avait chargées de missions de dons de vie temporaires — mais au lieu de retourner de l'Autre côté, ils se cachaient dans les corps de personnes qui ne se méfiaient pas. Ils pouvaient emprunter un corps pendant tout un cycle de pleine lune, à moins qu'une blessure ne les oblige à en sortir plus tôt. Si cela se produisait, ils ne disposaient que de quelques minutes pour trouver un nouveau corps, sinon ils brillaient comme une enseigne au néon clignotante : *Hé, ÉÉC ! Venez me chercher !* La plupart des Condamnés des ténèbres étaient décédés depuis peu, inexpérimentés et se cachant parce qu'ils avaient peur. Ils commettaient généralement des erreurs, et on pouvait rapidement les capturer.

Mais les Condamnés des ténèbres expérimentés possédaient des décennies, et même des siècles d'expérience, et ils échappaient continuellement à l'ÉÉC. Ils étaient rusés et dangereux. Leur contact puissant pouvait drainer les victimes de leur énergie et les laisser vides.

Dyce n'était certainement pas un novice. J'aurais dû deviner que ce n'était pas un type ordinaire à son discours cérémonieux et à ses citations d'auteurs célèbres et décédés. Et peut-être pouvait-il même être l'une de ces célébrités décédées. De plus, son nom n'était probablement pas Dyce ; c'était simplement le nom du corps qu'il habitait actuellement. Les Condamnés des ténèbres se servaient-ils de leur propre nom ou assumaient-ils le rôle de leurs victimes ? Avec un rapide calcul mental, je supposai qu'il avait dû se trouver dans trois corps différents depuis que Sharayah avait lutté avec Gabe. Il avait pu se faire passer pour un étudiant d'université, un professeur, ou même l'une des filles qui vivaient dans le dortoir de Sharayah. Oh. Dégueulasse.

Mais me kidnapper était un geste extrême pour venger un ami — à moins que Dyce soit plus qu'un ami pour Gabe. Et c'est alors que je me rendis enfin compte de ce qui se passait.

Dyce n'était pas simplement un ami de Gabe.

Dyce *était* Gabe.

. . .

Mauvaise nouvelle : j'étais emprisonnée avec un Condamné des ténèbres qui croyait que je l'avais laissé pour mort et qui me jetterait probablement dans l'océan comme nourriture à requin une fois que nous serions loin dans la mer.

Bonne nouvelle : Aucune.

J'étais condamnée.

Mais bien que je n'avais aucune idée du moyen de m'échapper, j'étais trop déterminée et trop entêtée pour abandonner la partie. Il devait y avoir un moyen de me sortir de cette situation.

Je me creusai donc la cervelle pour trouver quelque morceau d'information à partir de tous les livres d'aide personnelle que j'avais lus. La seule chose que j'ai pu trouver me venait de *Nos adversaires sont nos alliés*. Le conseil s'adressait surtout aux situations d'affaires, comme lorsque votre patron vous déteste. Il était question de transformer les adversaires (les gens qui vous détestent) en alliés (amis loyaux). Une des stratégies nécessitait de créer deux colonnes : une pour vos forces et l'autre pour la faiblesse de votre adversaire. Puis, vous vous serviez de vos forces pour triompher de sa faiblesse.

Hum, être attachée avec du ruban à conduits ne me laissait pas beaucoup de forces. Mais je réalisai que je possédais beaucoup de connaissances. Je savais qu'il était un Condamné des ténèbres, mais il ignorait que j'étais une donneuse de vie temporaire. Il comprenait que Sharayah avait changé, mais il n'avait aucune idée de l'amplitude de ce changement. Il devait y avoir un certain avantage à connaître ces choses... mais lequel? Et comment aurais-je pu faire quelque chose avec mes mains et mes jambes attachées ensemble?

Le MEBO!

Si seulement je pouvais le sortir de ma poche et l'ouvrir, je pourrais littéralement demander de l'aide. Il suffisait de tourner une page pour contacter Mamie; elle enverrait alors l'ÉÉC. Ils sortiraient l'arrogant Dyce-Gabe de ce corps volé et le retourneraient de l'Autre côté, où il serait à sa place.

M'appuyant contre le dossier du banc à coussin, mes mains attachées sur mes genoux, je fouillai pour trouver la poche dans ma jupe. Lorsque je sentis le livre sous mes poignets bandés, je le poussai vers le haut, je me penchai de côté pour obtenir le bon angle, gémissant tandis que mes jambes, aussi attachées ensemble, se tordaient douloureusement. Mes cheveux volèrent dans mon visage, et tombèrent dans ma bouche. Je les recrachai, travaillant continuellement sur le livre. Un coin du livre sortit de la poche. Mais pour le pousser plus loin, il aurait fallu que je sois contorsionniste, et j'avais toujours détesté l'exercice.

J'avais juste réussi à me tourner complètement la tête en bas — mes pieds liés se tortillaient au-dessus de ma tête et mes mains se trouvaient à un doigt du MEBO — quand la porte de la cabine s'ouvrit.

— Je t'ai manqué ? cria Dyce d'un ton joyeux. Hé, pourquoi as-tu la tête en bas ?

Je me remis brusquement à l'endroit, balançant mes pieds au sol et m'assoyant sur le siège comme si tout était normal.

— J'étais en train de faire revenir la circulation dans mes pieds, dis-je en respirant fort. Tu les as attachés tellement serré.

— Je les détacherai quand nous serons en route.

Mon pouls bondit. Nous allions donc en mer ? *Condamnée*, songeai-je à nouveau. Je devais sortir d'ici avant que nous ne quittions le quai.

— Peux-tu me desserrer les jambes maintenant ? demandai-je sur un ton plus cajoleur. Ce n'est pas comme si je pouvais m'enfuir où que ce soit.

— C'est vrai, dit-il en se frottant le front d'un air pensif. Mais tu es comme un fil raide, prêt à claquer. Es-tu en train de planifier quelque chose ?

— Pas du tout, dis-je, respirant rapidement.

Il s'approcha un peu plus près, m'examinant d'un air soupçonneux.

— Je ne te crois pas.

— Que puis-je faire avec mes mains et mes jambes attachées ?

— C'est ce que j'essaie d'imaginer.

— Ne crois-tu jamais qui que ce soit ?

— Non. Pourquoi es-tu si nerveuse ?

— Hum… laisse-moi réfléchir. Qu'est-ce qui peut me rendre nerveuse ? Oh, ouais. Je viens tout juste de me faire enlever et je n'ai aucune idée de ce que tu as projeté de me faire.

J'écoutai pour entendre le son révélateur du moteur du bateau, mais tout était silencieux. Au moins, nous étions toujours à quai… pour le moment.

— Tu n'as pas l'air d'avoir peur. On dirait que tu caches quelque chose, dit-il, tendant négligemment le bras pour ajuster sa casquette pendant qu'il m'examinait.

J'aurais vraiment dû être terrifiée, mais maintenant que je n'étais qu'à un soupir de pouvoir me servir de mon MEBO, je me sentais plus brave.

— Certainement, j'ai une arme semi-automatique cachée dans mes mains.

Il s'approcha de mes mains, puis il se rendit compte que je me moquais de lui et il eut une expression que je ne pouvais que décrire comme une expression de malaise.

— Tu n'es pas en position de plaisanter.

— Je ne suis pas en position de faire grand-chose.

— Alors, pourquoi le sarcasme quand tu devrais supplier pour la clémence ?

Il se pinça les lèvres.

— Ne te rends-tu pas compte de ce qui t'arrive ?

— Des trucs arrivent. Tel que le conseillait un de mes livres : « La pierre qui roule avec le courant atteint rapidement son but. » Donc, pourquoi me stresser par rapport à quelque chose sur quoi je n'ai aucun contrôle ?

— C'est un conseil bizarre. Dans quelle sorte de livre as-tu trouvé cela ?

— *Ce sont les ratés qui atteignent le vedettariat.*

— Ce livre existe vraiment ? dit-il en s'agenouillant près de moi. Ou bien plaisantes-tu encore ?

— C'est un livre, mais c'est un peu idiot, plus de la comédie que du sens commun. Je ne peux réciter de la poésie comme toi, mais je connais bien mes livres d'aide personnelle.

— Je croyais que tu ne lisais que des romans d'amour et de la poésie, dit-il d'un ton perplexe.

— Les gens changent.

— Mais pas autant. Tu as la même apparence, mais tu bouges et tu parles comme si tu étais une personne différente.

— Et tu crois que ça me dérange ? dis-je d'un ton brusque, espérant l'irriter tellement qu'il partirait. Si tu n'as pas l'intention de me laisser partir, sors ton visage affreux d'ici.

Au lieu de se fâcher, il se mit à rire.

— Alors, tu crois que je suis affreux ?

— Hideux. Je ne peux supporter de te regarder, donc pourquoi ne pars-tu pas ?

Ignorant ma requête, il s'avança pour inspecter son reflet dans un miroir monté sur un cabinet, il tourna sa tête vers la droite puis vers la gauche, d'un air perplexe.

— C'est un visage agréable. De beaux yeux, un nez droit, et une bonne structure osseuse. Je doute que d'autres filles se plaignent.

— Alors, kidnappe une autre fille et laisse-moi partir.

Il se mit à rire à nouveau.

— Pensais-tu que Gabe était laid aussi ?

— Pas au début, mais des mensonges et du ruban à conduits sont de vrais éteignoirs.

Dyce se retourna, faisant dos à la table, et m'examina avec une intensité qui me fit frissonner.

— Il y a quelque chose d'inhabituel chez toi, et je ne peux définir ce que c'est. Il est tentant de changer mes plans et de te garder plus longtemps.

Me garder *vivante* plus longtemps ? Était-ce ce qu'il voulait dire ? J'étais tout à fait d'accord pour rester vivante, mais je perdais patience avec cet égotiste qui voulait tout diriger et avec son discours obsessif au sujet des plans. Qu'est-ce qui le motivait à s'emparer de corps au hasard ? Craignait-il l'inconnu, était-il un psychopathe dément, ou détestait-il tout simplement les femmes ? Je supposai que c'était le numéro trois ; à cause de sa routine maladive de tu-les-aimes-et-tu-les-attaches-avec-du-ruban-à-conduits.

— Un sou pour tes pensées, Sharayah, dit-il doucement.

— Tu ne les aimerais pas.

— Pourtant, j'aimerais savoir.

— Tout ce à quoi je pense, c'est que je veux partir, dis-je avec lassitude.

Devrais-je essayer de raisonner avec lui calmement ou des larmes fonctionneraient-elles mieux ?

— Tout sera terminé bientôt, ajouta-t-il en souriant.

Je n'aimai pas son sourire. Tout chez lui m'était antipathique— surtout la lueur révélatrice qui émanait de sa main. Je la fixais alors qu'il levait le bras pour repousser une mèche de cheveux mouillés, puis je baissai les yeux et suivis sa main du regard alors que ses doigts tambourinaient sur la table. La lueur semblait maintenant plus brillante, un signal lumineux qui attirait mon regard.

Si seulement il quittait la pièce! songeai-je. Je pourrais alors lancer un SOS en me servant du MEBO. Que voulait-il dire par «tout sera bientôt terminé»? Si je n'utilisais pas le MEBO immédiatement, je n'en aurais peut-être jamais la chance.

— Il faut que j'aille faire pipi, annonçai-je, en me tortillant un peu pour faire de l'effet.

Il se renfrogna.

— Ça ne peut pas attendre?

— Non.

— Essaie encore! Tu peux y arriver toute seule. La salle de bain est juste là.

Il pointa vers une porte que j'avais supposé être un placard.

Je me déplaçai lentement, posant mes pieds attachés sur le sol, puis je me levai. Je sautai quelques pas à la manière d'un lapin, puis je chancelai.

— Ne tombe pas…

Dyce se leva d'un bond pour m'attraper.

— Noooon!

Quand je vis ses mains de Condamné des ténèbres s'avancer vers moi, je me mis à hurler.

— Ne t'approche pas de moi, Gabe!

Il s'arrêta brusquement.

— Comment m'as-tu appelé?

— Hum… rien.

Me redressant contre le mur, j'évitai son regard.

— Je vais tout simplement sautiller jusqu'à la salle de bain, poursuivis-je.

— Attends. Pourquoi m'as-tu appelé Gabe?

Il me bloqua le passage.

— Un lapsus.

— C'était plus que cela. Qu'as-tu supposé, Sharayah?

Je simulai la confusion.

— Je ne sais pas ce que tu veux dire. Nous ne nous sommes rencontrés qu'hier.

— Tu es plus sage que cela, dit-il doucement.

— Tout ce que je sais, c'est que mes bras et mes jambes me font mal, que je veux sortir d'ici et que j'ai besoin d'aller à la salle de bain.

Pendant que j'attendais qu'il me réponde, mon regard se posa de nouveau sur la région luisante sur ses mains. Il capta mon regard et baissa les yeux avant de couvrir la peau luisante de son autre main.

— Qui es-tu? demanda-t-il, semblant plus déconcerté que fâché.

— C'est une question stupide, répondis-je brusquement. Tu as admis m'avoir étudiée pendant des mois, donc tu me connais probablement mieux que je ne me connais moi-même.

— Je n'en suis plus certain.

Il tendit la main où se trouvait la tache luisante vers mon visage, et j'eus un mouvement de recul.

— Non ! Ne me touche pas !

— Pourquoi pas ? demanda-t-il, s'approchant encore plus près.

— Je... je n'aime tout simplement pas qu'on me touche.

— Ou serait-ce que tu n'aimes pas que *je* te touche ? dit-il en tendant les mains vers moi. Dis-moi pourquoi.

Ses paumes flottèrent si près que mon cœur battit de frayeur.

— Non ! dis-je en reculant et en me retournant.

— Je vais poser mes deux mains sur toi et les laisser là, et je presserai de plus en plus fort jusqu'à ce que tu me dises la vérité. Juste comme ça...

Au contact de ses paumes, je me mis à hurler.

— Ne me touche pas avec tes mains de Condamné des ténèbres !

Mes paroles semblèrent vider la pièce de son air. Instantanément, Gabe retira ses mains et devint silencieux. Bouleversée, je m'effondrai sur le banc.

Gabe se rendit jusqu'à la table, s'assit sur une chaise, replia ses bras et y posa sa tête. Il resta assis ainsi pendant au moins cinq minutes. Le seul bruit était ma respiration rapide et une goutte d'eau de mer qui glissait à l'occasion de sa chemise et tombait sur le sol. J'aurais voulu me donner des coups de pied, mais bien sûr, mes jambes étant attachées, j'en étais incapable. J'avais oublié d'agir comme Sharayah. Idiote, tellement idiote ! J'avais fait une gaffe monumentale ! J'avais cru que de connaître son secret tant qu'il ne connaissait pas le mien me donnerait du pouvoir. Mais peut-être que je voyais la chose sous le mauvais angle. Peut-être que la vérité, comme disait le dicton, pouvait littéralement me libérer.

Tant que j'y mêlais un tas de mensonges.

— D'accord, je l'admets, dis-je. Je sais ce que tu es.

Il arqua un sourcil foncé, son expression dure comme la pierre.

— Que sais-tu des Condamnés des ténèbres?

— Ce sont des donneurs de vie temporaires rebelles qui ne bénéficient pas de l'énergie de l'Autre côté; donc leurs mains et leurs ongles sont gris et brillants. Je suppose que tu as vaporisé du bronzage pour cacher la lueur.

— Comment une simple fille peut-elle savoir cela? demanda-t-il.

— Ma grand-mère me l'a expliqué.

— Ta grand-mère? répéta-t-il d'un ton sceptique. Je suppose que tu crois aussi au gros méchant loup et à Humpty Dumpty.

Je n'aimais pas beaucoup son ton de moquerie.

— Prends-le comme tu veux, ma grand-mère détient un poste important de l'Autre côté. Et je sais que les Condamnés des ténèbres sont réels parce que j'en ai rencontré un. Lui aussi avait essayé de me blesser, mais je me suis débarrassée de lui.

— Oh?

Gabe parut sceptique.

— Et comment as-tu réussi à faire cela?

— J'ai déjà contacté l'Équipe d'élimination des Condamnés.

Son visage bronzé devint pâle comme de vieux os.

— Tu les connais?

— Oui, et ils seront ici bientôt.

J'avais appris de *Faisons semblant de faire un marché*, un livre d'aide personnelle écrit par un important agent d'Hollywood, que pour qu'un mensonge soit convaincant, il fallait d'abord vous convaincre vous-même que vous disiez la vérité.

— L'ÉÉC arrivera bientôt, répétai-je.

Comme si mes paroles l'avaient physiquement frappé, il eut un mouvement de recul. Puis, il hocha la tête.

— Je ne te crois pas.

— Alors, tu n'as qu'à attendre pour le découvrir. Mais d'après ce que ma grand-mère m'a raconté, tu n'aimeras pas ce qu'ils font aux Condamnés des ténèbres.

— Ta grand-mère est la chef d'équipe du programme des donneurs de vie temporaires?

— Ouais. Et même si elle est morte, elle est très protectrice envers moi. Elle m'a fourni un moyen secret de le lui laisser savoir quand je trouverais un Condamné des ténèbres. Alors, tu ferais mieux d'abandonner tes plans de me jeter dans l'océan et de sortir d'ici tant que tu le peux.

— J'ai évité de me faire capturer depuis plus d'un siècle et je n'ai aucunement l'intention de m'en aller maintenant.

Il me lança un regard noir.

— As-tu une idée de ce que tu as fait ?

— Je crois que oui, répondis-je calmement, mais à l'intérieur je tremblais à cause de l'énergie sombre qui s'échappait de lui.

Jusqu'à maintenant, il avait joué avec moi — mais maintenant, il était sérieux et fâché.

— Non, tu n'en as aucune idée. Et tu as tort sur le fait de vouloir te jeter dans l'océan. Je ne t'aurais jamais blessée. Mon plan, c'était de réussir à te faire tomber amoureuse de moi encore une fois, pour ensuite t'expliquer que l'amour n'est qu'un piège. Une fois que tu aurais compris que l'amour n'est pas réel et que tu aurais appris à protéger ton cœur, je t'aurais laissée partir. J'ai traversé tout cela pour t'aider. Je me soucie encore de toi, Sharayah.

— Rien ne dit mieux « je t'aime » que du ruban à conduits, dis-je avec un soulèvement sarcastique de mes mains attachées.

— Je devais m'assurer que tu écoutais.

— Tu as avoué m'avoir envoyé des menaces de mort et avoir comploté une vengeance pour ce qui était arrivé à Gabe… je veux dire, à toi.

— Exact, admit-il, sa casquette remuant en même temps que son hochement de tête. Je n'avais jamais échoué jusqu'à ce soir-là, et au début, j'étais en colère. Mais ce n'est qu'une partie de la raison pour laquelle je t'ai poursuivie. Il me fallait terminer ce que j'avais commencé — pour te sauver.

— Me sauver ?

Je faillis m'étouffer.

— De quoi?

— D'une vie détruite par un faux amour. Tu es tombée amoureuse de moi trop facilement, plus rapidement que la plupart des filles. Tu avais tellement besoin de romantisme et tu me faisais tellement confiance que je savais que quelqu'un te détruirait si je ne t'enseignais pas à être forte.

— En me brisant le cœur? demandai-je, incrédule.

— En te montrant la véritable déception de l'amour. C'est tout ce que je voulais faire — te convaincre que l'amour vrai, ça n'existe pas.

— Je ne te crois pas, argumentai-je, songeant à Eli.

— Tu es toujours trop confiante et trop naïve. C'est pourquoi j'ai essayé de t'empêcher de commettre les erreurs que j'ai commises.

— Quelles erreurs?

— Quand j'étais vivant, j'étais fiancé à une gentille jeune dame. Comme il se faisait couramment dans l'aristocratie à l'époque, j'avais aussi une maîtresse. Je respectais ma fiancée, mais je n'éprouvais de passion que pour ma maîtresse. J'aurais préféré vivre dans la pauvreté plutôt que de vivre sans elle dans la richesse, j'avais donc planifié m'enfuir et l'épouser. Mais elle a assassiné ma fiancée pour que nous n'ayons pas à nous enfuir. Étant donné que je l'aimais encore et que je voulais la protéger, j'ai avoué son crime. Elle est venue me rendre visite pendant que j'étais en prison et elle s'est moquée de moi en me disant que j'étais idiot. Elle a dit qu'il y avait plusieurs hommes dans sa vie et que tout ce qu'elle avait aimé, c'était l'argent de ma famille, et pas moi. Tout ce qui était important pour moi est mort avant que je n'aille à la potence. Lorsque je suis devenu un Condamné des ténèbres, ce n'était pas par peur — c'était pour sauver les romantiques naïfs de la destruction de l'amour.

Il m'observait, comme s'il attendait une réaction. Mais je ne savais trop quoi dire. Sa logique tordue me faisait frissonner, mais elle m'inspirait aussi de la sympathie. Il était tout de même tragique de se faire pendre pour quelqu'un que vous aimez.

— Je suis désolée que tu sois mort et pour tout ce que tu as vécu, dis-je après un bon moment de silence. L'ÉÉC sera ici dans la minute.

— Tu n'aurais pas dû les contacter.

— Tu n'aurais pas dû m'attacher avec du ruban.

— Je l'ai fait pour ton propre bien. En cent vingt ans, tu es mon seul échec. Je regrette de ne pas t'avoir aidée, Sharayah, dit-il avec tristesse.

Puis son expression se modifia, comme s'il se souvenait de quelque chose qu'il avait oublié jusqu'à maintenant.

— Mais tu n'es pas Sharayah, n'est-ce pas?

J'hésitai puis je hochai la tête.

— Qui es-tu?

Mentir ne ferait que gaspiller mon temps, je décidai donc de dire la vérité.

— Amber.

— Une donneuse de vie temporaire? devina-t-il.

— Oui. Envoyée pour réparer le dommage que tu as fait à Sharayah en lui laissant croire qu'elle t'avait tué. Que s'est-il vraiment passé ce soir-là ?

— Je me préparais à prononcer mon discours sur l'amour malhonnête. Normalement, après ces paroles, j'avais l'habitude de m'éloigner, sachant que la personne serait plus sage. Mais Sharayah a tout gâché, et je suis tombé. J'ai manqué les rochers, mais j'ai subi de graves coupures. Sais-tu ce qui arrive aux Condamnés des ténèbres lorsqu'ils saignent ?

— Ils ne peuvent demeurer dans le corps très longtemps.

— Exact. J'ai donc dû trouver un nouveau corps immédiatement, expliqua-t-il. J'ai fait de l'auto-stop, et j'ai fait l'échange avec le gars qui m'avait pris dans sa voiture. Malheureusement, la voiture était recherchée, et j'ai été arrêté. J'ai passé trois semaines merdiques, dégoûtantes et humiliantes en prison.

— Suis-je censée être désolée pour toi ?

— Pas de la sympathie, mais du respect envers mes tentatives pour t'atteindre. Je n'ai jamais cessé d'essayer de te trouver, même si j'ai dû y mettre des semaines. Finalement, je t'ai retrouvée à San Jose et j'ai changé pour le corps d'un jeune homme qui résidait dans un dortoir tout près.

Quelque chose se clarifia dans ma tête.

— Se nommait-il Caleb, et sortait-il avec une fille nommée Katelyn ?

— Très bien, dit-il, impressionné.

— Et qu'en est-il du véritable Gabe ? demandai-je. Est-il vraiment paralysé ?

— Je suis le seul vrai Gabe — mon nom est Gabriel Deverau —, mais je suppose que tu parles du corps que j'ai emprunté lorsque je suis sorti avec Sharayah. Quel était son vrai nom ?

Il se toucha le menton pensivement.

— Bien, peu importe. Il n'a que quelques souvenirs du temps que j'ai passé dans son corps. À part quelques coupures et de la confusion, il lui a suffi de poursuivre sa vie sécuritaire et ennuyeuse. Et maintenant, moi aussi je dois retourner à mes vies.

J'eus un mouvement de recul lorsque je l'entendis employer le mot « vies » au pluriel. Il était une menace et continuerait à briser des cœurs jusqu'à ce qu'on l'arrête. Pourtant, j'étais soulagée de voir qu'il ne planifiait pas me noyer.

— L'ÉÉC ne m'attrapera jamais, dit-il en commençant à monter l'escalier.

— Tu pars comme ça ? criai-je, battant des jambes et des pieds. Et moi ?

— L'ÉÉC pourra te libérer.

Puis, il partit.

22

OH, FANTASTIQUE !

J'avais menti à Gabe de façon si convaincante qu'il était parti sans m'enlever le ruban adhésif.

Pourtant, je pouvais transformer mon « mensonge » en réalité assez facilement.

Me penchant sur un côté, je tendis les bras pour essayer encore une fois de sortir mon MEBO.

Il me fallut un moment pour arriver à le retirer de ma poche en ne me servant que du bout de mes doigts, mais après plusieurs grognements et torsions, je fus récompensée par un bruit sourd sur le plancher. Le MEBO fit deux tours sur lui-même et s'ouvrit en m'offrant une belle page blanche.

Avant que j'aie terminé de demander qu'on m'envoie l'ÉÉC et que j'aie même expliqué où je me trouvais, il y eut un éclair surprenant et quatre membres de l'ÉÉC, habillés de complets, se tenaient bien serrés dans la minuscule cabine. Gabe devait être en tête de leur liste *Recherché, Mort ou vivant* pour qu'on envoie quatre membres de l'équipe.

Ils ne perdirent pas de temps non plus et déroulèrent leurs cordes argentées en même temps qu'ils m'encerclèrent. Le rythme des questions qui se succédaient à toute allure m'étourdit : À quoi ressemble le Condamné des ténèbres ? A-t-il donné un nom ? Où est-il allé ? Je fis de mon mieux pour leur répondre, mais je n'avais pas grand-chose à dire. Et entortillée comme un cadeau mal emballé contre les coussins du banc, je devenais de plus en plus mal à l'aise.

Finalement, je ne pus en supporter plus.

— Assez de questions ! interrompis-je. Quelqu'un voudrait-il m'enlever ces rubans à conduits ?

• • •

Un peu plus tard, ne portant qu'une chaussure et les habits que m'avait donnés Gabe, je retournai au club Révolution en boitillant.

À environ un kilomètre de l'endroit où je me tenais, je sentis des vibrations dans l'air et sur le sol, et je vis un magnifique spectacle de lumières brillantes contre la toile de fond de la nuit sombre et brumeuse.

Puis, je tournai un coin de rue et je vis la plus magnifique vision au monde.

Eli — qui courait vers moi.

Je courus aussi. J'étais tellement remplie d'émotion que lorsque je lançai mes bras autour de lui, je ne pensai pas à ce à quoi je devais ressembler, ni à qui j'étais.

— Je suis tellement contente de te voir! criai-je, enfonçant mon visage dans son veston.

— Amber! Je t'ai cherchée partout et je me préparais à appeler la police. Où étais-tu?

Je hochai la tête. J'étais trop fatiguée et trop transie pour penser à autre chose qu'à la douce sensation d'être dans ses bras.

— Tu es glacée. Tiens, prends mon manteau, offrit-il.

Mais je hochai la tête, me rappelant Gabe/Dyce qui me donnait son coupe-vent.

— Tiens-moi tout simplement dans tes bras, murmurai-je. Oh, Eli! Je suis si heureuse d'être de retour avec toi.

— Que s'est-il passé?

— C'était Dyce... Je veux dire Gabe. Il... il a menti et ensuite il a essayé de me kidnapper.

Je sortis mes mains, dont la peau paraissait irritée et rouge sous les lampadaires brillants.

— Bâtard! Où est-il? J'irai là-bas et...

— Et quoi?

Je ris presque devant son ton féroce; on aurait dit un chihuahua prêt à sauter sur un loup; c'était tellement mignon que j'en pleurai presque.

— Ça va maintenant. Il est parti pour de bon.

— Mais toi, tu vas bien? Devrions-nous appeler la police?

— On s'en est déjà occupé, dis-je, n'ayant pas l'énergie d'entrer dans les détails.

— Mais que s'est-il passé ? Je n'y comprends rien.

— Je t'expliquerai plus tard, promis-je. Maintenant tout ce que je veux, c'est que tu me tiennes dans tes bras.

Et que tu m'embrasses, songeai-je.

Il devait avoir pensé la même chose, parce qu'il m'attira plus près de lui et souleva mon menton. À son contact si doux, je me sentis en sécurité et au chaud. Pas la sensation frissonnante du contact de Gabe, mais quelque chose de plus réel et de plus honnête. Je pouvais faire confiance à Eli, et lui confier ma vie et mon cœur. *Tu as tort au sujet de l'amour, Gabe*, songeai-je.

Souriant pour la première fois depuis des heures, je regardai Eli dans les yeux et je levai mes lèvres vers les siennes — jusqu'à ce que nous entendions un halètement et que nous nous séparions en sautant chacun de notre côté.

Me retournant, je vis Sadie qui nous fixait avec le regard le plus dégoûté que je n'avais jamais vu sur son visage.

— Oh mon Dieu, Rayah ! s'exclama-t-elle. Embrasser ton propre frère ! C'est tout simplement malade !

• • •

Il fallut y mettre tout un baratin, mais Sadie finit par croire que nous n'étions pas en train de nous embrasser (ce qui était vrai, étant donné qu'elle nous avait interrompus de façon si soudaine), mais qu'Eli était plutôt tout simplement en train de me réconforter parce que j'avais été kidnappée. Sadie fut d'autant plus convaincue lorsque je lui montrai mes chevilles et mes poignets meurtris.

Après cela, les choses furent un peu confuses. Sadie parla beaucoup, soulagée de voir que je n'allais pas appeler la police. Puis, elle m'expliqua qu'elle avait rencontré Warren par hasard, mais qu'il l'avait snobée. Elle l'avait traitée de toutes sortes de noms bien mérités et lui avait dit où il pouvait aller. Puis elle avait rencontré un autre type qui, de toute façon, était bien mieux que Warren.

Lorsque je lui demandai ce qui se passait avec Mauve, Sadie haussa les épaules et confia qu'elle était retournée avec Alonzo. Apparemment, pour la première fois dans l'histoire de Mauve, elle faisait l'essai de la monogamie. J'avais mes doutes, mais j'espérai tout de même que ça fonctionne pour elle.

Eli aurait voulu que j'aille rester avec lui dans la maison de ses amis, mais je n'avais pas envie de faire la conversation à des étrangers. Il me promit donc de venir me chercher tôt (dans environ six heures) pour l'audition de *Voice Choice*, et il me déposa au condo miteux.

Mon lit et chaton Calico m'attendaient.

Lorsque je me réveillai, je fus surprise de voir que Mauve dormait dans le lit pliant et que la chatte s'était maintenant pelotonné contre elle (traîtresse!). Je fermai l'alarme du réveille-matin. Je me sentais tellement groggy que j'avais envie d'oublier l'audition et de dormir toute la journée. Mais je ne pouvais laisser tomber Sharayah. En moins de douze heures, je retournerais à mon propre corps, et elle devrait survivre par elle-même — ce qui serait beaucoup plus facile si elle avait réussi à atteindre la finale de *Voice Choice*.

Après une douche rapide, je choisis parmi les vêtements de Sharayah pour trouver quelque chose qui attirerait l'attention tout en faisant s'extasier les juges. Je trouvai un haut rouge clair extensible et je l'assortis à un veston de denim écourté bordé de perles, des jeans noirs et des demi-bottes noires. Mes cheveux étaient terribles, je les tordis donc en un chignon désordonné qui me donnait un look rebelle de rocker. Sous le même thème, j'appliquai de bonnes doses d'ombre à paupières brun automne et de crayon khôl autour de mes yeux, et du rouge à lèvres rubis rayons mortels.

J'avais cru qu'il serait suffisant de partir à six heures ; mais quand Eli sortit enfin des autoroutes congestionnées et trouva un espace de stationnement, la file pour le concours faisait environ un kilomètre de long. Sans exagérer !

— Que croient-ils que c'est ? *American Idol* ? me plaignis-je à Eli, alors que je prenais mon poste miteux à la fin de la queue.

— On dirait, convint-il. Mais nous sommes venus jusqu'ici. Nous pouvons attendre.

Je lui lançai un regard surpris.

— Tu n'es pas obligé de rester avec moi. Ça pourrait durer des heures.

— Ça ne me dérange pas.

Il sourit et glissa son bras de manière décontractée autour de mes épaules. Il ajouta :

— Je ne fais que jouer le rôle du frère qui te soutient.

— Oh, tu parles, soupirai-je, mais moi aussi je souriais.

J'avais toujours aimé observer les gens, et attendre dans cette file m'offrait beaucoup à regarder. La plupart de ceux qui allaient passer l'audition s'étaient préparés à l'attente ; ils avaient apporté avec des chaises, des couvertures, des oreillers et des glacières. Il y avait même une fille qui dormait sur un lit pliant — ses amis la déplaçant de quelques centimètres chaque fois que la file avançait, et cela n'arrivait pas souvent.

Une heure, puis deux, puis trois heures passèrent avant que je sois assez proche pour voir le début de la queue. Mais il restait encore un pâté de maisons — et quelques centaines de personnes — devant nous. Vers la quatrième heure, je me sentis mieux, parce qu'Eli était allé chercher des hamburgers, des boissons et des frites, et qu'il rapporta aussi une couverture.

Alors que nous terminions notre repas, un type avec une casquette noire (il y avait le logo d'un microphone et les lettres *VC* à l'avant) arriva avec des formulaires d'admission à compléter. Il en tendit un à Eli, mais « mon frère » hocha la tête et pointa vers moi. Étant donné que je ne connaissais pas l'adresse de Sharayah, ni aucun autre détail personnel, je tendis le formulaire et le stylo à Eli. La file commença de nouveau à avancer, il remplit donc rapidement le formulaire, puis le tendit au représentant de *VC* quelques minutes plus tard.

Nous attendîmes ensuite pendant une autre heure sans que la file fasse un seul mouvement. C'était tellement frustrant d'être si près sans toutefois pouvoir entrer à l'intérieur. Eli et moi occupâmes notre temps en essayant de planifier la chanson que je chanterais. Je voulais quelque chose dans le style blues pour faire étalage de la gamme vocale de Sharayah ; mais Eli croyait que je devrais faire quelque chose tiré des premiers titres du palmarès. Nous argumentâmes pendant environ un mètre de mouvements de file avant de choisir quelque chose qui avait une touche de blues, tout en étant populaire.

Pendant que nous attendions, les doutes commencèrent à m'assaillir. Tout autour de nous, les aspirants chantaient leurs chansons à tue-tête, certains dansaient aussi. Mais qu'avais-je fait pour me préparer ? Rien. Je n'étais même pas certaine de mon choix de chanson, et c'était là la chose la plus importante. Comment pourrais-je avoir la moindre chance de gagner ?

Pendant que je me demandais si je ne devrais pas tout simplement abandonner la partie et m'en aller, la file recommença à bouger. Plus rapidement. Pour la première fois depuis notre arrivée, je pouvais voir la porte d'entrée. Des portes doubles en fait, avec des gardes de sécurité officiels qui cuisinaient chaque personne avant de leur permettre d'entrer. Quelqu'un portant un costume d'ours venait juste d'entrer, suivi de triplés vêtus de noir et d'une fille qui aurait pu être le sosie de Britney Spears. Lorsque je comptai les gens devant moi, il n'y en avait plus que vingt-cinq.

— Excusez-moi, dit quelqu'un derrière moi.

Je me retournai et je vis une femme aux cheveux gris. Son visage était plissé, et son corps semblait frêle et voûté. Elle portait une jupe bleu marine à plis, une blouse bleue à manches longues et un foulard jaune. Je ne l'avais jamais vue auparavant, donc je me demandai pourquoi elle s'adressait à moi.

— Oui, demandai-je avec curiosité, étant donné qu'une restriction d'âge dans les règles du concours disqualifiait toute personne de plus de trente ans ; et cette femme devait avoir au moins trois fois trente ans.

— Je me demandais si vous pourriez partager un peu d'eau, demanda-t-elle faiblement, pointant les bouteilles d'eau qu'Eli avait achetées plus tôt. Tellement d'heures à attendre… et je me sens étourdie. Je peux vous payer.

Eli tendit le bras et lui remit une bouteille.

— Vous pouvez la prendre, c'est gratuit.

— Merci beaucoup. Je savais en vous regardant tous les deux que vous étiez de bons jeunes.

— Êtes-vous ici pour le concours ? demandai-je.

— Seulement pour soutenir mon talentueux petit-fils. Mais après une visite aux toilettes, je l'ai perdu de vue. Il doit être entré à l'intérieur, mais les gardiens ne me laissent pas entrer.

— Ils ne vous laissent pas entrer ? dit Eli avec un froncement farouche. Bien, je vais y voir. Venez avec moi, et je vais leur parler pour vous.

— C'est gentil à vous, mais ça ne me dérange pas d'attendre.

Elle agita la main en signe d'impuissance.

— Tout de même, il commence à faire tellement chaud, et je...

Sa voix se cassa et ses pieds se dérobèrent sous elle.

Nous nous avançâmes tous les deux, mais Eli l'atteignit le premier et la prit dans ses bras pour qu'elle ne tombe pas. Il saisit une bouteille d'eau, l'ouvrit et la tint près de sa bouche.

— Prenez une gorgée, l'encouragea-t-il doucement.

— C'est mieux... mais, ooh... tout tourne.

Elle se redressa et s'avança d'un pas, puis tangua.

— Vous avez besoin de soins médicaux, dit Eli fermement. Je vais parler aux gardiens et voir s'il y a un médecin tout près.

— Jamais de la vie. Je veux qu'on me laisse tranquille. J'irai bien si je prends juste un moment pour aller aux toilettes.

— Je vous y emmène, offrit Eli.

— Les toilettes des femmes ne sont pas un endroit pour les jeunes hommes. Je vais me remettre, dit-elle en le repoussant. Mais la façon dont elle chancelait indiquait fortement qu'elle ne pourrait faire un seul pas par elle-même.

— Je vous y emmène, offris-je.

— Tu ne peux partir maintenant, protesta Eli.

— Ça ne sera pas long, et tu peux garder ma place pour moi. Les toilettes ne sont pas très loin, et je peux revenir avant même que la file se déplace.

Ne donnant pas à Eli la chance de discuter, je me levai et pris la frêle femme par le bras.

Alors que nous nous approchions des toilettes, je vis avec surprise qu'elle pouvait se déplacer plus rapidement. Lorsque je tendis le bras pour ouvrir la porte, et vis une affiche *Hors service* qui pendait au bouton, je fronçai les sourcils.

— Oh, non. Il nous faut trouver un autre endroit.

— Ne vous inquiétez pas pour cela, dit-elle, ouvrant la porte en la poussant. J'étais ici plus tôt, et ça fonctionnait très bien.

Puis elle chancela, et je fis un mouvement brusque vers l'avant pour l'empêcher de tomber.

La salle de bain semblait être en état de fonctionnement : pas de robinets qui coulaient ou de toilettes qui débordaient. Je conduisis la femme vers une cabine. Elle s'appuya contre la porte et fouilla dans son sac à bandoulière.

— Je vais y aller maintenant, dis-je en me retournant.

— Oh non. Vous n'irez nulle part. Vous restez ici avec moi.

Elle sortit brusquement quelque chose de gris de son sac et le pointa vers moi.

Un pistolet électrique.

Comme je la fixais, stupéfaite, elle tendit le bras vers le haut et arracha sa perruque grise. De brillantes boucles rousses tombèrent sur ses épaules pas si âgées.

Trop surprise pour réfléchir, je dis la première chose qui me vint à l'esprit.

— Qu'est-ce que c'est ton problème avec les salles de bain?

— C'était le seul endroit où je pouvais être seule avec toi.

— Je ne peux croire que tu m'aies suivie pendant plus de six cents kilomètres. Es-tu obsédée ou quelque chose du genre? Quel est ton problème?

J'essayais de gagner du temps pendant que j'évaluais la distance entre la porte et la main qui tenait la matraque, examinant mes chances de la bousculer hors de mon chemin. J'avais un bon quinze centimètres de plus qu'elle, mais maintenant qu'elle s'était redressée, elle paraissait plus large et probablement plus forte. Je pouvais courir plus vite qu'elle... mais pas aussi vite que son doigt pouvait appuyer sur la détente.

— Pas de mouvement brusque.

Elle gardait le pistolet pointé vers moi.

— Je ne veux pas m'en servir, mais je le ferai si tu ne fais pas exactement ce que je te dis.

Je hochai la tête, la peur grimpant le long de mon épine dorsale.

— Que veux-tu?

— Je veux que ma meilleure amie redevienne comme avant, dit-elle avec un soupir de lassitude. Sharayah, c'est une démarche d'intervention.

23

— Tu m'as tellement manqué, Shari, continua la tête
trousse.

Elle avait un air si malheureux que même si elle
pointait un pistolet paralysant dans ma direction,
j'éprouvai de la pitié pour elle.

Meilleure amie ? Je me souvenais qu'Eli m'avait
raconté comment Sharayah avait laissé tomber tous ses
amis, même l'amie avec laquelle elle avait été la plus
intimement liée depuis l'enfance.

— Hannah ? devinai-je.

— Je t'ai suivie pendant des centaines de kilomètres
et j'ai emprunté le pistolet électrique de ma mère rien
que pour arriver à être seule avec toi.

De sa main libre, elle essuya les larmes de ses yeux.

— Je suis même allée à cette fête funky de pistolets paralysants avec maman pour apprendre comment l'utiliser. Je ne plaisante pas, Sharayah, je vais t'électrocuter si c'est ce qu'il faut faire pour te garder ici.

— Mais je dois retourner à l'audition. J'étais presque arrivée à l'avant de la file, et il ne reste plus beaucoup de temps avant…

J'hésitai, prenant conscience que ce n'était ni le temps ni l'endroit pour donner des explications au sujet des donneurs de vie temporaires.

— Ce que je veux dire, c'est que ce concours est vraiment important pour moi.

— D'autres choses sont plus importantes… Comme notre amitié.

— Hannah, je sais que tu es une amie merveilleuse, mais je dois vraiment retourner avec Eli. Ne pouvons-nous pas nous rencontrer après le concours ?

— Au diable ce foutu concours !

Puis elle rougit, comme si elle avait honte de son emportement.

— Vois-tu comment tu me rends folle ? Je ne jure presque jamais parce que nous avons toujours cru que c'était tellement dégradant. Tu te souviens quand nous avions trouvé ce site Internet où l'on trouvait des insultes dans le style de Shakespeare, et que nous disions des trucs comme « espèce de tête de bœuf encroûté d'ulcères en pleine floraison » et « espèce de créature démodée empoisonnée de morsures de mouches » ? Nous nous moquions des autres enfants qui répétaient sans cesse les mêmes jurons ennuyeux. Mais tu as changé… je ne peux croire ce que j'ai entendu dire de toi.

Ça, c'est certain, songeai-je d'un air contrit. Je hochai la tête pour lui montrer à quel point j'avais honte, puis je fis subtilement un pas vers la porte.

— Arrête! ordonna-t-elle, pointant le revolver avec assurance. Cette intervention est très sérieuse à mes yeux.

— Je dois p…

— Ne m'interromps pas! J'ai traversé l'enfer à cause de toi, et le moins que tu puisses faire, c'est de me donner quinze foutues minutes de ton temps. Je ne veux plus entendre d'autres arguments. Reste tranquille et écoute jusqu'à ce que nous ayons terminé… sinon…

Elle poussa le revolver plus près de moi.

Je levai mes mains en signe d'abandon.

— Je vais rester, promis-je.

Elle respira si profondément que les fausses rides sur son visage se relâchèrent. Maintenant que je pouvais la voir de plus près, j'étais gênée de m'être fait tromper par le jeu de la grand-mère. Ses cils roux se recourbaient au-dessus de grands yeux chocolat qui brillaient d'émotion. Mais ses lèvres pleines étaient pressées ensemble avec détermination tandis qu'elle empoignait fermement le pistolet.

— Tu dois faire ce que je dis.

Elle tendit le bras derrière elle pour prendre un sac de plage aux couleurs joyeuses d'où elle tira une petite couverture. Elle la poussa sur le plancher et me dit de l'étendre, puis de m'asseoir.

Impressionnée de voir jusqu'où elle était allée pour aider une amie — et ne voulant lui donner aucune raison de faire l'essai de ce pistolet électrique —, je m'assis sans discuter. La jupe grand-mère de Hannah s'étala sur la couverture alors qu'elle s'assit devant moi. Elle garda son pistolet levé tout en agrippant les courroies de son sac qu'elle balança entre nous.

— Voici comment ça fonctionne, dit-elle d'un ton déterminé. Tu restes assise sans bouger, et tu regardes ce que j'ai à te montrer. Pas d'interruptions.

— Mais Eli va s'inquiéter de ne pas me voir revenir.

— Je m'en occupe.

Elle sortit un téléphone de son sac et l'ouvrit avec l'ongle rose givré de son pouce. C'était en fait un mouvement plutôt habile, puisqu'elle tenait toujours le pistolet dans son autre main. Je ne pouvais m'empêcher d'être impressionnée par son habileté à mener plusieurs tâches de front.

Sauf que j'étais encore plus inquiète de ce qu'elle allait faire. Je l'observais avec inquiétude pendant qu'elle appuyait sur un bouton et portait le téléphone à son oreille.

— Hé, Eli, dit-elle d'un ton décontracté. Ouais, c'est Hannah… je sais, c'est vraiment une surprise… en fait, c'est la raison pour laquelle je t'appelle.

Le revolver remuait pendant qu'elle riait.

— Elle est avec moi, c'est une coïncidence, mais juste comme ça, nous sommes tombées l'une sur l'autre... Calme-toi, elle va bien, mais elle a un sérieux trac, j'essaie donc de l'encourager. Elle te dit que tu devrais continuer d'avancer et qu'elle te rejoindra bientôt.

Hannah raccrocha abruptement.

— C'est fait, me dit-elle en souriant.

Je remarquai qu'en déposant son téléphone, elle avait appuyé sur le bouton *Fermé*.

— Et qu'est-ce qui se passe maintenant ? lui demandai-je avec méfiance.

— L'intervention commence.

Elle fit un geste vers son sac de plage avec la crosse du pistolet.

— Nous allons commencer par notre voyage de science de sixième année.

• • •

Lorsqu'elle commença à sortir des albums de découpures et des albums de photographies, je me demandai si son sac n'était pas une fosse sans fin. Elle avait organisé chacun de ses nombreux livres avec des étiquettes par année et par événements. L'album bleu montrait Hannah et Sharayah souriantes à l'âge de onze ans, alors qu'elles pagayaient dans un canoë et faisaient de la randonnée au camp de science. C'était mignon de les voir toutes les deux porter des nattes et des vêtements semblables ; même leurs poses se ressemblaient alors qu'elles faisaient la nique à la caméra.

Les voir ensemble me fit penser à Alyce, et elle me manqua plus que jamais. Nous n'étions jamais allées ensemble à des camps de science (en fait, j'y serais allée, mais même à l'école primaire, Alyce évitait les événements sociaux), mais nous avions un jour fait du camping dans une maison réputée pour être hantée. Nous n'avions rencontré aucun fantôme, mais nous nous étions raconté des histoires pour nous faire peur toute la nuit.

Album après album, je retournais aux sources avec Sharayah. Sharayah et Hannah avaient été si proches que je commençais à comprendre ce qui avait motivé Hannah à m'emmener ici. Et son ingéniosité était étonnante. Je veux dire, l'idée de l'affiche *Hors service* sur la porte de salle de bain était brillante. Personne ne viendrait nous déranger.

Pas même Eli.

Mon esprit vagabonda pendant qu'elle pointait la photographie d'un petit chien doré à poil long que Sharayah lui avait donné comme cadeau d'anniversaire lorsqu'elle avait eu seize ans. Mais chaque minute de réminiscence diminuait mes espoirs de gagner le concours *Voice Choice*. Le temps s'écoulait rapidement — à plus d'un égard. L'horloge de mon commutateur corporel tournait aussi. Je ne portais pas de montre, donc j'ignorais l'heure exacte, mais j'avais regardé la montre d'Eli avant de le quitter, et il était alors presque trois heures.

Le changement de corps pourrait bientôt se produire.

Mamie m'avait expliqué qu'une fois que c'était commencé, il n'était pas possible d'interrompre le processus.

— Hannah, j'ai vu assez de photographies, dis-je en refermant un livre de troisième année. J'apprécie tout ce que tu as fait, et cela a fonctionné. C'était exactement ce dont j'avais besoin pour me remettre les idées en place. Tu es une amie extraordinaire.

— Ce n'est pas ce que tu as dit quand tu as déménagé de notre dortoir. Tu as coupé les liens comme si j'étais une étrangère, dit-elle en reniflant. C'était tout simplement cruel.

— Je suis vraiment désolée. Mais je n'étais pas moi-même — on aurait dit que j'étais possédée par un démon, ajoutai-je pour créer un effet dramatique.

Sharayah n'était probablement pas du type théâtral, mais cela avait toujours fonctionné pour moi.

— J'ai été horrible, et tu es la meilleure amie de tout l'univers, car tu ne m'as pas laissée tomber. Je ne pourrai jamais assez te remercier.

— Tu le penses vraiment ?

— Absolument. Je veux que nous redevenions amies.

— Oh, Shari, c'était ce que j'espérais que tu dises.

Son comportement changea complètement, et bien qu'elle tint toujours le pistolet paralysant, elle baissa la main qui le tenait.

— J'étais certaine que tout ce qu'il me fallait faire, c'était de te forcer à m'écouter et de te rappeler la belle époque.

— Tu avais raison, l'assurai-je. Ton intervention a réussi. Mais puisque nous en avons terminé ici, j'ai vraiment besoin de retourner au concours.

— Pourquoi ?

Elle fronça le front.

— Pour montrer mon incroyable voix aux juges. Ne veux-tu pas que je devienne une étoile de la chanson ?

— Tu plaisantes, n'est-ce pas ?

— Hum… non.

— À d'autres, Sharayah ! Tu es la fille la plus privée que je connaisse. Tu n'as jamais chanté en public ! Tu t'es toujours moqué d'Eli à propos de sa passion secrète pour le karaoké, et tu ne t'es jamais vantée d'avoir une bonne voix.

— Donc, ce n'est pas mon rêve de chanter ? demandai-je.

— Que tu es bête ! Tu ne peux supporter les gonzesses populaires comme Britney. Tu veux être médecin.

Elle me regarda en fronçant les sourcils.

— Peut-être que tu t'es vraiment fait prendre par un démon. Mais je ne t'abandonnerai pas. J'ai encore trois albums de photographies et j'ai même l'album de découpures du club secret que nous avons créé quand nous étions en troisième année.

Elle me regarda d'un air soupçonneux et souleva le pistolet électrique.

Puis, avec une détermination d'acier, elle sortit encore un autre album de photographies.

Pendant qu'elle tournait les pages et qu'elle me rappelait un voyage au lac Tahoe et un fougueux trajet en motoneige, je commençai à ressentir un fourmille-ment dans mes mains. Le fourmillement se transforma en une chaleur étrange qui se répandit à travers mes bras. Je baissai les yeux et je dus avaler mon souffle quand je vis mes doigts qui brillaient. Mais tout chez moi me semblait bizarre. Mes pensées se mirent à nager dans un brouillard et je me sentis tout engourdie — comme si j'étais en train de me déconnecter de mon corps.

Du corps de Sharayah.

Quelle heure était-il ? J'essayai de le demander à Hannah, mais en réalisant que je ne pouvais entendre ma propre voix, j'eus un sentiment de panique. Les sons faisaient écho tout autour de moi, comme si j'étais balayée le long d'un tunnel sombre.

Je pris conscience de ce qui était en train de se pro-duire. Ce que j'avais souhaité désespérément et que je craignais pourtant autant. Je quittais Sharayah et je retournais à la maison. Mais je n'étais pas encore prête. J'envoyai mes pensées à Mamie, la suppliant de me donner plus de temps parce que je n'avais pas encore réussi à faire une vedette de Sharayah. Je n'avais pas dit au revoir à Eli, non plus. Tout arrivait trop vite, tout était hors de contrôle, des couleurs sombres tourbillon-nantes se mélangeaient à une sensation de mouvement précipité.

Puis, je sentis que je m'arrêtais.

Je ressentis une secousse, comme si je m'étais écrasée contre un mur.

Quand j'ouvris les yeux et que je regardai autour de moi, je me rendis compte que le « mur » n'était pas fait de briques ou de béton — il était fait de chair, de sang et de cheveux bruns bouclés.

J'étais redevenue Amber.

— AMBER ! TU ES RÉVEILLÉE !

Je jetai un coup d'œil autour de moi, consciente de tellement de choses en même temps : le lit d'hôpital où je me trouvais, le tube qui partait de mon bras et se rendait jusqu'à un support pour intraveineuse, le rideau entrouvert qui laissait filtrer la faible lumière d'une journée nuageuse, et la femme qui pleurait en me regardant fixement. J'avais habité deux corps différents au cours de la dernière semaine, j'avais fait face à des Condamnés des ténèbres et j'étais presque devenue la future vedette de *Voice Choice*; et je redevenais enfin moi-même : la future agente de spectacle perspicace et d'apparence moyenne, Amber Borden.

— Maman? murmurai-je, presque effrayée de croire que tout ceci était réel.

Ma mère éclata en sanglots et se précipita vers le lit. Ne cessant de crier mon nom (il était génial de réentendre mon nom), et elle enroula doucement ses bras autour de moi. Ses larmes coulaient sur ses joues et tombaient sur mon bras — un bras qui portait toujours les cicatrices à peine visibles qui avaient été causées par une chute dans les orties. Des souvenirs m'envahirent, mais cette fois-ci, c'étaient mes propres souvenirs : le crissement des pneus d'un camion postal hors contrôle, ma rencontre avec Mamie, de l'Autre côté, et mon réveil à l'hôpital où je m'étais retrouvée dans le mauvais corps.

Mais maintenant, pour la première fois depuis des semaines, j'étais dans le bon corps.

Et ma maman me serrait dans ses bras.

Bientôt, nous étions toutes les deux en larmes.

C'était comme si quelqu'un avait secoué une bouteille remplie de folie, et avait ensuite fait éclater le bouchon. Tout se brouillait dans une avalanche de joie et de larmes. Papa apparut, puis les infirmières et les médecins. Maman était comme un taureau fonçant sur les médecins, insistant sur le fait que j'étais réveillée, en santé, et prête à rentrer à la maison. Tandis que Maman luttait contre le protocole et les règles de l'hôpital, papa se pencha et me serra si fort qu'une machine tout près commença à sonner. Pendant tout ce temps, je continuais à examiner mon corps, m'émerveillant devant mes taches de rousseur, de mes petits seins et de mes cuisses potelées.

J'adorais être moi.

À un certain moment durant toute cette folie, le téléphone sonna et mon père me le tendit.

— Dustin! m'exclamai-je.

— Amber? demanda-t-il avec précaution. Est-ce vraiment toi?

— Oui! Mais comment peux-tu déjà savoir?

— J'ai mes sources, dit-il du ton typique du gars qui sait tout. Wow! Tu as repris ta vraie voix.

— Fantastique, hein? m'entendis-je dire, et je souris.

— Grandeur suprême! Alors, quand puis-je te voir?

— Bientôt, j'espère.

Je jetai un coup d'œil à ma mère qui était en train de discuter furieusement avec un médecin en lui lançant un regard noir.

— Mes parents essaient de me faire sortir le plus tôt possible.

— Tu rentreras donc demain à la maison?

— Je le pense. Maison — quel mot superbe!

— Je parie que ce l'est. Alors, relaxe et jouis de ton retour. Mais quand même, je veux tout savoir. Par exemple, comment s'est passée l'audition?

— Ne me le demande pas.

Mon sourire s'évanouit.

— Ça a été un fiasco?

— Pire. Je ne l'ai jamais passée. Mais je ne peux en parler ici, ajoutai-je dans un murmure. Je t'expliquerai plus tard.

— Appelle-moi quand tu seras à la maison.

— Je le ferai, promis-je.

— Amber, juste pour que tu saches… dit-il en faisant une pause, soudainement maladroit.

— Oui ?

— C'est fantastique de te ravoir — je veux dire la vraie Amber — parmi nous.

Je jetai un coup d'œil à mes parents et je me gonflai d'émotion.

— Je sais.

• • •

Le lendemain matin, après une longue soirée de tests et d'examens, je fus enfin autorisée à sortir. Lorsque je franchis la porte d'entrée, mes petites sœurs me saisirent à bras-le-corps ; une équipe de trois minuscules joueurs de football qui portaient des culottes protectrices en plastique.

— Grand-sœur, grand-sœur, grand-sœur ! hurlèrent Melonee, Olive et Cherry en m'attrapant par les jambes et en me serrant.

Je grimaçai de douleur à cause de mes ecchymoses (après tout, j'avais été frappée par un camion !), mais je les serrai aussi dans mes bras. Je ne pouvais cesser de m'extasier en voyant à quel point elles avaient grandi. J'étais comme Rip Van Winkle* qui rentrait à la maison après cent ans, même si j'avais été partie à peine deux semaines. Mais quelques semaines pour les petits enfants valent autant qu'un siècle. Mes sœurs avaient appris de nouveaux mots et pouvaient même en enchaîner quelques-uns et faire de courtes phrases. Elles avaient chacune de nouveaux talents à me montrer. Olive pouvait faire une culbute arrière (il était évident qu'elle n'avait pas appris cela de sa grande sœur qui résistait à la pratique de toute gymnastique), Melonee était capable de compter jusqu'à onze et Cherry disait continuellement «Toc Toc Toc», puis riait chaque fois que je répondais : «Qui est là?»

J'étais excitée de voir ma chatte, Snowy, mais elle n'était pas aussi amicale que chaton Calico et m'ignora (jusqu'au souper, quand je déposai de la nourriture pour elle sous la table). En l'honneur de mon retour, Maman avait préparé un gâteau de bienvenue au caramel à trois étages, et je lui montrai ma reconnaissance en en prenant deux morceaux. Ensuite, après avoir bien mangé et mourant d'envie de dormir, je me rendis dans ma chambre. J'y trouvai enfin un moment de solitude pour faire un appel important.

Eli, Eli! Réponds!

Mais il ne répondit pas.

Le stupide téléphone sonna et sonna jusqu'à ce que le répondeur prenne l'appel. Où était Eli? me tourmentai-je. Pourquoi n'avait-il pas répondu? Il devait maintenant s'être rendu compte que j'avais repris mon corps, il aurait donc dû essayer de me téléphoner. Pourtant, il ne l'avait pas fait.

Découragée, je laissai un bref message :

— Appelle-moi le plus tôt possible!

J'essayai ensuite le numéro d'Alyce.

Je regrettais toujours de ne pas avoir été là quand elle avait eu besoin de moi. Mais maintenant, j'étais à la maison et je l'aiderais à traverser sa crise — peu importe ce qui se passait. Ce ne devait pas être des problèmes avec des gars, étant donné qu'elle était trop difficile pour sortir avec qui que ce soit. Il restait alors les problèmes d'école ou de devoirs, des complications avec la photographie de cimetières, ou quelque chose qui aurait à voir avec sa mère.

D'habitude, ses problèmes étaient reliés à sa mère.

Alors, quand sa mère répondit à mon appel, j'eus une sensation bizarre dans mes entrailles.

— Allo… Alyce est-elle là? demandai-je nerveusement. C'est Amber.

— Je sais qui vous êtes, répondit-elle froidement.

Au fait, qu'avait-elle contre moi? J'avais toujours été extrêmement gentille et polie avec elle.

— Puis-je parler à Alyce? demandai-je.

— Pourquoi voudriez-vous lui parler?

Son hostilité était assez aiguë pour me tirer le sang.

— Parce que je suis sa meilleure amie.

— Ma fille n'a pas d'amis.

— C'est faux! argumentai-je. S'il vous plaît, dites-lui que je veux lui parler.

— Malheureusement, elle ne veut pas vous parler.

Clic. La ligne fut coupée.

Oh, fantastique, pensai-je sombrement. Ça s'est bien passé… *vraiment pas!*

Je fixai le téléphone dans ma main, me blâmant de ne pas avoir mieux gardé la situation en main. Mais qu'aurais-je pu avoir dit d'autre? Alyce me détestait-elle vraiment ou sa mère mentait-elle? Je réfléchis à notre dernière conversation, et à l'insistance d'Alyce pour que je revienne immédiatement chez moi. Je me souvins aussi de la colère qu'elle avait exprimée quand j'avais refusé. Elle avait besoin de moi, et je l'avais laissée tomber.

Était-ce vraiment la fin de notre amitié ?

Tendant le bras jusqu'à l'autre côté du lit, je pris ma chatte dans mes bras, avant qu'elle ne puisse protester, et je la serrai contre ma poitrine. Une larme coula sur ma joue et atterrit sur sa fourrure argentée. Si seulement je pouvais lire dans l'esprit d'Alyce pour savoir ce qui n'allait pas. Elle ne voulait pas me parler, alors comment pouvais-je l'aider ? Je n'osais pas me rendre chez elle maintenant. Pas tant qu'Attila l'horrible mère pouvait répondre à la porte et me la claquer directement au visage. Mais je pouvais tenter ma chance à l'école. Alyce et moi partagions des cours, elle ne pourrait donc pas m'ignorer pour toujours. Quoi qu'il en soit, je réparerais tout cela, et nous serions de nouveau les meilleures amies du monde.

Le téléphone sonna, et je l'attrapai.

— Alyce ? criai-je avec espoir.

— Désolé de te décevoir, dit une voix mâle amusée.

— Oh, Eli ! Au contraire, je suis loin d'être déçue, l'assurai-je en m'assoyant.

Tout ce mouvement dérangea Snowy qui feula vers moi et détala avec indignation jusqu'à l'extrémité du lit.

— Je m'inquiétais à ton sujet... et au sujet de Sharayah.

— Ne t'inquiète pas à mon sujet, dit-il. Et Sharayah semblait bien se porter lorsqu'elle a téléphoné il y a quelques heures. Elle est avec Hannah.

— Elle est avec Hannah?

Je me détendis contre mon oreiller.

— Je suis soulagée. Je m'inquiétais de ce qui se passerait après mon départ, mais Sharayah n'est pas en danger avec Hannah. Je crois que Hannah est fantastique — malgré le pistolet paralysant.

— Un pistolet paralysant?

— Un *Taser*. Je te raconterai tout quand je te verrai. Es-tu rentré à la maison?

— Pas encore.

— Alors, dépêche-toi! Ce sera tellement *cool* d'être avec toi en étant moi-même. Nous pourrions...

J'hésitai.

— Bien... nous pourrions terminer ce que nous avons commencé sans briser aucune loi morale ou légale.

— J'aimerais bien, mais ça prendra peut-être un bon moment. Il y a quelque chose que tu devrais savoir à propos du concours *Voice Choice*.

— Oh... ça.

Je fronçai les sourcils.

— Désolée de t'avoir fait poireauter, mais je ne pouvais rien faire. Hannah m'a forcée à prendre part à une intervention.

— Quoi?

— Une intervention. Tu sais, c'est habituellement pour quelqu'un qui prend des drogues ou qui est alcoolique, mais Hannah l'a fait pour me rappeler — je veux dire, pour rappeler à Sharayah — leur amitié. Elle avait apporté tous ces albums et...

— C'est vraiment intéressant, interrompit-il. Mais il s'est produit quelque chose d'important que tu dois savoir.

— Quoi ?

J'agrippai le téléphone, imaginant la maladie, un accident de voiture et des Condamnés des ténèbres.

— Détends-toi, ce n'est rien de mal. En fait, c'est plutôt ridicule, vraiment, dit-il avec un rire bizarre. Je veux dire, je ne m'attendais jamais à ce que quelque chose de semblable m'arrive. Je suis simplement resté à attendre en ligne parce que je croyais que tu reviendrais. Lorsque j'ai remis le formulaire que j'avais rempli rapidement et de façon négligée, ils ont vu le nom Rockingham et ont commencé à m'appeler «Rocky». Avant que je puisse donner des explications, les mecs officiels m'ont conduit sur une scène, m'ont tendu un micro et m'ont dit de commencer à chanter.

— Oh, pauvre Eli ! Comme c'est gênant !

— Ce l'était au début, mais alors, toutes mes séances à m'éclater au karaoké ont pris le dessus, et je me suis bien amusé.

— Tu es gentil d'essayer de ne pas me faire sentir coupable pour t'avoir laissé dans une situation aussi terrible. Je suis tellement désolée de t'avoir obligé à m'emmener à ce concours.

— Ne sois pas désolée. Je ne le suis pas, et les juges ne l'étaient pas non plus.

Il fit un petit rire.

— J'ai été choisi pour participer aux finales.

CETTE NUIT-LÀ, IL ÉTAIT ÉTRANGE et merveilleux de m'endormir dans mon propre lit et dans mon véritable corps. Repassant tout ce qui s'était passé, mon esprit tournoyait si rapidement qu'il m'était difficile de dormir. De bonnes choses étaient arrivées — comme retrouver ma famille et voir mon propre visage dans un miroir. Il y avait aussi la réussite accidentelle d'Eli. Qui savait qu'il possédait une voix fabuleuse? J'étais heureuse pour lui, mais déçue pour moi, car il devrait demeurer à Los Angeles pendant une autre semaine.

Mais c'était Sharayah que je ne pouvais oublier. J'étais inquiète que ma mission, qui avait pour objectif de l'aider, n'ait pas été complétée. Je m'étais trompée sur ses rêves et je l'avais presque engagée dans un concours qu'elle aurait détesté. De plus, je n'avais ni rehaussé son estime personnelle ni réparé son cœur brisé. Je n'avais même pas eu le temps de lui laisser une lettre d'encouragement. Tout ce que j'avais laissé derrière, c'était mon MEBO. Que penserait-elle lorsqu'elle le trouverait? Aurait-elle un souvenir quelconque de ce qui s'était passé les derniers jours? Si oui, comment réagirait-elle lorsqu'elle découvrirait que Gabe était un Condamné des ténèbres?

Pas bien, soupçonnai-je. À cette pensée, je me sentis encore plus mal. Je devais être la pire donneuse de vie temporaire de l'histoire. Si Sharayah retrouvait son estime personnelle et qu'elle redevenait une sœur aimante, une amie loyale et une première de classe, ce serait Hannah qui en aurait le crédit. Pas moi.

Sharayah avait de la chance d'avoir une meilleure amie qui tenait à elle, peu importe ce qui pouvait se produire; une meilleure amie qui n'avait jamais laissé tomber leur amitié. C'est le genre d'amitié que je partageais auparavant avec Alyce. Mais, je n'avais pas été là quand Alyce avait eu besoin de moi. Je l'avais donc laissée tomber.

Ne pourrait-elle jamais me pardonner?

Me tournant et me retournant dans mon lit, je finis par m'endormir.

Mais quelque part au beau milieu d'un état de rêve, je me retrouvai entourée de lumière, et je me déplaçais comme si je montais un escalier roulant invisible. Je montais et montais... jusqu'à ce que j'entre dans un monde surréel où un pan de nuages argentés me conduisit jusqu'à Mamie.

Cola était là aussi. Il était assis sur ce qui paraissait être un sofa confortable en cuir, et son Directeur des tâches était illuminé comme des lumières des fêtes. Il aboya et se précipita vers moi en remuant la queue. Je le serrai dans mes bras, appréciant les chatouilles de sa langue de chien sur mon visage. Puis, tendue, je levai les yeux vers Mamie. Je craignais son appréciation de ma première (et dernière) mission de donneuse de vie temporaire.

Je parlai donc à sa place.

— Je sais, je sais... j'ai manqué mon coup. Je suis tellement désolée de t'avoir déçue, Mamie.

— Tu n'as déçu personne, me dit-elle. Tu as accompli tes devoirs de façon splendide.

— Mais je n'ai pas amélioré la vie de Sharayah.

— Les Neuf règles divines disent clairement qu'un donneur de vie temporaire doit tout simplement vivre la vie de l'Âme Hôte — il ne s'agit pas de la transformer. Tu as bien exécuté ta tâche. Je suis très fière de toi.

— Fière ?

Je me frottai la tête, me demandant si après tout ce n'était pas qu'un rêve plutôt qu'une expérience réelle. J'étais tellement certaine d'avoir tout bousillé. Comment Mamie pouvait-elle penser que j'avais fait du bon travail ?

— Amber, tu devrais aussi être fière de toi, dit-elle en ouvrant les bras et en m'attirant contre son corps chaud et solide. Tu as travaillé fort pour suivre les règles. Même si tu les as un peu contournées, tu l'as fait pour de bonnes raisons.

— Mais j'ai fait tellement d'efforts pour emmener Sharayah au concours de chant et j'ai échoué. Et ensuite, j'ai découvert qu'elle ne voulait pas être une vedette, qu'elle voulait en fait travailler dans un hôpital et guérir le cancer. Alors, je n'ai absolument rien fait pour qu'elle réalise ses rêves.

— Sharayah est très talentueuse et elle a beaucoup de temps pour réaliser ses propres rêves. Tu lui as permis de prendre le repos dont elle avait besoin, et maintenant elle a la force d'effectuer les bons choix. C'est son frère qui caressait des rêves secrets de vedettariat.

Mamie toucha doucement mes cheveux.

— Et ce n'est que l'un des nombreux rêves que tu partageras avec lui.

Ses paroles contenaient de subtiles allusions qui m'excitaient. Mais il me semblait que poser des questions sur l'avenir d'Eli serait de la tricherie ; étant donné que j'espérais en faire partie. Je demandai donc simplement si Sharayah irait bien.

— Mieux que bien.

Mamie me conduisit vers le sofa. Nous nous assîmes, et Cola se pelotonna près de nous.

— Elle est prête à s'attaquer à la vie de nouveau.

— Se souviendra-t-elle de tout ce qui s'est passé ?

— Elle se rappellera ce qui est important.

— Est-ce que cela inclut Gabe ?

— Elle sait qu'il est vivant et qu'elle ne doit pas se sentir coupable.

Mamie me sourit.

— Tu as été merveilleuse, ma chérie. Ce ne sont pas tous les donneurs de vie temporaire qui peuvent s'occuper d'un Condamné des ténèbres — surtout lors de leur première mission.

— Mais je me suis trompée au sujet de Warren.

— Tu ne te trompais pas tant que cela — il avait été en contact avec un Condamné des ténèbres. Et grâce à toi, nous avons obtenu encore plus d'information sur Gabriel Deverau. Il est le Condamné des ténèbres le plus recherché. Tu as été très courageuse de t'opposer à lui.

— Je ne me sentais pas courageuse. Je me sentais effrayée.

Et étrangement attirée par lui, songeai-je avec culpabilité.

— Ne t'inquiète pas — on le capturera. Alors, la prochaine fois que tu iras en mission, tu n'auras pas à t'inquiéter de courir après lui.

— La prochaine fois ? Pas moi.

Je hochai résolument la tête.

— J'ai envie de terminer l'école, de planifier mes études universitaires et de passer du temps avec ma famille et mes amis. Maintenant que j'ai presque un petit ami, j'irai peut-être même au bal d'étudiants. Il y a tellement de choses que j'ai hâte de faire. Je suis contente que tu croies que j'aie fait un bon travail, mais maintenant, il faut que je vive ma propre vie. De plus, mon hospitalisation a vraiment été difficile pour ma famille. Plus de comas ou d'étrangers qui dorment dans mon corps.

— Je comprends, dit-elle, avec un soupir qui sembla former une bouffée nuageuse qui persista dans l'air pendant un moment avant de s'évanouir.

Elle poursuivit :

— C'est simplement que je croyais que tu aurais voulu aider ton amie.

— Quelle amie ? demandai-je prudemment.

— Alyce.

— Ce n'est pas vrai !

Je sentis que mes yeux allaient éclater. J'étais tellement abasourdie.

Puis, ma grand-mère commença à m'expliquer qu'Alyce était en mode de crise et qu'elle avait besoin de prendre une pause pour un moment. Pour des raisons de confidentialité, Mamie ne me révéla pas la nature du problème, mais elle fit allusion au fait que c'était traumatique et qu'un donneur de vie temporaire lui serait assigné sur-le-champ.

— C'est malheureux que tu ne sois pas intéressée, dit-elle, avec un haussement d'épaules. Je trouverai quelqu'un d'autre pour faire le travail.

— Mais tu ne peux simplement placer un étranger à l'intérieur d'Alyce, argumentai-je. C'est ma meilleure amie. Je la connais mieux que quiconque.

Elle arqua un sourcil.

— Tu m'as déjà dit que tu n'étais pas intéressée, et je respecte tes sentiments. Je ne m'attends pas à ce que tu quittes ton corps à nouveau... même si je pourrais faire cet échange sans perturber ta vie. Pas de coma ni d'hôpital.

— Tu peux faire ça?

— Je peux faire beaucoup de choses, dit-elle d'un air mystérieux. Et quand tu retournerais dans ton corps, ton amitié avec Alyce irait mieux aussi.

— Alyce ira bien?

— Avec ton aide, dit Mamie.

— C'est ma meilleure amie au monde. Je ferais n'importe quoi pour l'aider.

— Acceptes-tu cette mission?

— Peux-tu me promettre que mon corps ne sera pas coincé dans un hôpital et que je ne manquerai plus l'école?

— C'est une promesse. Pendant que tu es absente de ton corps, je m'organiserai pour qu'il y ait une occupante temporaire.

— Une occupante!

Horrifiée, je la regardai fixement.

— Mais je ne veux pas de donneur de vie temporaire dans mon corps! Ça me donne bien trop la chair de poule.

— Pas un donneur de vie temporaire. Ce sera quelqu'un en qui tu peux avoir confiance et qui t'aime plus qu'il est humainement possible de le faire.

— Qui? demandai-je avec méfiance.

Mamie se pointa elle-même.

— Moi.

26

JE ME GLISSAI DE LA CONVERSATION NUAGEUSE avec Mamie pour retrouver une sensation de calme et de flottement si paisible que toutes mes peurs s'évanouirent. Mamie avait dit que le changement serait immédiat, j'imaginais donc mon âme comme une flamme d'énergie, descendant de l'Autre côté jusqu'au coin de la rue tranquille où Alyce et sa mère habitaient dans une maison brune en forme de L.

Ce changement de corps ne serait pas un choc, comme lorsque je m'étais retrouvée dans le corps de Leah Montgomery; il ne serait pas non plus déroutant comme dans le cas de Sharayah. Cette fois-ci, je savais exactement qui je serais, et sauf les récents problèmes d'Alyce, nous partagions tous nos secrets. Parfois, je sentais que nous étions si proches que c'était comme si nous étions des jumelles, même s'il n'y avait entre nous aucune ressemblance. J'avais des taches de rousseur et des cheveux bruns bouclés ; Alyce avait de longs cheveux noirs exotiques, et sa peau était brun doré. Je connaissais toutes ses préférences, son horaire scolaire, ses professeurs, ses amis et ses ennemis. Une fois que j'aurais découvert son problème, je le résoudrais, et notre amitié irait mieux que jamais. Ce serait étrange de me voir avec l'âme de Mamie qui vivait ma vie, mais ce serait génial aussi.

Être Alyce pendant quelques jours serait la mission de donneur de vie temporaire la plus facile qui n'ait jamais existé.

Je glissai donc librement et me donnai de tout cœur à ma mission.

J'imaginai sa chambre à l'arrière de leur maison où un chêne frôlait la fenêtre et craquait de façon sinistre lorsqu'il y avait de forts vents. Cet arbre procurait aussi des branches où grimper quand Alyce avait besoin de se faufiler à l'extérieur pour sortir la nuit, ou quand je voulais lui rendre visite sans que sa mère s'en aperçoive. Je pouvais presque sentir la force du mouvement alors que les rêves et la réalité se mêlaient et que j'approchais ma destination.

Puis, tout ralentit. J'eus une impression de pesanteur, comme si j'étais une pierre lourde et que je tombais, tombant jusqu'à ce qu'une secousse me fasse faire un mouvement d'aller-retour et que je ressente à nouveau la matière solide. Je pris conscience graduellement des bras, des mains, des jambes et des cheveux soyeux d'Alyce. J'étais étendue sur le dos sur un tissu soyeux, mes bras pressés contre mes côtés.

Je voulus ouvrir mes yeux… puis je me rendis compte qu'ils étaient ouverts. Seulement, j'étais enfermée dans une obscurité complète.

Je connaissais la maison d'Alyce presque aussi bien que je connaissais la mienne et je me rendis compte avec une inquiétude croissante qu'alors que je semblais être dans le corps d'Alyce, je n'étais pas dans sa chambre. L'air était étouffant avec un parfum écrasant de forêt de pin et de fleurs ; non pas des odeurs naturelles, mais plutôt artificielles, comme si elles provenaient d'un aérosol.

Quand je bougeai mes bras et mes jambes empruntés, je me cognai sur une surface dure et solide. Levant la tête, je me frappai contre un plafond bas. Non, ce n'est pas un plafond, me rendis-je compte alors que je faisais courir les doigts d'Alyce sur une surface douce et arrondie. J'étais emprisonnée dans un endroit sombre et confiné.

Je remarquai de minuscules aiguillons de lumières le long de la bordure, autour de moi, et mes yeux commencèrent à s'adapter. L'horreur commença à m'envahir, et je frissonnai. Le tissu soyeux, les côtés de bois lisse et les odeurs florales artificielles s'ajoutèrent à une terrifiante possibilité.

Je n'étais pas dans la chambre d'Alyce.

J'étais dans son cercueil.

À propos de l'auteure

Linda Joy Singleton habite dans le nord de la Californie. Elle a deux enfants adultes et un mari merveilleux qui est d'un grand soutien et qui aime l'accompagner en voyage à la recherche d'histoires inhabituelles.

Elle a écrit plus de trente livres, incluant *La morte qui marchait* (le premier de la série *Morte vivante*), les séries *Rencontres de l'étrange* et *Visions*. Elle est aussi l'auteure des séries *Regeneration*, *My Sister the Ghost* et *Cheer Squad*. Rendez-lui visite en ligne à www.LindaJoySingleton.com*.

N.d.T. : En anglais seulement.

www.AdA-inc.com
info@AdA-inc.com